KB115294

주무르면 다 고침! 11

강준현 현대 판타지 소설

초판 1쇄 찍은 날 § 2019년 9월 5일
초판 1쇄 펴낸 날 § 2019년 9월 12일

지은이 § 강준현
펴낸이 § 서경석

총괄팀장 § 노종아
편집책임 § 김대용
디자인 § 고성희

펴낸곳 § 도서출판 청어람
등록번호 § 제387-1999-000006호
등록일자 § 1999. 5. 31
어람번호 § 제1-3043호

주소 § 경기도 부천시 부일로 483번길 40 서경B/D 3F (우) 14640
전화 § 032-656-4452 팩스 § 032-656-4453
http://www.chungeoram.com
E-mail § chungeorambook@daum.net

ⓒ 강준현, 2018

ISBN 979-11-04-92045-5 04810
ISBN 979-11-04-91881-0 (세트)

목차

71. 할아버지의 흔적 · 007

72. LA · 057

73. 약과 독 · 105

74. 어깨를 고쳐라 · 163

75. 중의학의 고수 · 209

76. 사양은 한 번이면 족하다 · 255

71. 할아버지의 흔적

오형식을 흘낏 봤다.

　눈이 마주치자 씩 웃는다. 조금 전과 다를 바 없는 웃음인데, 악마의 웃음 같다.

　TV를 봐서 자신의 실력을 어느 정도인지 알고 있을 것이다. 한데 계단에 구른 것과 폭력으로 인한 상처를 구분하지 못할 것이라 생각했을까?

　아니다! 오형식은 알고 있다.

　자신이 어떻게 나올지를 지켜보는 중임이 분명했다.

　고통스러워하는 부인을 잠시 바라보다가 결정을 내렸다.

　'내가 계단에서 구른 것이 아니라고 말하면 이상한 사람 취급하면서 그냥 내쫓겠지?'

　선택의 여지가 없었다. 원하는 답을 해줄 수밖에.

"계단에서 심하게 구르셨네요."

"역시 그렇죠? 근데 많이 아픈가요?"

연기자가 울고 가겠다.

"늑골이 세 개 부러졌습니다. 일단 간단히 고통을 없애고 열을 내려보도록 하겠습니다. 치료를 시작해도 될까요?"

"그러세요."

알고 보니 조금 보인달까. 눈빛이 '그럼 그렇지'라고 말하고 있었다.

알아서 꼬리를 내리는 형세라 짜증이 났다. 그러나 일단은 환자만 생각하기로 했다.

이불을 젖히고 양해를 구했다. 그리고 헐렁한 윗옷을 젖혔다.

끔찍한 폭력의 흔적이 여실히 드러났다. 그러나 이미 알고 있는 사실이라, 괜히 놀라서 오형식의 주의를 살 이유는 없었다.

가장 먼저 침을 꽂아 신경을 차단했다. 편안해졌는지 앓는 소리가 서서히 줄어든다. 그리고 침을 천천히 꽂으며 기운을 이용해 내부 출혈 부위를 막고 아픈 부위에 기운을 듬뿍 넣었다.

"뼈를 맞추겠습니다."

자세를 바르게 한 후 부러진 부위를 천천히 누르며 어긋난 뼈를 맞췄다.

2개를 맞추고 3번째 8번 늑골 부위를 만지려던 두삼은 잠시 머뭇거렸다. 상당히 많이 어긋나서 자칫 부러진 뼈가 장기를 찌를 수 있는 위험이 있었다.

이리저리 몸을 비틀어서 제자리를 찾게 만들려 했으나 그마저도 여의치 않다.

'병원에 가야 한다고 하면 당연히 안 된다고 하겠지? 근데 맞춰서 잘 낫는다고 해도 문제잖아.'

복잡하다. 제 일도 아닌데 이렇게 고민하는 것도 우습다. 그러나 땡땡이 옷처럼 몸에 난 타박상을 보니 이 집에서 일단은 데리고 나가야겠다는 생각뿐이다.

'어떻게?'라는 문제가 남아 있지만 8번 갈비뼈를 맞추며 생각하기로 하곤 다시 기운을 부인의 몸속으로 밀어 넣었다.

부러진 뼈는 일부 근육을 찢고 안쪽으로 들어간 상태. 다행히 장막에 닿기 바로 전에 멈춰 있다.

일단 장막과 뼈 사이에 기운을 이용해 칸막이를 만들었다. 그다음 이효원의 다리 근육을 변형시킬 때처럼 근육 사이에 기운을 넣어 뼈가 움직이도록 했다.

그리고 어느 정도 가까워졌을 때 천천히 눌러서 뼈가 제대로 붙게 했다.

마지막으로 제대로 붙은 늑골 세 곳에 기운으로 붕대를 감듯이 감아놓고 손을 뗐다. 절로 한숨이 나왔다.

"휴우~"

"잘됐어요?"

"일단은요. 근데 늑골 부러진 것이 문제가 아닙니다."

"뭐가 문제죠?"

"계단에 구른 다음 약이라도 제대로 먹어야 했는데 그러지 못해 패혈증 증상이 보인다는 겁니다. 혹시나 쇼크라도 오면 그땐……."

뒷말을 삼켰지만 이어질 말이 뭔지 모를 정도로 바보는 아니라고 생각했다.

"…지금이라도 약을 먹으면 안 됩니까?"

"먹이긴 하겠지만, 글쎄요. 쇼크가 오지 않길 간절히 바랄 수밖에요."

"……."

거의 일어날 것이라는 투로 말을 하니 처음으로 그의 표정이 굳어지며 생각에 빠진다.

"일단은 제가 이곳에 대기하고 있겠습니다. 약한 쇼크라면 제가 치료가 가능하거든요."

"아! 그래줄 수 있어요?"

"원장님이 의원님 나랏일 편안하게 할 수 있게 잘 살피라고 했으니 제 일 아니겠습니까."

"고마워요, 한 선생. 오늘 일은 잊지 않을게요."

"별말씀을요. 사모님을 지켜봐야 하니 저기 의자에 잠깐 앉아 있어도 괜찮겠습니까?"

"그렇게 해요."

오늘 일을 잊지 않겠다는 말이 믿겠다는 말은 아니었다. 약을 먹이는 동안 그는 다른 의자를 가지고 와서 나란히 앉았다.

당연히 이럴 줄 알았다.

"앉아 있는 동안 의원님도 진맥해 드리겠습니다."

"허허, 난 괜찮아요. 며칠 전 건강검진 받았어요."

"건강검진으로 알 수 없는 것도 있습니다. 제 자랑 같지만 좋지 않은 곳은 기가 막히게 찾죠."

"듣기도 하고 영상으로도 봤어요. 그럼 어떤지 살펴볼래요?"

예의 바른 행동은 여전했지만 아까완 달리 사람처럼 보이지 않았다. 기운을 이용해 몸 구석구석을 살폈다.

'이 새끼, 평소에 운동 엄청 열심히 하는구나.'

40대 후반. 몸 상태는 30대 초반이라고 해도 믿을 정도로 튼튼하다.

그럼 뭐하냐고. 그 힘을 가정 폭력에 사용하는데.

한참 살피다가 말했다.

"한 가지만 조심하시면 되겠네요. 뇌혈관 중 하나가 살짝 부풀어 있습니다."

"음, 그럼 큰일 아닌가요?"

"심각한 정도는 아닙니다. 다만 일어나자마자 화장실에 가 용변을 볼 때 힘을 무리하게 주지 마시고, 화가 나는 일이 있어도 웬만하면 참으세요. 그런 일이 반복적으로 계속되다 보면 혈관이 더 약해질 수 있습니다."

"이거야, 원. 건강검진 받을 땐 그런 말이 없었는데. 다른 이상은요?"

"그것 빼곤 20대라고 해도 믿을 정도로 건강합니다. 평소 운동 많이 하시죠?"

"선거를 치르려면 체력이 필수인지라."

"그 때문인지 어깨가 많이 뭉쳐 있습니다. 괜찮으시다면 풀어 드릴게요."

자리에서 일어나 그의 뒤로 가 어깨를 잡았다. 그리고 정성껏 주무르기 시작하자 '괜찮은데'라는 말은 쏙 들어가고 '으음~' 하는 만족의 신음을 냈다.

림프에 대해 알게 되면서 두삼의 마사지 솜씨는 한 단계 업그레이드됐다.

손가락에 살짝만 기운을 집중하고 주무르면 림프관의 노폐물을 림프절로 보내는 것은 물론이고 뭉쳐 있던 근육도 순식간에 풀어버린다.

뭐 이딴 인간에게 기운까지 써서 마사지를 해주냐 싶겠지만 일단 그가 긴장을 풀게 할 필요가 있었다.

"다 됐습니다. 어떠십니까?"

"최고예요. 가끔 유명하다는 마사지 가게에 가는데 짧은 순간에 이렇게 시원하긴 처음이군요."

"그리 말씀해 주시니 감사합니다. 열이 좀 내렸나 확인해 보겠습니다."

자리에 앉지 않고 곧장 침대로 갔다. 그리고 부인의 이마에 손을 올렸다.

"음, 열이 떨어지지 않는데요. 이대로라면 아무래도… 헉!"

갑자기 손을 뻗으며 몸을 부르르 떨었다.

"쇼크입니다! 의원님! 늑골이 움직이면 큰일입니다. 움직이지 못하도록 다리를 잡아주세요."

두삼은 그녀의 어깨를 잡았고 오형식은 화들짝 놀라 달려와 허벅지 부근을 눌렀다. 한 손으로 누른 채 침을 써봤는데 떨림이 멈추지 않았다.

"이대론 안 됩니다. 병원으로 데리고 가야……."

"안 돼!"

"의원님, 뭘 걱정하는지 압니다. 그러나 이대로면 정말 위험합니다. 저희 병원에 VIP 병실이 있습니다. 거긴 어떤 기록도 남지 않으니 의원님에게 피해가 가는 일은 없을 겁니다."

"······."

"물론 구급차 대신 제 차를 이용해서 조용히 모시고 갈 겁니다."

"······."

고민하는 표정이 역력하다. 아무래도 제대로 한 방 날려주는 게 나을 것 같았다.

"사모님이 돌아가시면 어떤 핑계도 소용이 없다는 걸 모르시겠어요!"

결정타였다.

오형식은 마지못해 고개를 끄덕였고 마치 기다렸다는 듯 잠시 후 발작이 멈췄다.

그다음부터는 일사천리였다.

민규식의 차를 타고 올 때 루시가 운전해 뒤따라온 자신의 차를 탔다.

오형식이 뒷자리에 누워 있는 부인을 흘깃 보더니 물었다.

"여기서 다시 쇼크가 오면 어찌합니까?"

"그러기 전에 도착해야죠."

두삼은 오형식보다 더 걱정스레 말했지만 사실 전혀 걱정하고 있지 않았다. 오형식 부인의 발작은 두삼이 뇌전증을 일으켜 만든 발작이었다.

*   *   *

병원에 신세를 지게 만들려 병원으로 보내는 것까진 좋았다. 다만 그렇게 보낸 사람 중 3분의 1은 자신이 치료해야 했다.

물론 요즘엔 요령이 생겨서 힘들게 혼자 하지 않았다.

"양 선생, 천천히 손끝으로 림프를 느끼려 해봐."

"…예, 선생님."

이양수 차관의 딸 이재영을 마사지하면서 그의 부인을 마사지하는 양태일에게 조언했다. 림프에 대해 가르쳐 주기로 한 약속을 지키고 있는 중이다.

두삼은 이재영의 발가락 끝에서 허벅지까지 양손으로 쭉쭉 밀면서 마무리를 했다.

"다 됐어요. 재영 양."

"수고하셨어요, 선생님."

"물 많이 마시고 런닝 룸에 가서 4㎞ 속도로 1시간쯤 걷는 거 잊지 말고요."

"네."

지압을 통해 신진대사를 활발하게 하고, 마사지를 통해 지방을 분해하고, 식단을 조절하고, 림프관을 자극해 노폐물이 빠지게 하면 살은 신기할 정도 잘 빠진다.

그러나 다이어트의 마지막은 누가 뭐라고 해도 규칙적인 운동이다.

사실 두삼의 다이어트 방법은 일종의 편법이다. 편법이 멈추면 요요가 올 수밖에 없다. 그러니 퇴원 후에 건강한 육체와 만든 몸매를 유지하려면 운동이 필수다.

같이 마사지를 시작했지만 양태일은 여전히 등을 마사지 중이다.

자신과 속도가 차이가 나는 건 림프관의 위치를 정확히 모르기 때문이다. 림프관을 볼 수 있는 능력을 가르쳐 줄 수 없으니 범위를 지정해 줬다.

자신의 경우 한번 슥 하고 문지르면 되지만 양태일은 두세 번 문질러야 했다. 그러다 보니 시간이 더 걸릴 수밖에.

양태일의 경우 지압과 안마의 기본이 완성된 상태에서 림프 마사지를 더하는 것뿐이라 더 해줄 말은 없어 조용히 지켜봤다.

15분 정도 지나자 끝났다. 이양수의 부인이 안마실을 떠난 후에 말했다.

"처음 하는 것치곤 잘하네. 꾸준히 해. 심화 과정은 은서한테 해보고."

"큼! 알겠습니다."

"쑥스러워 하긴. 나도 처음엔 애인한테 했어. 그리고 네 할아버지 침술과 잘 접목해 봐."

"그건 무슨 말씀이세요?"

"니가 알아내. 언제까지 일일이 가르쳐야 하냐?"

"와아~ 화장실 들어갈 때랑 나올 때랑 다르다더니 책을 다 보고 나니 마음이 바뀌신 겁니까?"

"어라? 개기냐? 한동안 그냥 내버려 뒀더니 몸이 근질근질하지?"

"…전혀요. 다만 조금만 힌트 더 주세요. 아닌 말로 제가 은서 말고 림프 마사지 할 일이 얼마나 있겠습니까? 근데 할아버지 침술도 아직 다 이해를 못 했는데 림프 마사지와 접목을 하라면 너무 막연하죠."

"안 본 사이에 엄살만 늘어선……. 네 할아버지 침술은 혈의 주변과 위쪽을 자극해서 혈을 찔렀을 때와 똑같은 효과를 내잖아."

"그렇죠."

"그 위치가 림프가 위치한 곳과 비슷해. 즉, 림프 마사지를 하면서 혈까지 충분히 자극할 수 있다는 거지."

"아하! 그 말씀이셨구나."

"이제 됐냐?"

"이왕 가르쳐 주시는 김에… 아야!"

"하여간 매를 벌어요. 네 할아버지 침술인데 날로 먹을 생각 말고 네가 배워서 날 좀 가르쳐 줘라. 나도 아직 거기까지밖에 모르거든. 난 간다. 내일 보자."

딱밤을 때리고 본관 VIP실로 갔다.

노크하고 들어가자 오형식 의원의 부인인 노연경이 45도쯤 세워진 침대에 누워 책을 읽고 있다.

막, 말을 하려고 하는데 루시가 말했다.

—옷장 위에 도청 장치가 있어요.

남에게 말이 새어나갈 것이 두렵다면 때리지 않으면 될 텐데. 참, 어렵게 산다.

두삼은 갑자기 메시지라도 온 듯 스마트폰을 꺼냈다. 그리고 루시에게 메시지를 보냈다.

[혹시 방해 가능해?]

─그 정도야 껌이죠. 지금 무음으로 처리할까요?

[아니. 진맥을 시작하면 그때부터 그냥 사람 숨소리만 들리게 해줘.]

─알았어요.

도청 장치를 무력화시킬 준비를 하고 인사를 했다.

"기분은 좀 어떠세요?"

"…많이 좋아진 것 같아요."

"열이 떨어지고 약 기운 때문에 고통을 느끼지 못해서 그래요. 근데 누가 왔다 갔나 봐요?"

과일 바구니를 보며 물었다.

"가정부 아줌마가 이것저것 챙겨서 가져왔어요."

현재 이 방엔 자신을 제외하고 어느 사람도 들어오지 못한다. 심지어 민규식 원장도 마찬가지.

"남편분은요? 아! 다른 사람들 이목 때문에 오실 수가 없겠네요."

"…그렇죠."

"진맥하겠습니다."

그녀의 맥을 잡고 내부를 살폈다. 열이 완전히 떨어지고 몸이 회복되는 중이다.

금세 진맥을 마쳤다. 그러나 손을 놓지 않고 혹시나 그녀가 무슨 말을 하지 않을까 기다렸다.

한데 그녀는 멍한 눈으로 시선을 책에 두고 있을 뿐이다.

'쩝! 답답하네.'

사실 자신이 먼저 나서서 말을 하기엔 모호했다.

병원에 와서 확인한 바에 의하면 폭력의 흔적은 하루 만에 난 상처가 아니었다. 즉, 지속해서 맞으면서도 다른 사람들에게 도움을 청하거나 도망치지 않았다는 것. 사연이 있는 게 분명했다.

쓸데없이 시간만 흐른다.

결국, 참지 못한 건 두삼이었다.

"환자분, 혹시 저에게 하실 말씀이⋯⋯!"

내가 상처에 관해 물으려고 하자 갑자기 그녀가 놀란 표정과 함께 검지를 입술에 갖다 댔다. 그리고 고개를 절레절레 저었다. 경험이 있는 건지 도청하고 있음을 눈치챈 것 같다.

필기도구를 달라는 듯 제스처를 취하는 그녀.

"편하게 말씀하셔도 괜찮습니다. 제가 안티 도청 장치를 가지고 다니거든요. 하실 말씀 없으세요?"

"⋯⋯."

그녀는 입을 꾹 다물었다.

강제할 수도 없는 일. 경고만 해주고 그만 관심을 끊기로 했다. 사실 무슨 말을 한다고 해서 그녀를 365일 지켜줄 수도 없는 일이다.

"곤란하시면 안 하셔도 됩니다. 다만 조심하세요. 조금만 더 강했으면 죽었을지도 몰라요. 최대한 몸조리 잘 하고 퇴원하세요. 너무 길면 의심할 테니 안티 도청 장치는 끌게요."

"⋯관여하시면 선생님이 위험해지세요. 그러니 그냥 모른 척해 주세요."

"이유를 물어도 될까요?"

"전에 도와주려던 분들이 계셨어요. 경찰에 신고하셨죠. 하지만 전 계단에서 굴렀다고밖에 말을 못 해요."

"혹시 애들 때문인가요?"

집에 갔을 때 거실에서 가족사진을 봤다. 두 명의 자녀가 있었다.

"…제가 아니면 그 애들에게 화를 푸는 사람이에요, 그이는. 유학을 보내지 않았더라면……. 아무튼 잊어주세요. 전 계단에 구른 거예요."

"…알겠습니다."

본인이 도움을 거부하는데 뭐라고 할까.

그저 짐승에게 폭탄 하나만 심어둘 생각이다.

*   *   *

"3대문파는 '어류왕'으로 기억하면 돼. 활침(活針) 어씨, 불뜸 류씨, 생사환(生死丸) 왕씨. 물론 3대문파가 8대세가를 실력으로 압도한 건 아냐. 다만 눈에 확 띄는 임팩트 강한 치료를 했지."

"엘튼 선생님, 다 들은 얘기거든요."

"한 선생 들으라고 하는 소리 아닌데. 방송에 나가기 위한 연습이랄까. 푸하하하항!"

"……."

함께 차를 타고 촬영장으로 가고 있다.

괜한 얘기를 해서 그를 방송에 출연시키는 건 아닌지 모르겠다. 그나마 성 정체성 때문에 우울해했었는데 밝아 보여 다행이다.

"활침이라는 이름은 침 한 방에 사람을 살리는 기적을 보여서 붙은 거야. 당시 목격자의 말을 들어보면……."

잘도 주절거린다. 어쩌면 내가 정체성에 관해 물어볼까 아예 말을 못 하게 하려는 건지도 모르겠다.

그의 변화에 대해서는 레지던트나 다른 사람을 통해 듣고 있다.

내가 보기에 그는 마음에 드는 이성을 위해 남자가 되기로 한 게 분명했다.

촬영장에 도착했다. 이경철과 유민기가 먼저 도착해 있다.

"끄앗! 이경철이다! 경철 씨이~ 만나서 방가워요~"

"……."

착각인가 보다.

이경철은 엘튼에게 맡기고 유민기에게 물었다.

"중국에서 일은 잘됐냐?"

"문 PD님이 말 안 해주디?"

"바빴어. 그래서 그냥 DNA 검사 결과만 건네줬지."

유민기가 찾아낸 여러 개의 모발에서 3종류의 DNA가 나왔다. 그리고 그중 하나가 고영준과 99.8%로 일치했다. 객관적으로도 그가 후손일 가능성은 훨씬 높아진 것이다.

"피는 못 속이겠더라. 중국에 가서 고경래 님의 막내아들이라는 사람을 봤는데 고영준이랑 닮았어. 진짜 고경주는… 엄마 닮았나 봐."

"잘됐네. 증명하려면 시간이 걸리겠지만."

"아니. 증명도 끝났어. 막내아들이 탈북할 때 가지고 나온 가족사진이 있었어. 거기에 고영준 아버지도 있었고. 같이 간 협회 사람도 인정하던데."

"그래? 다행이네."

"근데 난 딱 그 사진을 보는 순간 기쁘기도 했지만 걱정스러웠어."

"뭐가?"

"손자와 아들. 유산 싸움이 나겠다 싶더라고."

"50 대 50 아닌가?"

"변호사가 알겠지. 근데 고영준 그 친구 멋지더라. 작은아버지가 사시면 되겠네요. 그러더라. 자긴 아버지가 남겨준 집이 있다면서. 그 집이 3억쯤 하는데 절반씩 나누면 1억 5천이잖아. 쿨내 지리더라."

"멋진 사람이네. 1억 5천보다 중요한 게 있나 보지."

가족끼리도 각박해지는 세상에 보기 드문 사람인 건 분명했다.

손석호와 전철희가 오자 문 PD가 촬영 전에 잠깐 차를 마시자고 했다.

"별건 아니고 이번 촬영 끝나고 다음 촬영은 미국에서 할까 해서."

"어딘데요?"

"LA. 하루 이틀은 푹 쉬다가 오자고."

"대박!"

"와! 역시 프로그램이 잘되고 봐야 한다니까."

외국을 간다고 좋아한다.

"…잠깐, 근데 미국에도 한의원이 있어요?"

"당연히 있으니 가겠지? 우리나라처럼 활발하진 않지만 제법 잘되는 곳도 있어. 지난 촬영으로 여유분이 생겨서 다음 촬영은 3주 후나 되겠네."

"촬영은 얼마나 걸릴까요?"

"일주일쯤 생각해야 할 거야. 문제는 한 선생인데…… 한 선생이 안 되면 이번 촬영은 접어야 하거든."

시선이 일제히 자신을 향한다.

"…왜들 그런 눈으로 날 봐요?"

"친구, 방금 들었잖아. 네가 안 된다고 하면 촬영 나가리 된다는 거."

아나운서가 '나가리'라니…….

"당연히 갈 거지? 안 된다고 하지 마. LA 눈부신 태양 아래 넓은 비치에서 뛰어노는 아름다운 여성들을 보고 싶지 않니?"

"선 오브 비치?"

"…석호 형, 지금 분위기에선 아재 개그는 참아주세요. 아무튼! 올여름 촬영한다고 해변 한번 가보지 못한 나를 위해서라도 가주면 안 되겠니?"

아직 보지 못한 뇌전증 환자들이 떠올랐다. 노는 동안 그들이 고통스러워할 걸 생각하니 아직까진 긴 시간 동안 자리를 비우는 것이 부담스럽다.

그래서 고개를 저으려는 찰나, 유민기의 말 때문인지 비키니를 입고 해변을 뛰어다니는 하란의 모습이 떠오른다.

기울어졌던 저울이 수평을 이룬다.

"…생각해 볼게."

2주 정도 빡세게 환자를 받으면 가능할 것 같기도 하다.

*　　　*　　　*

"3대문파는 '어류왕'로 기억하면 돼요. 활침(活鍼) 어씨, 불뜸 류씨, 생사환(生死丸) 왕씨. 물론 3대문파가 8대세가를 실력으로 압도한 건 아니에요. 다만 눈에 확 띄는 임팩트 강한 치료를 했죠."

Ctrl—c, Ctrl—v라고 할 정도로 똑같은 말을 촬영 시작과 함께 들어야 했다. 물론 뒤에 이어지는 말도 똑같다. 다시 붙였다간 돌이 날아올 것 같아 생략한다.

오늘의 촬영지는 전주였다.

전주 한옥 마을 입구에서 버스가 멈췄다.

"오늘은 한의학의 역사에 대해 잘 알고 있는 엘튼 씨가 있으니 이곳에서 시작하죠. 지름 6㎞ 내외에 찾고자 하는 곳이 있습니다."

"힌트가 그것뿐은 아니겠죠?"

"한 가지 더 드리자면 침으로 유명하다. 이상. 참! 지난번에 고생이 많았으니 오늘은 특별히 지갑을 사용해도 좋습니다."

"오! 나이스!"

"다만! 3시까지 찾지 못하면 LA 가서 휴일은 하루 뺄 겁니다."

"…그런 게 어디 있어요?"

"여기 있어요. 아! 1시간 안에 미리 벌칙을 수행하면 설령 3시까지 못 찾아도 휴일을 빼지 않겠습니다."

"벌칙이 뭔데요? 입수?"

"입수라면 여기 있는 한 선생이 할 겁니다!"

유민기가 헛소리를 한다.

"입수가 아니라 한복을 입는 겁니다."

"한복 입는 게 벌칙? 설마?! 여성 한복?"

"하하! 맞습니다. 3명만 입으면 됩니다."

"큭! 악마 같은 방송국 놈들! 아무도 입지 말고 가자! 오늘은 점심도 먹지 말고 찾자!"

"그럽시다! 찾자!"

"가즈아!"

다들 손석호의 외침에 각오를 외치며 내렸다. 그리고 힘차게 한옥 마을로 들어섰다. 한데 들어서자마자 보이는 먹거리들이 보이자 힘차게 걷던 손석호의 걸음이 느려진다.

"…생각해 보니까 여기까지 와서 아무것도 먹지 않는다는 건 예의가 아니지 않냐?"

"…험! 그러게요. 방송인이 시청자를 위해서라도 보여줘야 하지 않겠어요."

"그게 프로의 자세죠. 적어도 서너 가지는 먹어줘야죠. 안 그래요?"

말하는 걸 보니 3명은 여성 한복을 입어야 할 모양이다. 아니나 다를까, 말이 오가다가 3명의 희생자를 뽑기로 했다.

솔직히 두삼은 딱히 먹거리에 관해 관심이 없었다.

한옥 마을은 이번이 세 번째 방문이다. 두 번 다 데이트를 하러 왔는데 음식에 대한 좋은 기억은 서너 가지밖에 없었다.

지금은 어떤지 모르겠지만 유명한 길거리 음식은 가격도 가격이지만, 동네보다 맛이 없었다.

음식이 아닌 이름을 판다고나 할까.

외국 생활을 오래 한 하란은 괜찮다고 하니 두삼의 입맛에 안 맞는 걸 수도 있다.

각설하고 곧장 가위바위보를 시작했다.

"안 내면 진 거 가위, 바위, 보!"

엘튼이 가장 먼저 이겼다. 공식적으로 여장할 기회를 잃어서 인지 왠지 서운해하는 표정이다.

물론 그를 신경 쓰는 사람은 두삼뿐이었다.

곧장 이어진 가위바위보.

"예스! 예스!"

이경철이 현역 시절 A매치에서 결승골을 넣었을 때보다 더 기뻐했다.

마지막 남은 한 명. 다들 자기는 걸리지 않을 거라는 기대를 하며 마지막 가위바위보를 했다.

"안 내면 진 거 가위, 바위, 보!"

"아싸보! 이겼다!"

"아으!"

"……"

전철희의 승. 손석호, 유민기, 그리고 빌어먹게도 자신이 한복에 당첨됐다.

곧장 한복 대여점으로 들어가 옷을 갈아입었다.

여자들이 옷을 갈아입을 때도 촬영을 하나? 왜 남자들이 옷을 갈아입을 땐 촬영을 하는 건지…….

알아서 편집해 주겠지 생각하고 대수롭지 않게 생각하고 옷을 갈아입었다. 날씨가 한풀 꺾였다곤 해도 해가 뜨면 여전히 덥다. 그래서 아예 티를 벗었다.

갑자기 전철희가 다가와 수선을 떨었다.

"와아! 두삼이 몸은 언제 봐도 멋있다니까. 두삼아, 폼 한번 잡아봐."

"…됐거든요."

"내가 너 같은 몸을 가지고 있으면 벗고 다닌다."

"만들어 드려요?"

"개그맨이 그런 몸을 가지면 인기 떨어져. 자자! 이렇게 해봐."

전철희는 보디빌더들이 하는 자세를 강요했다. 무시하려 했으나 옷 입는 것을 계속 방해했다.

동갑에 카메라가 없다면 꿀밤을 때려줬을 거다. 그러나 그의 평소 모습을 알기에 설령 그렇다고 하더라도 그러지 못할지도.

평소엔 절대 이러지 않는다. 상당히 조심스레 행동한다. 카메라 앞에서 하는 행동 때문인지, 자존감이 떨어지는 건지 미안하다, 죄송하다는 말을 입에 달고 산다.

한마디로 그는 여리고 착하다.

때론 약간 답답하지만, 그 때문에 그를 좋아한다.

결국 그가 취하는 자세를 따라 했다.

"…요렇게요?"

"오오! 활배근 대박! 이렇게도 해봐."

셋, 넷, 다섯… 일곱 가지 자세. 그리고 마지막 자세는 손을 앞으로 뻗어 똥 싸는 자세다.

아무리 그를 좋아해도 용서할 수 없는 자세다.

"…이리 와요. 헤드록을 어떻게 하는지 보여줄게요."

"크아아악! 지, 짐승!"

어우동처럼 옷을 입고 본격적으로 한옥 마을을 활보했다. 카메라와 함께 움직이니 평일임에도 사람들이 많이 모였다. 그리고 그들은 남자 세 명의 어우동 차림을 보고 키득거렸다.

손석호는 쏘쏘, 유민기는 여장이 마음에 드는지 사람들과 사진을 찍고 난리다. 당연히 두삼은 쪽팔렸다.

쪽팔림은 잠시라고 했던가, 이리저리 돌아다니며 간식을 먹으니 생각보다 버틸 만했다.

"근데 목적지 안 찾을 거예요?"

먹는 것에 정신이 팔려 시간 가는 줄 모르는 것 같기에 한마디 했다.

"앗! 맞다! 지금 몇 시냐?"

"12시 10분 전이요."

"미쳤다. 얼른 일어나서 본격적으로 찾자!"

"점심시간인데 이왕이면 먹고 움직이죠? 전주까지 왔는데 비빔밥은 먹고 가야죠."

"…민기 넌 그렇게 먹고도 들어가냐?"

"간식이랑 밥이랑 같냐? 안 그래요, 경철이 형?"

"비빔밥이야 10분 정도면 먹을 수 있지 않나?"

이경철은 운동선수를 그만둔 후 먹는 걸 낙으로 살고 있었다. 그래서인지 날로 오동통해지고 있다.

점심 문제로 설왕설래가 이어졌다.

그때 엘튼이 나섰다.

"점심 먹고 느긋하게 출발해도 괜찮아요."

"오! 엘튼 선생님 뭔가 아시나 봐요?"

"전주 일대에 유명한 침술 집안이 두 곳이 있습니다."

"두 곳이나요?"

"3대문파의 활침이라 불리는 어가한의원, 그리고 여의침이라 불리던 8대세가 중 하나인 양가한의원."

"오오!"

"죽은 사람도 살렸다는 활침! 침을 손오공의 여의봉처럼 자유자재로 썼다고 해서 붙여진 여의침. 두 가문은 굉장한 라이벌 관계였다고 하더군요. 그런데 옛 얘기에 의하면 이 두 가문은 처음엔 굉장히 친분이 깊었답니다."

워낙 재미있게 말하는지라 사람들의 귀는 다 엘튼을 향했다. 당장 움직이자는 쪽이었던 두삼 역시 처음 듣는 얘기라 의자에 앉으며 귀를 세웠다.

"어느 날, 두 가문의 가주가 주거니 받거니 술을 마시고 있었어요. 한데 남자들이 으레 그렇듯이 술 먹으면 일 얘기가 빠지지 않죠? 특히 같은 업계에 종사하니 더욱 자주 할 수밖에요. 두 가주는 그날도 언제나처럼 치료한 환자들의 얘기를 나누고 있었죠. 그런데 그날따라 술이 과했을까요. 언성이 높아진 겁니다. 무엇 때문에 싸웠는지 정확하지 않지만 아마 증세에 따른 처치 문제가 아니었을까 조심스레 추측해 봅니다."

"그래서요?"

적절한 추임새가 나오자 그는 신이 나서 얘기를 이어나갔다.

"내 치료가 맞다. 아니다. 내 치료가 맞다. 두 가주는 언성이 점점 커졌죠. 그리고 이견을 좁히지 못하고 크게 싸웠습니다. 종국엔 2년간 누가 더 많은 사람을 치료하는지 내기를 하고 헤어졌죠. 그때부터 본격적인 라이벌 구도가 돼요. 처음엔 어가한의원이 유리해졌어요. 숨이 멈춘 사람을 침 한 방에 살려 버리거든요. 그 소문이 퍼지자 많은 환자가 어가한의원으로 향해요."

"어가한의원이 이긴 거야? 그래서 3대문파에 들어간 거고."

"아뇨. 승부는 2년. 양가한의원이 절치부심을 하죠. 그리고 1년 정도 지났을 때 독특한 침술을 사용하기 시작하면서 실력이 여의침이라면 별호를 얻게 되죠. 그러자 이번엔 환자들이 양가한의원으로 향해요. 막상막하! 용호쌍벽! 누가 이길지 아무도 예측을 못했죠. 근데 이겨야 한다는 생각이 너무 강한 나머지 어가한의원이 실수를 해요. 다시 한번 활침을 선보였죠."

"실패했군요?"

"맞아요. 실패했죠."

"그럼 양가한의원이 이긴 거네요."

"끝까지 들어보세요. 어가한의원의 가주는 살리지 못했다는 죄책감인지 돌연 절침을 선언해요. 그리고 패배를 인정하고 떠나 버리죠. 양가한의원의 가주는 그가 떠나고 나서야 괜한 자존심을 세우다가 친구를 잃었다는 걸 깨달아요. 그리고 2년이 지난 후 떠나면서 친구가 주고 떠난 어가한의원의 진료 기록과 비교를 해봐요. 결과는 한 달 동안 환자를 받지 못했음에도 어가한의원의 환자가 더 많았다고 하더군요."

"음, 누가 이겼다고 말하기가 어정쩡하네요."

"어가한의원이 패배를 인정했으니 어가한의원이 진 거죠."

이가한의원이 이겼다, 양가한의원이 이겼다, 의견이 분분하여지자 엘튼이 마무리를 지었다.

"이긴 사람은 없어요. 진료 기록을 확인 후 양가한의원도 패배를 인정하거든요. 굳이 판정하자면 둘 다 진 거죠."

"하긴 좋은 친구를 잃었으니. 새드 엔딩이라니 조금 슬프네요. 근데 오늘 찾아갈 곳이 둘 중 어디예요? 힌트만으론 어가한의원인지 양가한의원인지 알 수가 없잖아요?"

"양가한의원이에요."

"어떻게 해서요?"

"뒷얘기가 있어요. 절침을 하고 길을 떠났던 어가한의원의 가주가 전남을 여행하다가 그곳의 환자들을 보고 다시 침을 잡게 돼요. 그리고 어가한의원을 그곳으로 옮겨요. 그리고 예전처럼 자주는 아니지만 가끔 만나 회포를 풀었다고 하더라고요."

개인적으로 새드 엔딩을 싫어한다.

찝찝하다. 인생에서 수많은 새드 엔딩을 겪고 있는데 굳이 드라마나 소설에서 새드 엔딩을 볼 이유가 있을까 싶다.

얘기가 훈훈하게 잘 마무리가 되었기에 편안하게 점심을 먹고 움직이는 쪽으로 생각을 바꿨다.

식당으로 가려다 문득 든 생각에 물었다.

"참! 그래서 양가한의원이 어디 있는지 알아요?"

"아니. 옛 얘기만 알 뿐, 내가 어떻게 알아? 유명한 곳이니 그냥 물어보면 되는 거야?"

"……."

"……"

비빔밥은 시간 되면 먹기로 했다.

*　　　　*　　　　*

어가한의원과 양가한의원 두 가문에 대해서 나이가 지긋한 이들 중 상당수가 알고 있었다.

엘튼의 얘기와 차이점이 있기도 했는데 가령, 두 사람이 대결을 하면서 친구가 되었다는 것으로, 한의원을 찾는데 큰 도움이 되지 않는 것들이었다.

"당연히 알지!"

"아! 어르신 그럼 양가한의원이 어디 있는지……"

"내가 당시에 일을 하다가 허리가 삐끗했거든. 그래서 두 곳 다 몇 개월씩 다녔어야 했어."

"그러셨구나. 어디로 가야 양가한의원이……"

"병원에선 당장 수술하지 않으면 큰일 난다고 했는데, 수술하면 허리 병신이 된다는 얘기가 있어 겁이 나더라고. 그래서 의원을 찾은 거야. 크~ 두 의원 다 대단했지."

말하기 참 좋아하는 분이었다. 말 많기로는 둘째가라면 서러울 엘튼마저 고개를 절레절레 저을 정도였으니 말 다했다.

아무튼 30분 정도 그분의 치료기(?)를 듣고 난 다음에야 양가한의원의 위치를 알 수 있었다. 그리고 3시 10분 전에 전주 가장자리에 위치한 한의원에 도착할 수 있었다.

세월의 흔적이 보이는 간판에 '여의한의원'이라고 적혀 있어서 처음엔 잘못 찾아온 줄 알았다. 그러나 들어서자마자 보이는 설치 카메라들을 보고 이곳이 양가한의원임을 알 수 있었다.

"엘튼 씨의 얘기를 듣고 당연히 양가한의원, 혹은 양땡땡 한의원일 줄 알았는데, 이러니 찾기 힘들었지."

비빔밥을 먹지 못한 것이 아쉬운지 유민기가 툴툴거렸지만, 두삼은 이제 한복을 벗어도 된다는 것에 만족했다.

한데 옷을 갈아입기 전에 양가한의원 사람들과 인사를 하는 게 우선이었다.

양가한의원 식구는 달랑 두 명밖에 없었다.

"다들 반가워요. 한의원을 하고 있는 양시철이에요. 이쪽은 제 일을 돕고 있는 조카예요."

"안녕하세요. 천아영이에요."

"처음 뵙겠습니다. 손석호입니다."

"안녕하세요, 이경철입니다."

"처음 인사드립니다. 한두삼입니다."

다들 인사를 나눴다.

"이곳까지 오시느라 고생들 했어요. 여성분들이 많이 지친 듯하니 일단 안에 들어가서 옷을 갈아입고 쉬세요. 허허허! 뭘 준비해야 하나 고민하다가 비빔밥을 준비했는데 배고픈 분들은 드셔도 됩니다."

와아!

양시철의 센스에 출연진과 스태프들 모두 감탄을 터뜨리며 안쪽으로 들어갔다.

크지 않은 한의원. 그러나 후문으로 들어가자 ㄷ자 모양의 넓

은 한옥이 나왔다. TV에 나오는 웬만한 대감 집만큼 넓고 고즈
넉했다.

양가한의원의 옛 명성을 보는 것 같으면서도 한편으론 한의학
의 현재를 보는 것 같아 씁쓸하다.

감상도 잠시, 옷을 입고 나오자 모두들 비빔밥을 먹고 있었다.

두삼도 한 그릇 받아 출연진이 있는 대청마루에 갔다. 그리고
엘튼의 옆에 앉아 슥슥 비빈 후 한 숟갈 먹었다.

"맛있다!"

"그렇지? 웬만한 가게 못지않네."

돌아다니느라 배가 고픈 건진 모르지만, 정말 유명 식당에서
먹는 것과 다르지 않았다.

절반쯤 먹었을까, 양시철이 흐뭇한 모습으로 식사하는 사람들
을 보고 있다.

"엘튼 선생님, 잠깐 인사드리러 가요."

"냠냠! 누구한테?"

"양시철 선생님께요."

"아까 인사드렸잖아."

"저 어르신 보면 누구 생각나는 사람 없어요?"

"글쎄? 음… 아무리 봐도 모르겠는데?"

"양태일 선생이랑 닮았잖아요."

"…그런가?"

전주 출신인 양태일, 양씨, 거기에 그의 할아버지의 책. 결정
적으로 닮은 얼굴.

엘튼과 함께 그에게 갔다. 그가 먼저 반갑게 말했다.

"식사는 맛있게 먹었어요?"

"네, 선생님. 아주 맛있습니다. 근데 선생님 혹시 양태일 선생이라고 아세요?"

"허허! 태일이가 굳이 아는 척 말라고 해서 모른 체하고 있었는데 헛일이 됐군요."

"정식으로 인사드리겠습니다. 양태일 선생과 같은 병원에서 일하는 한두삼입니다."

"두 분 부족한 아들내미 때문에 고생이 많죠?"

"별말씀을요. 양태일 선생 덕분에 편하게 일하고 있습니다. 말씀 편하게 하십시오."

"천천히 하죠. 방송 잘 보고 있어요. 근데 방송을 보다 보니전에 태일이 녀석 팔을 못 쓰게 만든 사람이 누군지 알겠더군요. 한 선생이 그랬죠?"

"죄송합니다. 기의 존재에 관해 설명하려다 보니 그렇게 됐습니다."

"허허허! 탓하려는 게 아니라 감사하다 말하기 위해 꺼냈어요. 한 선생님 덕분에 그 애가 정신을 차렸으니까요."

"똑똑한 친구라, 제가 아니었어도 잘했을 겁니다."

"많이 부족한 녀석입니다. 아무쪼록 잘 부탁드립니다. 전대의 인연이 후대에 닿다니 인연이라는 것이 참 재미있군요."

"……?"

"엘튼 선생님이라 했던가요? 한 선생과 얘기 좀 나누려고 하는데요."

"아, 네. 그럼 전 하던 식사나 마저……."

"잠깐 걸을까요? 촬영하는 분들도 20분 정도만 물러나 주셨으면 하는데요."

카메라까지 물리고 그와 천천히 걸었다. 한옥의 우측 쪽문을 빠져나가 언덕길을 오르자 시원한 소나무 숲이 나왔다.

전대의 인연이라는 말을 곱씹고 있는데 양시철이 말했다.

"할아버지를 많이 닮았군요."

"…제 할아버지를 아세요?"

"언 자 수 자 어르신 아니에요?"

"맞습니다! 근데 그걸 어떻게?"

"한 어르신 젊은 시절과 참 많이 닮았어요. 특히 눈과 입매는 판박이에요. 사실 한 선생이 한 어르신 손자라고 생각하게 된 건, 그제 걸려온 태일이의 전화 때문이었어요. 뜬금없이 림프 마사지와 할아버지의 침술이 연관이 있느냐고 묻더군요."

스스로 알아보라고 한 일을 양시철에게 묻다니 나중에 병원에 가면 혼을 내야겠다.

두삼의 마음을 아는지 모르는지 그는 말을 이었다.

"뭔가 묘한 느낌에 자세히 물었더니 한 선생 이름이 나오더군요. 그래서 사진을 보내달라고 했어요. 그리고 그때 한 선생이 한 어르신의 손자라 확신했죠. 두 번 뵀는데, 워낙 그 모습이 인상적이라 머리에 각인되다시피 했죠."

"그러시군요. 전 할아버지의 젊은 시절에 대해선 잘 모릅니다."

"허허! 나도 잘 몰라요. 다만 혹시 한 어르신에 대해 손자로서 알고 싶지 않을까 해서요."

"솔직히 많이 궁금하네요."

양시철은 빙긋 웃으며 말을 이었다.

"혹시 어가한의원과 우리 한의원에 대한 얘기를 들은 적 있어요?"

"네. 옛 얘기를 좋아하는 사람이 있어서요."

"허허! 그 사람이 엘튼 선생이죠? 태일이도 엘튼 선생에게 우리 집안에 대해 들었다고 하더군요. 한데 워낙 소문이 다양해서 어떤 얘기를 들었는지 간단히 말해줄래요?"

두삼은 엘튼에게 들었던 얘기를 그대로 옮겼다.

"약간 빠진 부분만 제외하곤 얼추 비슷하군요."

송림을 좁은 오솔길을 천천히 돌며 그의 말에 귀를 기울였다.

"한 선생의 할아버님, 즉 한 어르신과 어 어르신, 제 아버님 세 분은 친구셨습니다. 그리고 또 한편으로는 스승과 제자와 비슷한 관계였다고 하더군요."

"……?"

"친구였지만 한 어르신이 전주로 올 때마다 두 분의 청에 의해 침술을 가르쳤대요."

"아하!"

"한 어르신은 어떻게 생각하셨는지 모르겠지만 아버님은 제2의 스승이라고 말씀하시곤 했죠. 근데 요즘 태일이가 한 선생을 그렇게 생각하는 거 같아요. 그래서 아까 그런 말을 했던 거예요."

"전 아직 많이 부족합니다."

"한 선생이 부족하다면 부족하지 않은 사람이 몇 명이나 될까요. 허허허! 아무튼, 그때 처음 집으로 온 한 어르신을 뵀어요.

나이에 비교해 굉장히 젊고 훤칠하셨죠. 그날 밤새 세 분의 웃음이 끊이질 않았었어요. 언젠가 저도 저분들과 같이 살았으면 했죠."

당시를 떠올리는지 양시철은 빙그시 미소를 지었다. 그러나 말을 이으며 그 미소는 사라졌다.

"그런데 1년쯤 지났을 때, 들은 바처럼 어가한의원과의 내기가 시작됐죠. 아버님은 당시를 후회하면서도, 의술을 진일보시킬 수 있었던 때였다고 말씀하셨죠."

두삼은 고개를 끄덕였다.

의사가, 의원이 실력을 키우려면 배움도 중요하지만 결국엔 배우고자 하는 의지와 환자를 얼마만큼 보느냐에 달려 있었다. 레지던트를 졸하고 막 전문의가 된 이들보다 연수가 어느 정도 된 의사를 선호하는 것도 그 때문이다.

그리고 굳이 또 하나를 뽑는다면 경쟁.

잘난 척의 끝판왕인 이상윤과 함께 지내면서 자신의 실력이 얼마나 늘었는지 모른다.

"한창 내기로 싸우고 있을 때 다시 한 어르신이 전주에 방문하셨어요. 술이라도 한잔할까 해서 오셨을 텐데, 싸우고 있는 두 친구를 보고 무슨 생각을 하셨을지……. 근데 한 어르신은 이렇다 말없이 따로따로 친구분들을 방문하셨대요. 그리고 전과 마찬가지로 두 분에게 침술을 가르쳐 주셨죠. 그게 어가한의원의 활침, 아버님의 여의침이죠."

"……!"

활침에 대해 들었을 때 할아버지의 의료 기록에서 배웠던 장

침술이 떠올랐는데 이런 사연이 있었을 줄이야.

그러나 가르쳤다기보단 힌트를 준 게 아닐까 생각한다. 여의침에 대한 책을 봤는데 그것이 단 며칠 만에 가르쳐서 될 일이 아니었다.

꼬치꼬치 캐물을 일은 아니었기에 그 정도로 해석하고 넘어갔다.

양시철은 할아버지에 대해 10분 정도 더 말해주었다. 대부분 할아버지에 대한 그의 개인적인 생각이나 느낌이었는데, 젊은 시절의 할아버지 모습을 그릴 수 있어서 무척 좋았다.

얘기가 다 끝났을 때 두삼은 진심으로 그에게 감사했다.

"감사합니다, 선생님."

"아니에요. 태일이에게 잘해주는 한 선생에게 뭐라도 해주고 싶어 꺼낸 얘긴데 좋아해서 다행이군요. 앞으로도 잘 부탁해요."

"그러겠습니다."

과거에 그런 인연이 있었다니 앞으론 좀 더 가르침을 줘야겠다는 생각을 했다.

물론 양태일의 입장에선 가르침인지, 갈굼인지 헷갈릴 순 있을 것이다.

*   *   *

양가한의원에서의 촬영은 무난했다.

엘튼과 두삼은 양시철과 함께 환자를 봤고, 다른 출연자들은 일반인도 간단히 할 수 있는 수지침을 이용한 건강 침술을 배웠다.

양가침술, 여의침의 장점은 피부 깊숙이 침을 찌르지 않고 혈을 찌를 수 있는 범위가 넓어 잘못된 곳을 찔러도, 대충 찔러도 효과를 볼 수 있다는 것이다.

이게 얼마나 큰 장점이냐 하면 혈을 제대로 찌르는 건 한의사도 종종 실수할 만큼 어렵다.

가령 배꼽 아래 2치(약 6㎝)에 있는 석문혈을 예를 들어보자면 키 160㎝인 사람의 석문혈과 180㎝인 사람의 석문혈이 같을까? 상체가 짧은 사람과 상체가 긴 사람은?

이처럼 정확하게 혈에 침을 꼽는 건 상당한 실력이 필요하다. 근데 여의침의 경우 배꼽 아래 2치 지름 1㎝ 안에만 찌르면 된다. 다른 점은 찌르는 깊이를 조절해야 하고, 단점은 효과가 조금 덜하다는 정도.

볼펜형 수지침 세트만으로 설령 의사가 아니라고 해도 건강을 지킬 수 있는 침술이다.

촬영 내내 여의침에 대해 얼마나 칭찬을 했는지 모른다.

촬영을 마치고 돌아온 병원. 이별이 기다리고 있었다.

이치열의 퇴원.

일상생활에 불편하지 않을 정도로 키가 컸다고 판단했는지, 병원에서 퇴원을 시키라는 권유 같은 명령을 받았다.

입원을 누가 시켰던 퇴원 결정은 담당의의 권한. 그러나 이치열의 경우 병원에서 전액 비용을 부담하는 터라 무작정 데리고 있을 순 없었다.

그래서 결국 퇴원을 결정했다.

"한 달에 한 번은 꼭 와야 한다."

"네, 선생님."

"자식이 형이라고 하라니까."

"…다음에 올 때요."

"먹는 거 꼬박꼬박 챙겨 먹고."

"거긴… 아니에요. 그렇게 할게요."

무슨 말을 하려고 했는지 알 것 같다. 보육원은 이곳과 다르다고 말하려 했을 것이다.

근데 이젠 크게 다르지 않을 것이다. 이게 자신이 해줄 수 있는 마지막 치료라면 치료다.

"…선생님, 이거 돌려드릴게요."

이치열은 스마트폰을 내밀었다.

"가지고 가. 아직 치료 끝나지 않았잖아. 보육원 원장님껜 선생님이 말해둘게. 단, 친구들이랑 함께 써야 해. 알았지?"

"…애들이 쓰다가 고장 나서 선생님께 연락 못 하면 어떻게 해요?"

"별걱정을 다한다. 세상에 스마트폰이 그거 한 대뿐이냐? 고장 나면 다시 사줄게."

"…죄송해서 어떻게 그래요?"

"그래도 돼. 넌 아직 애잖아. 대신 나중에 돈 벌면 형한테 좋은 스마트폰 사줘. 오케이?"

"오케이!"

"녀석!"

이치열의 머리를 헝클어뜨리며 얘기하는 사이 보육원 원장이 왔다. 그녀에게 스마트폰에 관해 얘기한 후 이치열을 인계했다.

그리고 이미 한 작별 인사를 다시 한번 한다.

"잘 지내고 다음 달에 보자."

"그동안 감사했어요."

당장 울 것 같은 표정으로 꾸벅 인사를 하는 모습에 왠지 가슴이 먹먹하다. 그러나 고개를 드는 이치열은 방긋 웃고 있었다.

"…형."

그 말을 끝으로 이치열은 돌아섰다.

혼자인 아이를 대하는 건 조심스럽다. 무엇이 최선이고 어떻게 하는 것이 잘 하는 건지 두 번, 세 번 생각해도 모르겠다.

이치열에게 건넨 용돈, 스마트폰, 관심 역시 머리가 복잡할 정도 생각한 끝에 한 행동이다.

이것 때문에 얘가 혹시 더 생활하기 힘들어지면 어떻게 하지? 따위의 생각이 늘 괴롭힌다.

근데 마지막에 그가 말한 '형'이라는 말에 조금 안심하게 된다. 다른 건 모르겠고 이치열에게 쏟은 정성과 마음만은 조금은 전달될 것 같았다.

보육원 원장의 낡은 차가 시야에 완전히 사라질 때까지 보다가 돌아섰다.

"휴우~ 뇌전증 환자들을 치료하러 가볼까."

한 명만 생각하기엔 오늘도 치료해야 할 환자가 많다.

*　　　　*　　　　*

같이 일하는 간호사들이 있는데 뇌전증 환자를 마음대로 늘일 순 없었다. 그래서 같이 일하는 간호사, 간호조무사까지 모두 일주일 휴가를 줄 수 있느냐고 원장님께 물었다.

[인턴과 레지던트는 힘들고, 간호사와 간호조무사는 가능하네. 진즉에 주려고 했는데 한 선생이 일하는데 그들만 보낼 순 없잖아.]

그때 알았다. 혼자 하는 일이 아닌 이상, 무조건 열심히 하는 것이 반드시 좋다고 할 수 없다는 걸.

아무튼, 모두가 일주일간의 휴가를 위해서 평소 보던 환자의 수를 1.4배 늘리기로 합의를 했다.

"졔 수 러(끝났어요)."

"시에시에, 이성(감사합니다, 의사선생님)!"

중국인 환자 두 명을 치료하고 병실을 나왔다. 그리고 태블릿을 확인했다.

"다음은… 프랑스 환자네요? 영어 할 줄 알아요? 못하면 학교에 연락해야죠."

"통역을 구해서 왔더라고요."

"다행이네요."

최근 뇌전증 환자의 3분의 1은 외국인이다. 미국, 영국, 일본, 중국, 러시아, 독일, 스페인 등. 세계 곳곳에서 왔다.

그러다 보니 가끔 말이 통하지 않아 곤란할 때가 많았는데, 그땐 한강대학교의 해당 과에 도움을 요청했다. 아르바이트 비용이 들긴 하지만 외국인에게 받는 의료비가 워낙 세서 서비스 개념으로 해주고 있었다.

"참! 예약이 내년도 꽉 찼다면서요?"

"그럴 수밖에요. 뇌전증 학회의 발표에 의하면 우리나라에만 매년 2만 명의 신규 환자가 생겨요. 일 년에 한두 번 발작을 일으키는 이들이 많지만, 중증 환자도 적지 않죠. 세계적으로 보면 얼마나 많겠어요?"

"크으~ 상상만 해도 머리가 아프네요. 얼른 케취가 상용화되었으면 좋겠네요."

케취는 뇌전증 치료제 KH0023—9.0의 줄임말이다.

"곧 되겠죠. 듣기론 보건복지부에서도 주시하고 있어서 서두르고 있대요."

"그래요?"

"임상 시험 한다는 소문이 나면서 뇌전증 환자 보호자들이 얼른 시판하라고 집회를 하고 난리가 났나 봐요. 그 때문에 며칠 전 식품의약품안전처에서 찾아왔고요."

"하긴 환자 가족으로선 하루라도 빨리 약이 나오길 바랄 테니까요."

서두르는 건 좋지만 확실하게 치료제에 대한 임상 시험이 이루어지는 것 역시 필요했다. 천연 식품에서 추출했다고 해도 합성된 물질이 신체에 어떻게 반응할지는 미지수였다.

어쩌면 치명적인 부작용이 생길 수도 있다. 그래서 임상 시험 과정이 있는 것이다.

가끔 약을 먹고, 백신을 맞고도 오히려 높은 확률로 치명적인 병을 얻은 사람들이 있다. 자신이 도운 약이 그렇게 되지 않기 바랐다.

물론 60억의 인구 중 특이한 사람이 없을까. 그 모든 가능성까지 고려해야 한다면 어떠한 약도 쓸 수 없을 것이다.

'김영태 교수님이 어련히 잘할까.'

그러면 자신보다 오히려 더 꼼꼼하게 처리할 것이 분명했다.

"저도 하루빨리 케취가 나왔으면 좋겠어요."

"하하! 많이 힘드시나 보네요."

"그것도 그런데, 차례를 기다리는 환자들이 자꾸 생각나더라고요. 제가 치료하는 것도 아닌데요."

"수간호사님. 그런 말씀 마세요. 우린 같이 치료하고 있는 거예요. 저 혼자였다면 절대 많은 수의 환자를 치료할 수 없었을 거예요."

예의상 하는 말이 아니다. 만일 자신 혼자 치료했다면 절반 정도는 치료했을까?

환자를 받고, 그들을 검사하고, 그들을 입원시키고, 치료하지 않을 때 그들을 살피고.

정말 미친 듯이 했다면 4분의 1쯤. 나머지는 자신을 돕고 있는 이들이 치료한 것이다.

"훗! 한 선생님은 말을 참 멋지게 하세요."

"얼굴은 아니라는 말이네요?"

"아줌마인 제 스타일은 아니죠. 다만 젊은 애들은 엄청 좋아하더라고요."

"말씀도 참 아름답게 하시네요."

"얼굴은 아니라는 말인가요?"

"도'라고 말했는데요. 하하하!"

"호호호! 흰소리 그만하고 얼른 끝내요."

시답지 않은 말을 마치고 다음 병실로 들어갔다.

최근 뇌전증 치료는 그야말로 물이 올랐다. 마치 뇌전증의 위치를 탐색하는 '뇌자도'도 게임이 안 된다.

척하면 착하고 찾는 수준.

치료도 전엔 5분 정도 걸렸는데 요즘은 2분이면 충분하다. 물론 너무 빨리 손을 떼면 이상할 것 같아 3분간은 딴짓을 한다.

우리나라 사람이면 한 번 치료에 백만 원이 넘고 외국인이면 천만 원이 넘는데, 2분 만에 끝났다고 하면 설명하는 시간이 더 걸렸다.

마지막 환자까지 치료를 마치고 암센터로 가려 엘리베이터 앞에서 기다리고 있는데 누가 등을 툭 친다.

"어! 김 교수님."

"치료는 끝냈나?"

"예. 이제 암센터로 가려고요."

"일하고 있다고 해서 바로 왔는데 늦었으면 놓칠 뻔했군. 잠깐 내 방에서 얘기 좀 할 수 있을까? 그리 오래 걸리진 않을 거야."

"그러시죠."

사무실로 가자 그는 커피를 건네며 말했다.

"며칠 내로 1차 임상 시험 끝낼 걸세."

"빨리 끝나네요?"

"식약처에서 우리가 별도로 진행했던 비임상 시험을 인정해 주기로 했거든."

"뇌전증 환자 보호자들의 집회 때문에 그런 건가 보네요?"

"꼭 그 때문만은 아니지만 좀 복잡해."

"복잡한 얘기라면 안 듣는 게 낫겠네요. 시험 결과 이상 증상이 일어났나요?"

"아니 아직까진. 환자마다 치료 기간이 조금씩 다르다는 것과 한 명이 치료 과정이 더디다는 걸 제외하곤 다 잘됐네."

"다행이네요. 혹시 제가 도울 일이 있는 겁니까?"

"있지. 사실 그 때문에 보자고 한 거고."

"말씀하세요. 요즘 저녁엔 딱히 할 일도 없거든요."

"허허! 일을 시키려는 게 아닐세. 오히려 일하지 말아 달라고 부탁하려는 걸세."

"…네?"

일하지 말라니, 무슨 소린가 했다.

"지금 2차 임상 시험 인원을 모집하고 있네. 1차 때보다 10배 이상 대규모로 계획 중이지. 대상은 한 달에 한두 번 발작하는 환자, 일주일에 두세 번 발작이 있는 환자, 그리고 난치성 중증 환자들을 대상으로 할 생각이야. 근데 중요한 난치성 중증 환자들이 제대로 모집이 안 되고 있어."

"그게 제가 쉬는 것이 연관이 있습니까?"

"아직까지 확실하지 않은 약보단 100퍼센트 안전하고 확실하게 고치는 자네라는 존재가 있지 않나. 중증 환자들의 경우 예약을 늦게 해도 늦어도 서너 달 안에 치료를 받을 수 있어. 그러니 누가 굳이 위험을 무릅쓰고 임상 시험에 참여하겠나?"

듣고 보니 그럴 수 있겠다 싶다.

눈앞의 환자가 중요하지만 넓게 생각하면 케취의 개발이 더 절실하다.

"…제가 어떻게 하길 바라십니까?"

"두어 달쯤 한국을 떠나줬으면 해."

"……."

"어설프게 치료를 하지 않으면 환자를 거부하는 것처럼 보이지 않겠나. 그럴 바엔 한국에 없는 게 차라리 나아. 사실 마음 같아선 3차 임상 시험이 끝나기 전까지 다녀오라고 하고 싶네만 그럴 수야 없지."

"해외에 나가는 거야 문제가 없는데 두 달 치의 환자를 치료하려면 적어도 한 달 정도의 시간은 필요할 텐데요."

"내 말뜻을 잘못 이해했나 보군. 그냥 평소처럼 일을 하다가 그대로 스톱하고 떠나라는 것이네. 어디까지나 불가항력적인 일로 인해 자리를 비우게 되는 걸로 보여야 하니 말일세."

"…그렇군요."

환자들이 마음에 걸린다.

그러나 한평생 뇌전증을 없애기 위해 노력해 온 김영태 교수가 자신보다 환자를 위해지 않아서 이런 말을 꺼냈다곤 생각지 않았다.

선택지가 많지 않아 결정은 금방 이루어졌다.

사실 혹시나 있을 부작용의 가능성만 배제한다면 임상 시험도 꽤 좋은 치료 방법이다.

"이런 부탁 해서 미안하네."

"아, 아닙니다. 저 역시 케취의 성공을 바라는데요. 근데 암센터는 어쩌죠?"

"암센터장에겐 나나 민 원장이 말할 걸세."

"그렇군요. 언제 떠나면 좋겠습니까?"

"빠를수록 좋지. 늦어도 10일 안에는 떠났으면 해."

"…알겠습니다."

방을 나오는데 조급함에 걸음이 빨라진다.

아무리 갑작스럽게 떠나는 방식을 취한다 해도 정리할 것은
해야 했다.

*　　　*　　　*

떠나는 건 단출하게 가방 하나만 들고 떠나도 상관이 없다.
그러나 집을 정리하고, 환자를 정리하는 건 상당한 시간이 필요
했다.

수영장 물을 비우고, 청소하고, 냉장고를 비우고, 먼지가 쌓이
는 곳에 일일이 천을 씌우는 것도 꼬박 이틀이 걸렸으니 말 다
했다.

뇌전증 환자에 대해서도 정리가 필요했다. 이미 입국해서 차
례를 기다리고 있는 외국 환자가 있었기에 그들은 서둘러 입원
을 시켜 치료했다.

충분할 것 같았던 10일은 어떻게 지났는지 모를 만큼 빠르게
지나갔다.

미국으로 떠나기 전날, 주변 사람들에게 갑자기 일이 생겨 미
국에 가야 함을 알렸다.

"와! 형, 건수 잡았네. 나도 가면 안 돼요?"

"웅, 안 돼. 내가 놀러 가는 줄 아냐?"

"쳇! 미국이면 놀러 가는 거죠."

사람들은 대체로 두 가지 반응을 보였다.

류현수처럼 부러워하는 이들.

"잘 다녀와. 무슨 일인지 모르지만 미국에 가서는 휴가다 생각하고 푹 쉬어."

그동안 휴가도 제대로 가지 못했으니 푹 쉬다가 오라는 이들.

"내가 무서워서 도망가는 거냐?"

"…그렇게 상상할 수 있는 네가 무섭긴 하다."

"아님, 내가 미국에서 공부했다고 하니 내 약점을 알아보러 가는 거냐?"

이상윤의 헛소리는 변함이 없다.

인사마저 다 마치고 나서야 평상복으로 갈아입고 마지막 남은 노연경을 만나기 위해 VIP실로 올라갔다.

이미 언급은 해놓은 터라 옷을 다 갈아입고 떠날 준비를 마친 채 기다리고 있었다.

"댁으로 가실 준비는 다 되셨어요?"

"네. 근데 병원비는……?"

"입원한 적이 없는데 병원비를 계산할 순 없죠. 의원님이 나중에 챙겨주지 않겠습니까. 오늘 미세 먼지가 많으니 마스크 하시고 나오세요."

그녀는 마스크에 모자를 눌러쓰고 나왔다.

엘리베이터를 기다리는데 참 어색하다.

또다시 폭력이 일어날 걸 빤히 알면서도 퇴원시킬 수밖에 없는 자신과 알면서도 가야 하는 그녀. 그러니 말하려 해도 마땅히 할 말이 없다.

입을 연 건 차를 타면서 고통에 인상을 찌푸리는 모습을 본 후였다.

"보호대를 차고 있지만 제대로 맞으면 아직 제대로 붙지 않은 뼈가 내부 장기를 찌를지도 모릅니다. 그러니 혹시 또다시 당하게 되면 몸을 웅크리세요."

"…소용없어요. 주먹으로 때리는데 웅크리면 불같이 화를 내요. 그러고는 손에 잡히는 것으로 때려요. 제 척추에 철심이 박혀 있는데 웅크린 자세에서 맞아서 그렇게 된 거예요. 불행 중 다행이라면 얼굴은 때리지 않는다는 거죠."

"……."

"차라리 주먹으로 맞는 게 나아요."

"자주 그러나요?"

"술 먹고 온 날은 항상 그래요."

"오 의원은 술 많이 먹으면 안 되는데. 자칫 뇌출혈이라도 일어나면 어쩌려고, 쩝! 뇌출혈이 일어나고 1시간이 지나면 평생 침대에 누워 살아야 할 텐데."

혼잣말인 양 중얼거리다가 말을 이었다.

"그럼, 술을 먹지 않기를 바라야겠네요?"

"…마시지 않는 날이 드물어요."

답답하다. 자식들이 걱정되면 맞고만 있지 말고 이혼을 해서 아이들을 데리고 살면 되지 않나 싶다. 그러나 당사자가 아니면 모르는 일.

"답답하시죠? 알아요. 저도 저 자신이 싫어요. 절 아는 사람들은 왜 이혼을 하지 않느냐고 말해요. 근데 저라고 왜 그러고 싶지 않겠어요. 그 사람은 이혼한다고 끝낼 사람이 아니에요. 폭력이 점점 심해지던 초창기 때 별거를 한 적이 있었어요. 그때 알았죠. 죽기 전엔 이 사람에게 벗어날 수 없다는걸."

처연함 묻어나는 말투에 더는 묻지 못했다. 그리고 오형식의 집에 도착하기 전에 마지막 충고를 했다.

"혹시 폭력이 시작되어서 죽겠다 싶으면 웅크리세요. 팔로 머리를 감싸고 왼편으로요. 이런 식으로요."

자세까지 가르쳐줬다.

"아까 말했듯이……"

"그냥 맞아도 위험하긴 마찬가지예요. 제가 가르쳐 드린 자세면 설령 골프채로 맞아도 생명이 위험한 일은 없을 거예요."

"…기억하고 있을게요."

"…도움이 되지 못해 죄송합니다."

"아니에요. 선생님의 마음 감사히 간직할게요."

오형식의 집에 도착했다. 초인종을 누르자 대문이 열렸다. 안으로 들어가자 오형식이 정원에서 기다리고 있었다.

그는 걱정스러운 표정으로 다가와 연기를 했다.

"여보, 이제 좀 괜찮아?"

"…네."

"얼른 들어가 쉬어. 난 한 선생이랑 잠깐 얘기하다가 갈 테니까."

노연경이 집 안으로 들어간 후에 그는 두삼을 향해 말했다.

"고생했어요, 한 선생."

"아닙니다, 의원님."

상기된 볼과 울긋불긋한 목, 입을 열 때마다 술 냄새가 확 풍긴다. 절로 인상이 찌푸려졌지만 다행히 고개를 숙이고 있어 들키지 않았다.

"미국에 간다면서요?"

"네. 갑작스럽게 일이 생겨서 그렇게 됐습니다. 두 달쯤 걸릴 것 같습니다."

"도와줄 사람을 만났나 싶었는데……. 한 선생이 돌아오기 전에 또 넘어지면 어쩌나 걱정이군요."

"제가 돌아올 때까진 넘어지지 않길 바랍니다. 다만 혹시 그 전에 넘어지면 원장님께 연락해서 VIP실을 이용하시면 될 겁니다."

"하긴 민 원장님도 입이 무거운 편이죠. 자! 이건 고생한 것에 대한 작은 성의예요."

오형식이 봉투를 꺼내 건넨다. 거절할까 하다가 그냥 받았다.

"감사합니다. 미국에 다녀온 후에 찾아뵙겠습니다."

두삼은 고개를 숙이며 손을 내밀었다. 상당히 비겁한 자세지만 상관없다. 처음 만났을 때 심어둔 시한폭탄 스위치를 누르기 위해선 그와의 접촉이 필요했다.

이 시한폭탄은 그가 어떻게 하느냐에 따라 폭발할 수도 있고, 시간만 흐를 수 있는 폭탄이었다.

"허허허! 그래요."

오형식은 빛나고 있는 두삼의 손을 잡았고 그 순간 빛이 그의 팔로 스며들었다.

　스위치를 누른 두삼은 부디 시한폭탄이 작동되지 않기 바라며 오형식의 집을 나왔다.

72. LA

집에 들어온 노연경은 언제 찾아올지 모르는 폭력의 두려움
에 떨면서 거실에서 오형식이 들어오길 기다렸다. 쉬라고 말했지
만 그 뜻이 침실로 가라는 얘기는 아니었다.

떠나는 두삼을 바라보던 오형식이 돌아서 집안으로 들어왔다.
그는 다른 사람을 대할 때와 달리 아주 싸늘한 말투로 물었다.

"쓸데없는 소리 한 건 아니지?"

"…그럴 리가 없잖아요."

"전적이 있으니 하는 말이잖아."

"……"

사건을 무마해 주는 의사가 사정으로 가끔 바뀔 때가 있다.
종종 새로운 의사가 오면 불의를 참지 못하고 폭력 사건이라고
경찰, 혹은 신문사에 제보하곤 했다.

세 번 그런 경우가 있었는데 사건이 공론화되거나 커진 적은 단 한 번도 없었다. 오히려 신고했던 의사들이 병원에서 쫓겨나거나 지방 발령을 받았다.

"근데 무슨 잘못을 했기에 그렇게 식은땀을 흘리는 거야?"

"…늑골이 아직 낫지 않아서. 미안해요."

"하여간 약해 빠진 집안이라니까. 애들도 그 핏줄을 절반이나 받았으니 골골거리지."

집안 전체를 욕했지만 폭력의 빌미를 주지 않기 위해 노연경은 어떤 말대꾸도 하지 않았다.

"인정하나 보군. 올라가. 난 술이나 한잔해야겠어."

술을 더 마신다는 말에 손발이 덜덜 떨렸다. 그러나 최대한 괜찮은 척 방으로 올라갔다.

방에 들어온 그녀는 가장 먼저 방을 둘러봤다.

뭔가 무기가 될 만한 것이 있는지 없는지를 살피는 것이다.

벽시계 하나와 화장대가 전부인 방. 화장대 위엔 화장품이 단 하나도 없다.

화장품 대부분 서랍 안에 넣어놓는다. 그마저도 꺼내서 던질 때가 있어. 가벼운 플라스틱 용기에 든 화장품만 사용했다.

아무것도 없는 방이 조금이나마 위안을 준다.

침대에 걸터앉았다. 어차피 누워봐야 걱정돼서 잠도 오지 않을 것이다.

술을 먹겠다고 말한 건 '곧 널 때리겠다'라는 말이나 다름없다. 그럼 그녀는 파블로프의 개처럼 안절부절못하고 얼른 폭력이 끝나길 기다린다.

'어차피 내가 죽어야 끝날 일이야.'

사실 그녀는 체념 상태이다. 오형식이 도와주지 않으면 언제든 무너질 아버지의 회사, 그가 소개해 준 곳에서 일하는 동생, 그리고 아이들. 족쇄처럼 그녀를 이곳에 묶어두고 있다.

그들을 위해서 버티고 있지만 얼마나 버틸 수 있을지 모르겠다. 이제는 점점 힘들어진다.

다만 한 가지 바라는 것이 있다면 그의 손에 죽고, 그가 벌을 받아 아이들이 무사했으면 하는 것.

과연 벌을 받을 수 있을까, 라는 생각은 하지 않았다. 그럼 그땐 정말 미칠지도 몰랐다.

그저 자기 죽음이 그의 폭력을 끝낼 수 있기를 간절히, 간절히 바랐다.

쿵! 두근!

쿵! 두근두근!

'…온다.'

이런저런 상념으로 시간을 보내는데 계단을 올라오는 소리가 들렸다.

노연경은 입술을 깨물었다.

언제나 저런 식이다. 일부러 소리를 내서 사람을 두렵게 만든다. 술을 먹는다는 것 역시 자신을 초조하게 만들기 위한 치졸한 방법.

'개새끼!'

욕을 뱉지 못하는 그녀. 그러나 죽기 전에 꼭 뱉고 싶은 말이기도 했다.

열어둔 문으로 그의 모습이 보인다.

"쉬라는데 안 자고 뭐 해? 문은 열어두고."

닫아두나 열어두나 마찬가지다. 어차피 자물쇠가 고장이 난 문이다.

"…잠깐 생각할 게 있어서요."

"왜? 한 선생이라는 의사 놈 생각하는 거야? 생각하니 가슴이 벌렁벌렁해?"

"아이들 생각했어요."

"훗! 잘도 그랬겠다. 외국으로 보내야 한다고 난리 피웠던 게 누군데. 언 놈팡이 만나려고 그런 거 아냐?"

"……."

"역시 맞나 보네?"

어차피 어떤 대답을 하든 결과는 정해져 있다. 말을 해도, 말을 하지 않아도 꼬투리를 잡고 폭력으로 귀결시킨다. 말을 거는 건 그저 폭력을 정당화시키기 위해, 주먹에 감정을 실으려고 하는 절차에 불과했다.

"대체 어떤 놈이야? 응? 말해봐. 말해보라고."

툭! 툭!

가볍게 견갑골 부위를 주먹으로 툭툭 친다.

"말 안 할 거야? 말 안 할 거냐고!"

퍽!

몸이 휘청하며 고통이 밀려온다. 어깨보다 아직 낫지 않은 늑골 부위가 더 아프다.

"…여보, 그런 게……."

"닥쳐! 닥치라고! 부족한 게 뭐가 있다고 동네 개새끼처럼 꼬리를 흔들고 다니는데? 응! 응!"

퍽! 퍽! 퍽!

아직은 참을 만했다. 하긴 벌써 견디지 못하면 큰일이다. 이제 시작에 불과했다.

"피가 더러운 거야. 피가. 그러니 애새끼들도 그 모양들이지. …윽! 씨발, 왜 이래."

때리다 말고 눈을 찡긋거리며 목을 좌우로 흔든다. 뭐가 불편한 건지, 아니면 몸을 푸는 건지 모르겠다.

폭력은 본격적으로 시작됐다.

때리고, 밀치고, 다시 때리고.

근데 늑골이 부러진 것이 확실히 문제긴 문제였나 보다. 평소라면 더 버틸 수 있었을 텐데 벌써 마지막에 이른 것처럼 아팠다.

'…어쩌면 오늘……'

정말 죽을지도 모른다는 생각이 들었다. 그리고 진짜 죽을 수 있다는 두삼의 말이 떠올랐다.

죽기를 바랐는데, 그걸 소원했는데, 막상 진짜 죽는다는 생각을 하자 아이들이 떠올랐다.

'안 돼! 죽을 수 없어! 절대……'

"컥! 케엑! 켁!"

막 다짐을 하려는 순간 오형식의 주먹이 부러진 늑골 부근에 와서 박혔다. 바닥으로 꼬꾸라지는 그녀. 숨을 제대로 쉴 수가 없었다.

그 와중에도 폭력은 계속된다.

텅 비어버린 머리엔 온통 벗어나고 싶다, 살고 싶다는 두 단어로 가득 찼다. 그리고 그 두 단어가 어떤 자세를 만들어낸다.

노연경은 생각할 겨를도 없이 그 자세를 취했다.

퍽! 퍽! 퍽!

확실히 머릿속의 자세를 취하자 팔이 아프긴 했으나 고통이 훨씬 덜했다. 한데 거의 무의식중에 한 자세가 오형식을 화나게 했다.

"이런! …씨발! 그, 그래 끝까지 가보자는 거… 지?"

후다닥 일어나 다른 방으로 가는 소리가 들렸다. 그리고 우당탕 소리 후 다시 방으로 온다.

그제야 노연경은 자신이 잔뜩 웅크리고 있다는 걸 깨달았다.

"여, 여보, 이건……."

변명하려 슬며시 눈을 떠 오형식을 바라봤다. 한데 잔뜩 인상을 찌푸린 채 골프채를 양손으로 잡고 높이 치켜든 그가 보였기에 '아악!' 하는 비명을 지르며 눈을 감고 충격에 대비했다.

한데 몇 초가 지났는데도 골프채가 몸을 때리지 않는다. 대신 '쿵!' 하고 뭔가 쓰러지는 소리가 들렸다. 그래서 더욱 눈을 꼭 감았다.

얼마나 지났을까, 10초쯤 지났을 텐데 그녀에겐 마치 몇 분은 된 듯했다. 그제야 슬며시 눈을 떴다.

먼저 눈에 보인 건 오형식의 커다란 발. 그런데 그 발이 한쪽이 마치 팔딱팔딱 뛰는 물고기처럼 퍼덕거리고 있다.

"……."

그렇게 다시 10초쯤 지난 후 슬며시 웅크린 몸을 풀었다. 그녀는 언제라도 다시 웅크릴 수 있도록 만반의 준비를 하면서 몸을 일으켰다.

부들부들! 퍼덕퍼덕!

눈을 뜬 상태로 바닥에 쓰러진 채 전기에 감전된 사람처럼 누워 있는 오형식을 볼 수 있었다.

"…여보?"

"……"

그녀의 물음에 그의 눈동자가 움직였다. 그리고 그 눈엔 다급함이 서려 있었다.

처음 보는 눈빛. 도와달라고 말하는 눈빛.

갑자기 왜 이런 거지? 어떻게 해야지? 왜 저런 눈빛으로 보는 거지? 저건 또 무슨 수작이지?

별의별 의문이 떠올랐다. 그리고 그 의문을 설명하는 말 역시 생각났다.

'오 의원은 술 많이 먹으면 안 되는데. 자칫 뇌출혈이라도 일어나면 어쩌려고.'

뇌출혈! 오형식의 지금 모습이 얼핏 TV와 인터넷에서 봤던 증상과 비슷하다.

혹시 연극을 하고 있을 수도 있다고 생각해서 조심스럽게 물었다.

"…어디가 안 좋아요?"

"……"

매서운 눈빛은 '보면 몰라! 당장 119에 연락해!'라고 말하는 듯

했다.

　그에 부서질까 봐 침대 아래 숨겨둔 스마트폰을 꺼내 119를 누르고 하던 그때 두삼의 또 다른 말이 생각났다.

　'뇌출혈이 일어나고 1시간이 지나면 평생 침대에 누워 살아야 할 텐데.'

　그녀는 들고 있던 스마트폰을 조용히 호주머니에 넣었다.

　그 모습에 오형식의 눈빛이 난리가 났다. 당장 일어나 죽일 것 같이 부들거렸다. 한데 화를 낼수록 나빠지는 건지, 그의 눈꺼풀이 마치 파르르르 떨리고 몸이 더욱 퍼덕거렸다.

　노연경은 그가 뇌출혈로 쓰러졌다는 걸 더는 의심하지 않았다. 아무리 연기를 잘한다고 해도 발이 당장에라도 뒤틀어질 정도로 꺾이는 건 연기가 불가능했기 때문이다.

　노연경을 벽에 걸린 시계를 흘낏 봤다. 밤 10시.

　시선을 오형식에게 돌린 그녀가 조용히 입을 열었다.

　"차를 타고 올 때 한 선생이 그러더라고요. 당신 뇌출혈을 조심해야 한다고요. 그리고 뇌출혈이 시작되고 1시간이 지나면 평생 침대에서 살아야 한다더라고요."

　"……."

　"그래서 1시간 뒤에 119에 연락하려고요. 아니, 당신은 튼튼하니까 3시간 정도는 있어야겠네요. 왜 당장 신고하지 않았는지 경찰이 의심할 거라고요? 걱정하지 말아요. 여기에 골프 연습 매트를 갖다 놓으면 되니까요. 난 다른 방에서 잤다고 하면 그만이고요."

　"……."

"난 당신이 평생 침대에 누워 있으면 좋겠어요. 지금까지 받은 거 다 돌려줄게요."

부들부들!

"참! 이 말을 꼭 하고 싶었어요. 넌 개새끼야."

점점 의식을 잃어가는 그를 향해 노연경은 조곤조곤 앞으로 어떻게 할지를 말했다.

＊　　　　＊　　　　＊

―7시 30분 출발 비행기니 5시 30분까지만 가면 돼요. 지금 가면 4시쯤에 도착할 거예요.

어젯밤에 챙겨둔 캐리어를 끌고 나가려는데 루시가 말했다.

"어차피 집에서 할 일도 없잖아? 괜히 정리해 둔 것 어지럽힐 수도 있고."

―그렇긴 하겠네요. 혹시 하란 님을 만나는 게 설레어서 그런 건가요?

"훗! 그건 당연하지."

사랑하는 이를 두 달 만에 만나는데 당연히 설렌다. 만나자마자 진한 키스부터 할 생각이다.

차를 타고 공항으로 향했다. 어차피 차는 루시가 다시 집 주차장에 갖다 놓을 것이다.

"음, 뭘 하지?"

인천공항 제2여객 터미널에 도착하니 4시. 딱히 할 일이 없다.

―딱히 할 일이 없으면 한국항공 라운지에 가서 식사와 차를

마셔도 돼요.

"그래?"

—비즈니스석이니 사용 가능해요. 1번으로 가세요.

중국에 갈 때 몇 번 공항에 왔었다. 그러나 그때완 달리 비즈니스석을 이용하고 공항이 달라져 루시의 말을 따라야 했다.

비즈니스석은 별도의 입구가 마련되어 편하게 보안 검색을 하고 라운지로 갔다.

여름휴가 기간이 끝나고 학생들이 2학기 개학 시즌이라 그런지 라운지는 꽤 한가했다.

뷔페식으로 된 음식 중 간단히 수프와 샐러드, 차를 테이블에 놓고 스마트폰을 살폈다.

뉴스를 살피는데 눈을 잡는 기사 타이틀이 보였다.

〈오형식 의원 뇌출혈로 쓰러져…〉

얼른 클릭을 해봤다.

〈오형식 의원 뇌출혈로 쓰러져 긴급 수술.〉

—어제 새벽 4시경, 오형식 의원이 의식을 잃고 쓰러져 있는 것을 확인하고 119에 신고, H 대학병원으로 긴급 후송 되어 수술했지만, 경과가 나쁜 것으로 알려졌습니다. 술을 마시고 골프 연습을 하다가 혈관이 파열된 것으로 추정되는데 발견 시간이 늦어져……

'…시한폭탄이 결국 터졌구나.'

어떻게 아직 멀쩡하지도 않은 노연경을 때릴 생각을 했는지. 자업자득이다.

미묘한 기분은 뒤로 가기 버튼을 누르는 순간 사라졌다. 어차피 90%는 일어날 거라고 예상했던 일이다.

'그나저나 그 아줌마 바로 신고를 안 하다니 생각보다 강하네. 당한 게 많아서 그랬으려나.'

괜스레 마음고생하지 않았으면 했다.

다른 뉴스를 검색해 봤지만, 기분만 나빠지는 소식뿐이라, 소설 사이트로 들어가 판타지를 보며 시간을 보냈다. 그리고 탑승 시간이 되어 비행기에 올랐다.

총 11시간의 비행.

식사하고, 영화를 보고, 자다가 다시 일어나 차를 마시며 영화 보기를 반복하다 보니 LA에 도착했다.

가장 먼저 반기는 건 높디높고 푸른 하늘.

대수롭지 않게 생각하던 서울의 하늘이 미세 먼지로 썩었음을 단번 느끼게 해주는 하늘이다.

별 탈 없이 입국 심사를 마치고 입국장으로 나가자 수많은 인파 중에 단연 돋보이는 사람이 손을 흔드는 것이 보였다.

"하란아!"

"오빠!"

얼른 달려가 그녀를 껴안았다. 그리고 잠깐 얼굴을 마주 본 후에 키스했다.

이렇게 미국에서의 생활이 시작됐다.

입술을 떼자 살짝 상기된 얼굴의 하란이 말했다.

"울 오빠, 미국에 왔다고 금세 아메리카 스타일로 바뀌었네?"

"두 달 만에 만났으니 당연한 거 아닌가? 그나저나 한 번으론 성이 차지 않는데……."

"훗! 참으세요. 아무리 미국이라고 해도 공공장소에서 계속하는 건 실례야."

"그런가? 근데 몸 상태 보니 너무 일만 한 거 같은데. 쉬면서 하라니까."

"그건 언제 봤대?"

"키스하면 알아서 정보가 들어와. 가자! 내가 두 달간의 피로를 싹 풀어줄게."

"지금은 안 돼. 오빠 집에 데려다 주고 다시 들어가 봐야 해."

"어쩔 수 없지. 근데 저기 있는 두 사람은 경호원?"

하란과 키스를 할 때부터 느껴지는 시선이 있었다. 양복을 입은 두 명의 사내였는데 몸의 균형이 예사롭지 않았다.

"비슷해. 그냥 그림자처럼 생각하면 돼."

그림자라, 하란은 익숙해서 그런지 몰라도 두삼은 살짝 불편했다. 하지만 어쩌랴. 익숙해지는 수밖에.

공항 앞에 대기 중인 차에 올랐고 곧장 차는 어디론가 향했다. 물론 경호원들이 탄 검은색 SUV가 뒤를 따랐다.

살짝 창문을 열자 상쾌한 바람이 들어온다.

"서울 공기완 차원이 다르네."

"살기 좋은 곳이야. 마음껏 즐기고 쉬어."

"벌써부터 즐거워. 네가 옆에 있잖아."

"…어쩨 못 보던 사이에 많이 느끼해진 것 같아."

"그런가? 기름도 쫙 빼고 가야겠네. 근데 지금 어디로 가는 거야?"

"가보면 알아."

운전하는 하란과 창밖을 번갈아 보면서 1시간쯤 달렸을까, 우리나라 명품 거리처럼 고급스러운 가게들이 보이면서 'Beverly'라는 단어가 유독 눈에 많이 띤다.

"비벌리힐스? 집이 여기 있어?"

"응. 지난번 미국에 왔을 때 샀어."

노스 산타모니카 대로를 달리던 차는 비벌리 가든스 공원에서 노스 비벌리 드라이버로 좌회전을 했다. 그리고 좀 더 올라가다가 좌우로 멋진 조경수가 있는 집으로 들어갔다.

"…여기야?"

"응. 들어가자."

서울에 있는 집도 작지 않은데, 이곳의 저택과 비교하면 손색이 많았다. 놀람에 두리번거리며 집 구경을 하는데 천장에서 루시의 목소리가 들렸다.

―뒤뜰에는 테니스장과 수영장도 있어요.

"그래? 와아~ 완전 영화에서 보던 집이네."

―리모델링하기 전에 여러 번 촬영이 이루어졌던 집이기도 하니까요.

그렇다니 더 정성 들여 살피게 된다.

"구경은 천천히 하고 좀 쉬어. 난 일 다녀올게."

"조심히 다녀와. 언제쯤 들어와? 저녁 같이하자."

"8시에서 9시쯤. 배고프면 먼저 먹어."

"괜찮아. 내가 저녁 준비해 둘게. 뭐 먹을래?"

"오빠가 해주는 거면 아무거나 괜찮아. 갔다 올게. 참! 운전면허 있어?"

"응. 받아왔어."

"다행이네. 궁금한 건 루시에게 물으면 될 거야. 그럼 저녁에 봐요, 달링~ 쪽!"

입맞춤을 해주고 후다닥 나가는 그녀.

현관으로 나가 손을 흔들어주려 했지만 차는 이미 사라진 후였다.

"이제 뭘 한다? 집 구경부터 마저 하자."

낯선 땅, 낯선 집. 일단 낯선 집에 익숙한 게 우선인 듯했다.

*　　　　*　　　　*

넓다 하지만 1시간이면 집 구경은 충분했다. 그러고는 곧장 수영장으로 들어가 수영을 했다.

실컷 수영을 하다가 나무 그늘 밑에 있는 선베드에 누우면 시원한 바람이 분다.

여유가 없을 만큼 일에 몰두하지 않았으나 내일 걱정 없이, 환자 걱정 없이 여유를 누려보는 것이 몇 년 만인지 모르겠다.

수영장 옆이 옆집의 테니스 코트인지 기합 넣는 소리, 공치는 소리, 공 튀는 소리가 들렸지만 그마저도 소음이 아닌 여유의 배경음처럼 들렸다.

물론 열심히 살았으니 지금의 여유에 행복감을 느끼는 건 분명했다.

LA시간으로 맞춰둔 시계를 보니 이제 슬슬 마트에 가야 할 시간이다. 그래서 일어나는데 노란 뭔가가 날아와 발 옆에 떨어진다.

테니스 공. 옆집의 누군가가 홈런을 때린 모양이다.

주워서 나무 너머로 던져줬다.

"고마워요!"

"천만에요."

기분을 좋게 하는 인사말에 대답을 한 후에 옷을 갈아입고 마트로 향했다.

한국 음식 재료를 파는 마트는 비벌리힐스에서 조금 멀었다. 그러나 새로운 환경은 아주 평범한 것이라도 새로움을 주는지 운전을 하는 것이 지루하지 않았다.

마트에서 장을 보는 것도 마찬가지.

온통 영어로 된 갖가지 인스턴트식품들은 구경하는 것만으로도 재미있고 신기했다.

며칠 지나면 어느새 무뎌져 사라져 버릴 것이지만 그전까진 충분히 즐길 생각이다.

장을 보고 돌아왔다. 저녁엔 보쌈과 해물찜을 해줄 생각으로 물을 올리고 채소를 다듬었다.

딩동! 딩동!

"응? 누가 왔나?"

부엌에 있는 인터폰을 보니 웬 아주머니의 얼굴이 보였다.

"누구세요?"

ㅡ옆집에서 왔어요.

ㅡ옆집에서 일하는 아주머니 중 한 명이에요. 하란 님과 인사를 나눈 사이예요.

루시가 설명을 더했기에 얼른 대문을 열어준 후 현관으로 나 갔다.

하란의 LA집 구조는 이중으로 현관문을 열고 나가면 밖에 대 문이 있는 구조였다.

"안녕하세요. 실비아예요."

"안녕하세요, 실비아. …한이에요."

영어식 이름을 생각하다가 그냥 '한'이라고 말했다. 실비아는 싱싱한 체리가 든 밀폐 용기를 열어 보이며 말했다.

"반가워요, 한. 캐시가 이걸 갖다주라고 해서 가지고 왔어 요."

"…감사합니다."

"헬렌은 아직 안 왔어요?"

"네. 8시쯤 퇴근할 거예요."

"그렇구나. 그럼 가볼게요."

밀폐 용기를 건넨 실비아는 묘한 웃음을 짓고는 옆집으로 가 버렸다.

약간은 얼떨떨한 기분.

"루시, 하란이만 있을 때도 이랬어?"

─네. 가끔 옆집 파티에 참석하기도 하고 집으로 초대해서 음 식을 대접하기도 했어요.

"그래? 그렇다면 맛있게 먹으면 되겠네."

받은 게 있으면 줘야 한다는 생각이었기에 나중에 뭐라도 챙 겨주기로 하고 다시 부엌으로 돌아왔다.

하란이 집에 도착한 건 8시가 조금 넘은 시간.

한국에선 그녀가 항상 집에서 반겨줬는데 LA에선 입장이 바뀌었다.

"어서 와. 수고했어."

"불 켜진 집, 애인이 기다리는 집. 앞으로 빨리 오고 싶어서 어떻게 하지?"

"천천히 와도 기다릴 텐데, 뭐. 씻고 와. 저녁은 보쌈에 해물찜으로 준비했어."

"배고픈데 먹고 씻을까?"

"내키는 대로 해. 다만 고기 썰고 찜 다 되려면 10분쯤 걸려."

"씻고 오라는 소리네. 갔다 올게."

그녀가 씻는 동안 뒤뜰에 있는 테이블에 음식을 준비했다.

바다나 멋진 산맥이 병풍처럼 둘려져 있는 자연경관은 없지만, 다른 저택과 구분 짓기 위해 심어둔 조경수와 도시의 불빛이 그 못지않게 분위기를 만들었다.

샤워를 마치고 온 하란과 식사를 시작했다.

"흐음~ 바로 이 맛이야."

고기를 보쌈용 김치와 함께 먹은 하란은 굉장한 음식을 먹은 사람처럼 호들갑을 떤다.

"맛있다니 다행이네."

"맛있어! 한국 음식점이 없는 것도 아닌데 막상 먹으면 미묘하게 다르다고나 할까."

"현지화가 돼서 그런 거겠지. 많이 먹어."

"안 그래도 오늘은 그럴 생각이야. 누가 밤새도록 괴롭힐 것 같거든."

"누가?"

"글쎄, 누굴까?"

"난 밤새도록 안 괴롭힐 건데. 설마 밤새 괴롭힘을 당하고 싶은 거야?"

"피이~ 싫음 말고."

입을 삐죽 내미는 모습이 귀엽다.

본래 계획은 두 달간 못 했던 것을 며칠 동안 다 풀 생각이었다. 근데 그녀의 몸 상태를 보니, 일단 적당한 선에서 하기로 생각을 바꿨다.

"하하! 싫지는 않은데, 일단 괴롭히려고 해도 컨디션 회복부터 시킨 후에 해야 하지 않겠어? 도대체 얼마나 일을 했던 거야?"

"한국에 빨리 가려고 조금 열심히 했어. 근데 다른 사람들이 안 도와주더라."

"내가 너무 보챘나 보네. 느긋하게 해. 다음에 이런 일이 있으면 내가 올게."

"오늘 너무 서비스가 좋은 거 아냐? 너무 좋으니 오히려 부담스러운데?"

"그동안 네가 나에게 해줬던 건데, 뭐. 이번엔 내가 내조를 잘할게."

저녁을 준비하며 그녀가 돌아오길 기다리다 보니 그동안 자신이 참 무심했다는 걸 느끼게 됐다.

하란이 집에서 일을 한다고 하지만 결국 기다리는 입장. 바쁘다는 핑계로 그녀를 챙기지 못했다는 생각이 들었다.

솔직히 환자보다 더 소중한 사람 아닌가.

"기특하네, 우리 애인."

"약간 철이 든 거지. 불만이 있으면 얘기해 줘."

"당연히 그럴 거야. 그건 오빠도 그래야 해. 함께 가려면 솔직한 게 우선 아니겠어?"

와인, 보쌈, 해물찜을 앞에 놓고 오랜만에 두런두런 얘기하니 기분이 좋았다. 매일처럼 영상통화를 했지만, 실물을 보고 하는 대화는 확실히 달랐다.

"참! 아까 옆집에서 체리 갖다주더라."

"캐시가? 나 있는 줄 몰랐을 텐데?"

"실비아. 낮에 테니스공이 수영장으로 넘어와서 넘겨줬거든. 그래서 사람이 있는 줄은 알았을 거야."

"아하~ 오빠가 궁금해서 실비아를 보냈나 보네."

"날 알아?"

"그럼. 내가 만날 때마다 자랑했거든. 치근덕거리는 사람들을 떼어놓기 위함이기도 했고."

"언놈이 치근덕거렸어? 내가 당장 고자로 만들어버리겠어."

"너무 많아서. 훗! 아무튼 오빠 출연하는 프로그램도 보여주고 자랑을 많이 해서 궁금했을 거야. 주말에 내가 소개시켜 줄게."

다른 사람에게 자신을 자랑하고 영상도 보여줬다니 쑥스러우면서도 한편으론 으쓱해진다. 무엇보다 기분이 좋은 건 하란이 자신을 자랑할 정도로 생각하고 있다는 점이었다.

"소개는 그때 받기로 하고, 체리를 받았는데 뭐라도 갖다줘야 하는 거 아냐?"

"그럼 좋긴 한데 뭘 하지?"

"보쌈을 해줄까? 김치랑 먹어야 해서 좀 그런가?"

"캐시 김치 엄청 좋아해. 오빠가 보내주는 김치 절반은 캐시가 먹어."

"그래? 그럼 보쌈을 해줘야겠네. 네가 내일 12시쯤 갖다준다고 연락해 줘. 식사 시간 때 먹는 게 나을 거 아냐."

"그럴게. 음! 해물찜도 너무 맛있다. 나중에 찜 국물에 칼국수 넣어 먹으면 예술인데."

"준비해 뒀으니 넣어 드세요. 하하하!"

애기하며 먹느라 식사 시간은 2시간이 넘게 걸렸다. 그리고 간단히 치운 후에 마사지를 해줬다.

마사지 도중에 불이(?) 붙어 제대로 하지 못했지만 급한 불은 먼저 끄는 게 옳았다.

*   *   *

"완전 개운해. 어제 늦게까지 마사지했어?"

늦잠을 자고 일어난 하란이 아침을 먹으며 물었다.

"적당히 하다가 잤어."

"몸 상태가 적당히 하다가 잔 것 같지 않은데?"

"그게 중요하냐? 얼른 가봐야 한다고 하지 않았어? 밖에 경호원들 기다리더라."

"아! 맞다. 잘 먹었어. 전화할게."

"아침은 다 먹고 가야지."

"이건 들고 가면서 먹을게. 헤헤! 참! 캐시에겐 연락해 둘게. 쪽! 시간 되면 관광하고 있어."

곤히 자는 게 안타까워 내버려 뒀더니 아침을 급히 먹는 결과를 낳았다.

출근하는 하란을 배웅하고 아침을 마저 먹은 후 수영장으로 갔다. 아침 일찍 수영하려고 했는데 물이 차서 시간을 미룬 것이다.

턴 동작을 하며 발로 밀면 바로 다시 턴을 준비해야 할 정도로 작은 수영장이라 발로 미는 동작은 생략하고 돌았다.

보쌈은 수영이 끝난 후에 삶았다.

칼로 썰다가 망가진 고기를 입에 넣어보니 냄새도 나지 않고 딱 좋았다.

세 개의 밀폐 용기에 고기와 아침 일찍 일어나 담근 김치, 쌈을 담아 캐시의 집으로 갔다.

캐시의 집은 담이 없는 정원을 지나면 바로 현관이 나왔다. 초인종을 누르고 정원 한쪽에 있는 네 대의 멋진 자동차를 구경했다.

—누구세요?

"아! 옆집에서 온 '한'입니다. 하란이 연락한다고 했는데 못 받았나요?"

—아! 잠시만요.

듣기는 잘해도 말하기는 부실했던 영어. 뇌전증 환자 보호자들과 얘기하면서 웬만한 표현은 가능하게 됐다.

덜컹! 문이 열리며 곱상하지만 약간 통통한 아줌마가 나왔다.

그녀는 마치 오랜 친구처럼 반가워했다.

"두샘, 반가워요. 난 캐시예요."

"…아! 반가워요. 어제 체리 맛있게 먹었어요. 보쌈이라는 건데……."

"들어와요. 같이 식사해요."

"아닙니다. 전 시내에 나가서……."

"들어와요! 들어와요!"

"어어……."

그녀는 팔을 잡아끌었다. 버티려고 하면 버티겠지만 그럼 모양새가 이상할 것 같았다. 고민하는 사이 어느새 집 안이다.

하란의 집과 달리 꽤 밝다. 뭔가 공주공주한 분위기이랄까, 거기에 벽에 웬 여성 모델 사진이 여기저기 붙어 있다.

'엄청 예쁘네. 근데 누구랑 많이 닮은… 아!'

여전히 자신의 팔을 놓지 않고 긴 복도를 끌고 가고 있는 캐시와 닮았다. 아니, 캐시인가?

"어쩌다가… 흡!"

자신도 모르게 중얼거리다가 얼른 입을 닫았다. 한국말로 해서 그나마 다행이다.

"네? 무슨 말 했어요?"

"아, 아니요."

"실비아! 카린! 누가 왔는지 봐."

구경꾼을 부르는데 왠지 안도가 된다.

*   *   *

"두샘, 어떻게 먹으면 맛있어요?"

"일단 살짝 절인 배추를 손에 놓고 고기를 이 소스에 찍어 올리고, 김치도 올린 후에 '앙' 하고 먹으면 돼요."

새우젓은 딱히 적절한 단어가 생각나지 않아 그냥 소스라고 했다.

"앙! 오물오물! 맛있어요!"

"입맛에 맞다니 다행이네요."

"실비아, 카린도 먹어. 근데 이거 고기인데 살찌지 않아요?"

"기름기를 뺐으니 괜찮아요. 그리고 고기를 먹는다고 찌는 게 아니에요. 많이 먹거나, 관리하지 않으면 살이 찌죠. 특히 제일 나쁜 건 스트레스예요. 정상적인 리듬을 깨뜨려서 폭… 많이 먹게 만들거나 먹은 것을 …지방화시키거든요."

말하는 게 어렵다. 설명하는 동안 왜 질문을 했는지 모를 정도로 캐시는 고기를 먹어치웠다.

"TV에 출연할 만큼 유명한 닥터라면서요?"

"…하하. 약간이요. 그리고 정확하게는 한국 의학 의사랄까요."

"미국에서 병원을 열 건가요?"

미국에서 개원하려면 미국 의사 면허가 필요하다. 즉, 한국에서 한 건 무용지물이고 다시 수련의 과정을 거치고 면허를 따야 가능하다.

그 미친 짓을 다시 하라고? 전이라면 모를까, 지금은 됐다 싶다.

"아뇨. 잠깐 쉬러 왔어요."

"얼마나요?"

"2달쯤?"

"그럼 부탁 하나만 해도 될까요?"

그녀는 고기 두 점을 한 번에 넣고 오물오물 씹고 나더니 말을 이었다.

"저 살 빼는 거 좀 도와주세요. 헬렌이 그러는데 다이어트에 대해서 전문가라면서요."

"글쎄요."

면허 없이 의료 행위를 해선 안 된다고 말하려다 마사지가 의료 행위인지 의문이 들어 어정쩡하게 말했다. 한데 확실하게 거절하지 않아서인지 그녀는 다시 부탁했다.

"마사지하는 것을 헬렌이 싫어해요?"

"그건 모르겠어요. 다만 헬렌과 아는 사이라는 게 마음에 걸리네요."

"혹시 은밀한 마사지인가요?"

"아니에요!"

"그럼 뭐가 문제인지 잘 모르겠네요. 그럼 헬렌에게 물어보고 허락하면 해줄 건가요?"

문화의 차이인 건가? 아니, 자신이 거절을 잘하지 못하는 건지도.

마사지는 마사지일 뿐이라고 생각하면서도, 막상 하란과 아는 사이라 생각하니 생각이 많아진다.

결국, 대답하지 못하고 캐시의 집을 나왔다.

캐시가 하란에게 말했는지 저녁을 먹는데 그 얘기를 꺼낸다.

"혹시 캐시의 제안을 거절한 이유가 캐시 같은 배우를 마사지하는 것이 떨려서 그랬던 거야?"

"응? 캐시가 배우야?"

"에에~ 진짜 몰랐어?"

벽에 걸려 있던 사진과 지금까지 본 할리우드 영화를 떠올리며 비교해 본다. 하지만 누군지 모르겠다.

고개를 갸웃거리자 하란은 놀란 표정으로 말했다.

"엄청 유명한 TV 배우야. 영화에도 여러 편 출연했고. 잠깐만."

하란은 시어터 룸에 가서 DVD 몇 장을 들고 왔다. 그리고 식탁에 펼쳐놓는데 그중 몇 편은 본 것이었다. 그래서 DVD를 들고 여자 주인공을 가만히 쳐다보니 캐시가 맞는 것 같다.

근데 표지의 여자 주인공 얼굴과 캐시를 동일인이라는 것엔 여전히 의문이다.

"헐! 할리우드 특수 효과의 끝은 어디까지인 거야?"

"쓰읍! 오빠가 보는 눈이 없는 거거든."

"큼! 그건 인정."

점심을 먹고 공원에 나갔었는데, 그 얼굴이 그 얼굴 같았다. 서양인이 동양인을 보면 구분하기 힘들다더니 딱 그 짝이다.

"떨려서도 아니고, 그럼 뭐 때문에 그래?"

"그냥. 너랑 아는 사이라고 하니 좀 그렇더라고. 마사지 안 할거면 그냥 트레이너에게 받는 게 더 낫거든."

"난 오빠가 마사지하는 거 하나도 안 이상해. 엄마도 그렇게 해서 고친 거잖아."

"그야 그렇지. 근데 비만클리닉용 마사지는 조금 더 심해. 처진 배를 얼굴마사지하는 것처럼 열심히 움직여야 하고 엉덩이를 팔꿈치로 문질러야 해. 그 외에도 다소 민망한 부위를 만져야 하거든."

"그 말인즉, 그동안 병원에선 그랬다는 거네?"

"……"

"품! 장난이야. 근데 오빠 그런 생각 하지 마. 배를 가르고, 가슴 성형을 하고, 아이가 쉽게 나오게 하려고 생식기 부근을 자르는 건 일이야. 그에 목숨을 건지고, 자신감을 얻고, 새 생명이 태어나잖아. 자랑스러워해야지 부끄러워할 일이 아니야. 어제도 말했지만, 난 오빠의 일이 자랑스러워."

어쩜 말을 저렇게 예쁘게 하는지. 가만히 보면 하란이 나보다 어른 같다.

"알았어. 그럼 고민해 볼게."

"싫으면 안 해도 돼."

"…하라는 거야, 말라는 거야?"

"그런 생각을 하지 말라는 거지. 그 외에는 오빠의 마음이 우선이라는 거야. 쉬러 왔는데 굳이 내가 아는 사람이라고 해주지 않아도 된다고. 그리고 그럴 땐 확실하게 거절해."

"응, 그렇게. 근데 넌 내가 어떻게 했으면 좋겠어?"

"나야 캐시가 다이어트 때문에 얼마나 힘들어하는지를 아니까 해줬으면 하지. 근데 말했듯이……"

"그럼 할래. 캐시 다이어트 내가 해볼게."

"응?"

"내 마음의 최우선은 너니까."

"……."

"훗! 너무 느끼했나?"

"…아니. 너무 뭉클해서."

저녁을 먹다 말고 하란은 다가와 머리를 꼭 껴안았다. 그리고 나지막이 사랑한다고 속삭였다.

두삼 역시 하란을 껴안았다. 자연스럽게 이어지는 키스. 그리고……

급하게 먹는 밥이 체하는 법.

쉬엄쉬엄 먹는 것도 나쁘지 않았다.

*   *   *

"좋아요. 제가 캐시의 다이어트를 도울게요."

"고마워요, 두샘. 뭐부터 할까요?"

"맨 먼저… 두샘이라 부르지 말고 '한'이라고 불러주세요."

두삼이라는 이름이 가히 좋다곤 할 수 없지만 두샘이라니, 머리에 샘이 솟는 듯한 느낌이다.

"그래요, 한."

"두 번째, 제 말은 무조건 따라야 합니다. 이상하고 무리한 주문은 하지 않을 겁니다. 물론 캐시 입장에서 이해할 수 없는 것은 말하세요. 조율해야 하니까요."

"그러죠. 다른 거는요?"

"일단은 여기까지요. 혹시 지금 시간 되면 몸 상태를 살펴보고 싶은데요."

"마사지하는 건가요?"

"네. 오늘은 간단히 할 거니까 복장은 상관없고 캐시가 편하게 누울 수 있는 곳이면 돼요."

"그럼 수영장 선베드에서 하죠."

"…파파라치 조심해야 하지 않아요?"

"실외처럼 된 실내 수영장이랄까요. 아무튼, 파파라치 걱정은 없어요."

수영장에 가보니 그녀가 무슨 말을 하는지 알 것 같았다. 반쯤 덮인 돔형 수영장이랄까. 그리고 한쪽엔 조경수로 인해 촬영 각도가 나오지 않았다.

드론이라면 모를까 파파라치 걱정은 없어 보였다.

"이 복장이면 되나요?"

돌아보니 캐시는 비키니 수영복을 입고 있었다.

준비된 것이 없어 오늘은 간단히 주무르며 몸 상태만 살필 생각이었다. 한데 복장을 보니 제대로 해줘야 할 모양이다.

"괜찮네요. 이쪽으로 와서 엎드려요. 마사지 크림은 몸 상태 체크 후에 사 올 테니 지금은 선크림으로 대신할게요."

한쪽에 있는 여러 장의 수건을 선베드에 깔아뒀다. 편하게 엎드리는 그녀.

시작하겠다는 말을 하고 일단 머리 쪽으로 가서 두피 마사지부터 하며 그녀의 내부를 살폈다.

기운이 머리, 목, 상체로 내려가면서 그녀의 몸을 스캔했다.

그러다 가슴 부근의 유선이 유난히 활발하다는 걸 찾아냈다.

"…출산했군요?"

"넉 달 전에요. 헬렌에게 들은 건가요?"

"아뇨. 다른 사람들의 사적인 얘긴 거의 하지 않는 편이라서
요."

"근데 머리만 만져서 그런 걸 알 수가 있다니. 헬렌의 말처럼
동양 의술의 신기인가요?"

"임신과 출산은 몸에 많은 변화를 주기 때문에 주의 깊게만
보면 알 수 있어요. 모유 수유는 해요?"

"네. 하고 있어요. 근데 잘 나오지 않아서 우유와 병행하고 있
어요."

"그럼 선크림은 없이 할게요."

수유할 때 여자의 몸은 아기의 수유를 위해 최적화된다. 식사
하고 나면 그것의 영양분이 곧바로 젖으로 나온다. 그러니 일반
인의 다이어트와는 궤를 달리해야 했다.

그것 말고도 생각할 것이 많다.

쌀과 채소를 주식으로 먹어왔던 동양인과 밀과 육식을 주식
으로 먹어왔던 서양인은 다르다. 그러한 차이점 때문에 서양인
의 장이 짧다.

서구화된 식습관으로 대장 관련 질병이 서양인에 비교해 급속
도로 늘어나는 것도 장이 길이와 육류를 처리하는 능력이 다르
기 때문이다.

또한, 동양인이 당뇨병에 취약한 것 역시 오랜 식습관의 차이
로 만들어진 유전적인 차이로 인함인데, 인슐린의 분비량과 인

슐린을 만들어내는 췌장, 이자의 크기가 서양인에 비해 작아서 그런 것이다.

아무튼, 지금까지와 달리 다양한 변수를 고려해야 하는데, 수유까지 한다니 살짝 머리가 아프다.

일단 출산한 걸 머리에 담아두고 계속 그녀의 몸을 스캔했다.

'복부, 엉덩이, 허벅지의 비만도가 동양인과 다른 것도 서양인의 체질인가 보네.'

머리 마사지를 하며 내부의 병을 살핀 다음, 목, 어깨, 등을 마사지하며 확인한 것은 내부의 경맥. 신기한 건 신체의 차이에 따른 위치가 다를 뿐 경맥의 흐름과 혈은 다르지 않았다.

허리를 끝내고 막 다리를 하려 할 때 캐시가 몸을 일으켰다.

"한, 잠깐 수유를 하고 와도 될까요?"

"…그러세요."

"고마워요."

이유를 물어볼 필요가 없었다. 그녀의 비키니 사이로 반투명한 액체가 흘러내리고 있었는데 마사지로 신체가 활발해지면서 모유가 넘친 것이다.

캐시가 돌아오기 전까지 앞으로 어떻게 치료할지를 생각했다.

'일단 신진대사를 활성화하고. 수유가 잘되게 만드는 것도 필요해. 음, 그러려면 식단의 균형을 맞춰야 하고…… 몸의 노폐물도 많으니 빼야 하고. 건강에 이상은 없는데, 다이어트를 반복했는지 몸이 허약해.'

정리하고 있을 때 캐시가 돌아왔다.

"한의 마사지 때문이지 노만이 처음으로 만족하게 먹은 것 같아요. 항상 부족해서 울었거든요."

"잘 나오는 방법도 마련해 보죠. 마저 끝낼까요?"

"부탁해요."

다리를 주무르며 신진대사의 빠르기를 20% 올린 후에 마사지를 끝냈다. 그리고 물을 많이 마시라고 해둔 후에 집으로 돌아왔다.

바로 마트로 갈 생각이었는데 하란의 노트북을 이용해 검색을 시작했다.

원래 식단에 대해서는 관여하지 않으려 했었다. 마사지, 운동, 신진대사 조정만으로도 충분히 살을 빼게 할 자신이 있었다.

한데 수유 중이라는 것이 발목을 잡았다.

미국인이 뭘 즐겨 먹는지 관심을 가져본 적이 없으니 식단을 짜는데 음식부터 공부해야 했다.

한국 음식 중 입맛에 맞는 걸 해줘도 괜찮겠지만 세 끼 모두 먹는 것은 무리였다.

"수프를 기본으로 이용하면 되겠네."

서양인의 체질은 동양인보다 음(陰)하다. 그래서 추위에 강하다. 아이를 낳고 곧바로 샤워해도 괜찮은 것도 이러한 체질 때문이다.

이런 면에서 보면 이제마의 사상체질이 서양인, 캐시에게도 적용된다. 태음인인 그녀는 상체보다 하체가 발달하고 복부가 크고 엉덩이가 풍만하다.

세계의 모든 식재료가 모이는 곳임에도 미국인의 식습관은 단출했다. 두 단어로 말하면 패스트푸드, 인스턴트식품이랄까.

메모지에 일주일 치 식단을 대충 적었다.

대충이라고 하는 이유는 식재료의 기운을 파악해야 정확히 식단을 짤 수 있기 때문이다.

신토불이.

국내산 농수산물을 이용하자는 취지에서 널리 사용하게 된 단어다. 그러나 완전히 틀린 말도 아니다.

우리나라만 놓고 보자면 봄·여름·가을·겨울로 나오는 식재료가 다르고 계절마다 그 음식을 사용해 먹었다.

가령 냉이는 봄에 나오고 봄에 먹어 겨우내 사용한 단백질을 보충하고 칼슘, 철분은 춘곤증을 이겨내게 해준다.

가장 좋은 건강식품은 제철 음식이라는 말이 괜히 있는 게 아니다.

하지만 미국에서 나는 식재료가 우리나라에서 나는 식재료와 같은 기운을 품고 있을지는 미지수다. 그러니 꼼꼼히 살펴보고 사는 수밖에 없다.

꽤 귀찮은 일이었으나 시작하지 않았으면 모를까, 시작한 이상 최선을 다해야 한다는 생각에 힘차게 일어나 마트로 향했다.

두삼이 방문한 대형마트는 구경하다 보면 시간이 가는 줄도 모를 만큼 컸다.

과일만 웬만한 마트 정도의 크기니 다 구경하려면 몇 시간이 걸릴지 모르겠다.

가장 먼저 지난번에 왔을 때 본 곡물과 견과류 코너로 갔다. 그리고 기운이 넘치는 곡물 위주로 봉투에 담았다.

"저… 혹시 한국인 아닙니까?"

천천히 차곡차곡 식재료를 카트에 쌓아가는데 누군가 불쑥 다가와 물었다.

"我是中國人."

"아! 데부치! 데부치!"

어설픈 중국어를 쓰면서 멀어지는 그. 그리고 어느 정도 떨어졌다고 생각했는지 중얼거리는 말투에서 '짱깨'라는 말이 들린다.

해외에서 신원이 확실하지 않은 사람이 동포라고, 혹은 외국인이 한국말을 한다고 친한 척한다면 그냥 피하는 게 상책이라는 말을 수없이 들었다. 그래서 중국어를 쓴 것이다.

진짜 동포가 반가워서 말을 걸었을 수도 있겠지만 마트를 잠깐만 둘러봐도 한국인으로 보이는 이들이 많은 LA에서 그런다는 것도 웃기다.

아무튼, 말 몇 마디 못 했다고 해서 문제가 생기는 것 아니니 신경 끄고 들고 있던 과일을 카트에 담았다.

한데 이번엔 영어로 말하는 여자 목소리가 들렸다. 돌아보니 동양인이다.

"똑똑하네요."

"…네?"

"저 사람 한국인이라고 하면 이런저런 핑계로 돈을 뜯으려 했을 거예요. 몇 번이나 봤네요."

"……."

"별 뜻 없어요. 그냥 그렇다고요."

계속 대답을 하지 않자 그녀는 어깨를 으쓱하며 '나중에 봐요'

라고 말하며 가버렸다.

"둘이서 한패 아냐?"

여자 역시 의심스러웠지만, 나중에 본다고 해도 아는 척 안 하면 그뿐이라는 생각에 카트를 밀어 육류 코너로 갔다.

*　　　　*　　　　*

"후훅! 후훅! 하이!"

비벌리 가든스 공원에서 조깅을 하다가 다시 집으로 올라가는 길. 지나가는 사람이 인사를 하기에 같이 인사를 했다.

일찍 일어나 수영 대신 산책이나 하자고 나왔는데, 상쾌한 공기에 뛰기 시작해 벌써 1시간 가까이 뛰는 중이다.

현관문에 다다랐을 때 호주머니에 넣어둔 스마트폰이 부르르 떨린다.

하란이 잠에서 깨서 전화했나 싶었는데 문 PD의 전화였다.

"헉헉! 네, 문 PD님."

─…어? 중요한 일 중이었냐? 내일 다시 연락하자.

"중요한 일 중이었으면 받았겠어요? 후우~ 후우~ 조깅 중이었어요."

─조깅? 부럽다. 서울은 미세 먼지 때문에 조깅은커녕 숨 쉬는 것도 힘들다. 거긴 아침이지?

"네. 7시예요. 근데 서울은 12시 넘었을 텐데 왜 안 주무시고 연락하셨어요?"

─우리 일이 딱딱 시간 맞춰서 잘 수 있는 일이 아니잖아. 회

의 끝내고 변동 사항이 없나 해서 연락해 봤지.

"하는 일 없이 빈둥대고 있는데 변동될 게 뭐가 있겠어요. 있었으면 연락드렸죠."

—변동 사항 없으면 됐어. 우린 브렌트우드 근처의 집을 빌리기로 했으니까 그쪽으로 오면 될 거야. 넌 지금 어디에 있냐?

"비벌리힐스니까 금방 갈 수 있어요."

—바로 옆이네. 9일 후에 보자.

"네. 쉬세요."

전화를 끊고 집으로 들어갔다. 하란은 잠이 깬 건지 뒤뜰에서 요가를 하고 있었다.

"더 자지 않고?"

"오빠 덕분에 컨디션이 좋아졌거든. 조깅한 거야?"

"응. 산책하러 나갔는데 날이 너무 좋더라. 씻고 얼른 밥 차려 줄게."

"아냐! 내가 해도 돼."

"운동해. 어차피 캐시네 갖다줄 것도 함께해야 해."

운동하게 두고 부엌으로 가 어제 저녁에 준비해 둔 갈비찜을 데우고, 재료들로 수프를 끓이고, 연어 샐러드를 준비했다.

"음, 고소한 냄새. 뭐야?"

"견과류 수프. 다 됐으니까 앉아. 맛이 있는지 없는지 객관적으로 말해줘."

두삼은 음식의 기본은 맛이라고 생각했다. 그래서 약간 기운이 손상되어도 맛을 우선으로 했다. 기운의 손상분만큼 맛있는걸 먹었을 때 좋은 호르몬이 생겨난다면 결코 손해가 아니다.

갈비찜, 샐러드, 수프 세 가지를 그녀 앞에 놓았다.

하란이 가장 먼저 손을 댄 것은 수프. 우유와 견과류, 약간의 소금만으로 만든 것이다.

"와! 고소함이 입안 가득 차는 맛이야. 그에 반해 삼킬 때는 기분 좋게 부드럽고. 이건 매일이라도 먹겠는데?"

"짜기는 어때? 미국인이 평소 짜게 먹지 않는다고 해서 고소함을 강조할 정도만 넣었는데."

소금의 짠맛은 단맛이나 고소함 따위를 더욱 북돋는 역할도 했다.

"괜찮아. 그리고 미국인들도 짜게 먹을 땐 엄청 짜게 먹어."

금세 수프 한 그릇을 비운 그녀는 샐러드를 먹었다.

"샐러드 소스는 과일로 만들었나 보네. 새콤달콤 맛있다. 근데 캐시는 샐러드 싫어해."

"그래? 일단은 먹으면서 다른 방법을 찾을 수밖에. 갈비찜도 먹어봐."

"벌써 배가 부르네. 하나만 먹어볼게."

평소 두삼과 하란의 아침 식사는 특별한 날을 제외하곤 단출했다. 가끔 탕 종류를 먹긴 하지만 그때도 밥 양은 다른 끼니에 비해 절반 정도밖에 되지 않았다.

맛이 괜찮았는지 하나만 먹겠다던 하란은 갈비 세 조각을 먹고 젓가락을 놨다. 그리고 맛있다는 칭찬을 연신했다.

1차 검증을 무사히 마친 두삼은 하란이 출근하는 것을 보고 바로 캐시의 집으로 갔다.

이미 전날 식단에 대해 말을 했기에 곧장 식탁으로 향했다.

식탁엔 지금까지 보지 못한 귀여운 다섯 살 여자아이가 시리얼을 먹고 있었다. 음식이 마음에 들지 않아서인지, 갑자기 찾아온 자신이 마음에 들지 않아서인지 표정이 그리 달갑지 않았다.

"안녕, 네가 헤이즐이구나. 반가워."

캐시에 대해 너무 모른다고 생각해 식단을 검색하면서 그녀에 대해서도 검색을 해봤다. 미국 내에서는 모르는 사람이 없을 만큼 유명해서 클릭 몇 번만으로 어느 정도는 파악이 가능했다.

유명한 남자 배우와의 사이에서 태어난 헤이즐과 애인 관계였던 남자와의 사이에서 태어난 노만.

할리우드의 여배우다운 삶을 살고 있는 그녀였는데, 최근 기사에는 미녀에서 뚱뚱한 아줌마로 바뀐 것에 대한 날 선 비난이 많았다.

각설하고 반갑게 한 인사에 헤이즐은 '누군데 아는 척이야!'라는 눈빛을 보냈다.

"……."

"헤이즐, 한은 헬렌의 약혼자야. 그러니 예쁘게 인사를 해야지?"

"…헬렌의 약혼자? …안녕하세요."

헤이즐은 캐시의 설명을 듣고 나서야 안도하는 듯한 표정을 지으며 인사를 한다. 아무래도 캐시의 남자 친구로 착각한 모양이다.

"그래. 내가 먹을 거 몇 가지 가져왔는데 너도 먹어볼래?"

"……."

대답은 없었지만 시선이 들고 있는 냄비로 향하는 걸 보니 궁금한가 보다.

실비아에게 그릇을 받아 두 사람에게 각각 수프, 샐러드, 갈비찜을 건넸다.

"수프 먼저 먹고 갈비찜과 샐러드를 같이 먹으면 될 거예요."

"한은 안 먹어요?"

"먹고 왔어요. 점심 땐 부엌 좀 빌릴게요."

"그렇게 해요."

매번 해서 나르는 것은 귀찮은 일이다. 게다가 식어버리면 맛이 없어져 버리는 음식도 있다. 그래서 점심과 저녁은 캐시의 집에서 직접 하기로 했다.

또한 캐시의 집에서 요리사로 일하는 실비아에게 가르쳐서 자신은 식단만 작성하면 되는 시스템을 만들 생각이다.

입맛에 맞는지 캐시는 잘 먹었다. 다만 헤이즐은 앞의 수프와 눈싸움을 벌이고 있었다.

"왜? 우유나 견과류 알레르기라도 있어?"

"…아뇨."

"근데?"

입을 다무는 헤이즐 대신에 실비아가 말했다.

"헤이즐은 평소와 다른 걸 먹으면 배가 아프대요. 그래서 프리스쿨가기 전에 색다른 걸 먹기 두려워해요."

'미국 애들도 한국 애들이랑 똑같나 보네.'

요즘 아이들 상당수가 학교 화장실에서 대변보는 것을 두려워한다는 기사를 본 적이 있다. 여러 가지 이유를 들었지만 대표적인 이유는 놀림 때문이었다.

자연스러운 생리현상을 왜 놀리는 건지 모르겠다. 그러나 아이들에겐 아이들만의 세계가 있으니 어쩌겠는가, 이해할 수밖에.

"학교 다녀와서 먹어도 돼. 내가 해줄게."

"……."

수프의 고소한 향기와 갈비찜의 독특한 향에 쉽사리 결정을 내리지 못하는 모양이다.

"다른 방법도 있어. 먹고 난 후에 깔끔하게 장을 비우고 가거나, 장이 아프지 않게 하는 거야."

"…그럴 수도 있어요?"

"그럼. 방법도 어렵지 않아. 그저 손만 잠깐 주무르면 어떤 쪽이든 가능해. 그러니 먹어도 돼."

'진짜죠?'라고 다시 묻는 아이에게 고개를 끄덕이자 그제야 수프를 입에 넣는다. 그러고는 맛있는지 게 눈 감추듯 먹어치웠다.

재미있는 건 갈비찜을 먹으면서 엄마와 비슷하게 샐러드는 거의 손에 대지 않았다.

채소를 많이 먹어야 변이 잘 나온다는 말은 굳이 하지 않았다. 강압적으로 먹여봐야 트라우마만 생길 뿐이다.

'채소를 먹일 방법을 찾아봐야겠네.'

건강과 다이어트를 위해선 채소는 필수였다.

식사 후 헤이즐의 손을 주물러 변을 누게 했다. 그다음 헤이즐은 카린과 함께 유치원으로 향했다.

"헤이즐이 아침 식사를 하는 둥, 마는 둥 했는데 한의 음식은 입에 맞았나 봐요."

"따뜻한 음식이라 그럴 거예요."

"앞으로 우유를 데워줘야 할까요?"

"그게 아니라 음식에 따라 따뜻한 음식, 차가운 음식이 있거든요. 동양의 의학인데 많은 부분 증명이 되고 있죠."

"신기하네요. 알면 좋겠어요."

"실비아에게 식단을 알려줄 때 같이 알려줄게요. 물은 시키는 대로 많이 마셨나요?"

"네. 틈틈이 마시고 있어요."

"분해된 지방이 물과 함께 빠지는 거니 매일 먹도록 해요. 잠깐 쉬었다가 노만에게 수유를 한 후 오늘 일정을 소화하도록 하죠."

"그래요. 근데 오늘은 어떤 걸 하는 거죠?"

"림프 마사지와 운동이요."

캐시가 살이 찐 데에는 여러 가지 이유가 있을 것이다. 많은 양의 육식, 무리한 다이어트 뒤에 찾아오는 요요, 살이 찌는 체질, 게으름 등등.

그중에서 가장 문제가 되는 두 개를 뽑으라면 당연히 몸속 내부에 있는 노폐물과 운동 부족이다.

물론 이 두 가지는 운동을 제대로 하는 것만으로도 해결이 될 수 있다. 운동을 통해 지방을 태우고 그 노폐물이 몸속에 쌓여 있는 노폐물과 땀으로 배출되니 말이다.

한데 캐시의 운동 시간은 실비아 카린과 테니스를 1시간 칠 뿐이다. 현재 그녀에게 1시간의 운동은 오히려 식욕을 증진시켜서 살이 더 찌게 하는 요소였다.

4, 5시간의 운동과 식이요법을 통해 다이어트를 하면 분명 성

공할 것이다. 그러나 그녀의 성격상 자신이 자리를 비우면 몇 달 안에 다시 살이 찔 확률이 90% 이상이다.

그녀가 할 수 있는 범위 내에서 최대한 오랫동안 유지할 수 있게 돕는 것이 자신이 할 일이었다.

운동보다 림프 마사지를 선택한 것도 이 때문이다. 1시간 운동을 하더라도 몸속 노폐물을 빼내기 전과 후는 다를 수밖에 없었다.

"…자, 잠시만요!"

림프 마사지를 시작하고 20분쯤 지나 등과 처진 배의 림프관을 문지를 때였다. 그녀는 갑자기 일어나 가타부타 말없이 어딘가를 갔다 왔다. 그러고는 그다음부터 계속 그런다.

처음엔 지난번처럼 모유가 흐르나 싶었는데 그러기엔 너무 시간이 짧았고 돌아오는 캐시의 볼이 상기되어 있었다.

그때 자신이 실수했음을 알았다.

노폐물을 뺀다고 배를 자극했으니 뱃속의 가스가 가만히 있을 리가 없었다.

모른 체하고 돌아온 그녀에게 말했다.

"똑바로 누워보세요. 제가 호흡법 하나 가르쳐 드릴게요. 위와 장이 아주 튼튼해지면서 지금처럼 쉽게 살이 붙지 않을 거예요."

잘 싸는 것도 장생법 중의 하나다.

"코로 최대한 숨을 들이마셔요. 그때 가슴이 아니라 숨을 배로 밀어 넣는다고 생각하고요. 더! 더!"

"……"

"부끄러워 마세요. 이 배 금세 없어질 테니. 자! 최대한 숨을 들이켰으면 그대로 5초간 멈추세요. 정신은 제가 손댄 곳에 두고요."

두삼이 손을 댄 곳은 단전이다.

"자! 입으로 천천히 뱉으면서 배를 이번엔 집어넣습니다. 더! 더!"

"후우~ 헉헉! 힘드네요."

"정상적인 호흡이 아니니 그렇죠. 근데 이걸 하루에 5분은 해야 해요. 다시 해보세요."

어려운 것이 아니었기에 그녀는 곧장 따라 했다.

"다음은 숨은 자연스럽게 두고 배를 아까처럼 올려보세요. 최대한 내리세요. 올리세요. 내리세요. 이걸 빠르게 하는 거예요. 해보세요."

꿀렁꿀렁 몇 번 되더니 힘이 들어가고 난리다.

"처음엔 천천히. 그게 익숙해지면 빨리하세요. 이건 장을 움직여 먼지를 털듯이 장에 있는 노폐물을 털어내는 거예요. 힘! 처음엔 장의 상태에 따라 검고 냄새나는 변이 나오겠지만, 일주일 정도 지나면 아주 색깔 좋은 녀석을 보게 될 거예요."

얘기가 끝날 때쯤 그녀는 다시 상체를 일으켰다. 그리고 살짝 고개를 숙인 후, 후다닥 수영장 한쪽에 있는 화장실로 들어갔다.

이번엔 시간이 좀 걸릴 것이다.

그나저나 오늘따라 LA의 공기가 좀 탁한 것 같다.

                    *   *   *

　—샤론, 지난번에 부탁한 건 어떻게 된 거야?

　미국의 수많은 방송국 중 중간보다 조금 아래 있는 방송국의 프로듀서가 약간은 저자세로 물었다.

　샤론 정.

　그녀는 한때 미국의 유명 공과대학에서 공부했었다. 한데 공대가 자신에게 맞지 않는다는 걸 알고 일말의 망설임도 없이 그만두고 LA로 왔다.

　그리고 시작한 일이 촬영 코디네이터.

　한국에서 미국으로 촬영 오는 이들이 편안하게 촬영에만 전념할 수 있도록 각종 서류 작업과 통역을 대행해 주는 일을 시작했다.

　처음엔 당연히 기존의 코디네이터 밑에서 일을 했고 몇 년이 지나 인맥이 쌓이면서 그녀만의 회사를 차리게 됐다. 물론 그녀의 목표는 언제 올 지 모르는 촬영 팀을 기다리는 코디네이터가 끝이 아니었다.

　할리우드에 살면서 할리우드에서 일하고 싶지 않은 사람이 있을까.

　그녀가 바라는 것은 캐스팅 디렉터.

　동양인이란 핸디캡을 뚫고 얼마 전에야 겨우 발을 디뎠다. 그러다 대학교 때 만나 알게 된 동생을 만나면서 큰 기회를 잡게 됐다.

　"출연은 긍정적으로 검토 중이에요."

─좀 더 확실하게 대답이 필요해. 샤론도 내가 어떻게 얻은 기회인 줄 알잖아. 그리고 내가 잘되면 그냥 있겠어?

그야 가봐야 알 일이다. 원래 약속이란 종이보다 얇아 찢어지기 쉬웠다. 그러니 일이 성사될 때 약속 증서를 받아둘 생각이다.

물론 그 전에 캐시의 사인을 받는 게 우선이지만 말이다.

"확실한 대답을 위해 지금 찾아가는 중이니 걱정하지 말아요."

─믿을게, 샤론! 난 정말 캐시가 필요해! 연락 줘.

통화가 끝났다. 샤론은 신경질적으로 머리를 넘기며 소리쳤다.

"나야말로 캐시가 필요해!"

사실 얘기는 잘됐다.

드라마 내용도 괜찮다고 출연 의지도 있었고, 출연료도 방송국 사정을 고려해 낮게 책정하는 데 동의했다.

문제는 다이어트.

역할을 맡으려면 전성기 때의 몸매는 아니더라도 적어도 비슷은 해야 했다.

남들은 입금이 되면 바로 몸을 만든다는데 이미 벌 만큼 벌어서인지 요지부동이었다.

물론 이해하지 못하는 바도 아니다. 재혼할 것이라 생각했던 남자가 살이 쪘다고 다른 여자에게 가버렸으니 상심이 오죽 클까.

'설마 거절하려고 부른 건 아니겠지?'

집에 오라는 전화를 받고 가는 길이다.

절대 놓치지 않을 거라 다짐을 하면서도 거절한다면 솔직히 더는 설득할 자신이 없었다.

복잡한 심사를 뒤로하고 차를 주차시키고 벨을 눌렀다. 문이 열리며 실비아가 보였다.

"실비아, 잘 지냈어요? 캐시가 불러서 왔어요."

"어서 와요, 샤론. 수영장에서 기다리고 있어요."

제발 거절하지 말아달라고 비는 자신의 모습을 상상하며 뒤뜰로 갔다.

먼저 막 수영장에서 나오는 캐시의 손을 잡아주는 남자가 보였다.

'응? 새로운 애인인가? 다행히 이별의 상처는 극복했나 보네.'

할리우드에선 흔한 일이었기에 시선은 곧장 수영장에서 나오는 캐시에게로 향했다. 그리고 그녀의 몸매를 보는 순간 눈이 커졌다.

73. 약과 독

"…캐시, 안 본 사이에 무슨 일이 있었어요?"

"샤론, 어서 와. 많이 빠졌어?"

"네, 보기 좋아요."

허리에 손을 올리며 묻는 캐시를 향해 샤론은 엄지를 올리며 말했다. 물론 아직 더 빼야 했다. 그러나 지금 상태라면 촬영 들어가기 전에 충분히 예전의 모습을 찾을 수 있을 것 같았다.

"다 한 덕분이야. 아! 잠깐만 기다려 줄래? 노만에게 수유하고 와야겠어."

"얼마든지요."

두삼이 건네는 수건으로 몸을 닦으며 저택 안으로 들어가는 캐시.

어정쩡하게 서 있는 샤론을 보고 두삼이 말했다.

"수영은 끝났으니 저쪽 테이블로 가서 앉아 계세요."

"네, 그럴게요."

캐시의 손님이었기에 신경 쓰지 않고 사용한 마사지 용품을 챙기는데 샤론이 놀란 듯 말했다.

"어! 두삼 씨가 왜 여기 있어요?"

"…절 아세요?"

"저번에 마트에서 봤잖아요."

"아! 다시 보자고 했던 분이군요. 여기서 다시 만나게 됐네요. 근데 제 이름은 어떻게 아세요?"

"채널H의 '전설을 찾아서' 미국 촬영 코디네이터를 맡고 있거든요. 그래서 지난 방송을 다 봤어요."

"아하~ 그래서 다시 보자고 하셨군요."

자신을 알고 있는 이유를 알게 됐으니 그걸로 됐다. 다시 정리하는데 그녀가 물었다.

"미국에 먼저 와 있다는 얘긴 들었어요. 한데 이곳에 있을 줄은 생각도 못 했네요. 일하러 온 건가요?"

"아뇨. 쉬러 왔는데 어쩌다 보니 이러고 있네요."

"일한 지는 얼마나 됐어요?"

"9일쯤 됐네요."

"헐! 9일 동안 다이어트를 했는데 저렇게 빠졌어요?"

"수유가 많은 도움이 됐어요."

아이에게 젖을 먹이는 건 엄청난 에너지를 소모하는 일이다.

몸의 노폐물을 없애고 젖이 충분히 돌게 하는 음식과 수유를 위한 마사지까지 가르쳐 주고 나자, 노만은 더는 분유를 먹을 필요가 없게 되었다. 그리고 제대로 수유를 하게 되자 다이어트 효과와 더해져 살이 쭉쭉 빠졌다.

"궁금한 거 더 없으면 전 이만 가볼게요. 모레 봬요."

정리한 물건을 선반에 올려두고 인사했다. 한데 궁금한 것이 남은 모양이다.

"어디에서 머물고 있어요? 호텔?"

"그건 왜요?"

"저녁이라도 살까 해서요. …오해하지 마세요. 캐시의 다이어트를 도와준 것이 고마워서 그런 거니까요."

"오해 안 합니다. 저녁에 다시 이곳으로 와서 할 일이 있어서 먹은 거로 할게요."

"차는 있어요? 비벌리힐스에 자체 경찰서가 있어 안전하다고 해도 밤늦게 걸어 다니는 건 좋지 않아요."

참 말 많은 아가씨다. 뭐 그래도 걱정해서 하는 말이니 뭐라 하기도 어려웠다.

"바로 옆집에서 지내니 걱정하지 마세요."

"어? 옆집이라면 홀트 씨랑 헬렌 집인데……. 홀트 씨가 집을 세를 놓았나? 그럴 리가 없는데."

"…헬렌 집에 있어요."

"예에?!"

헬렌을 아는지 작지 않은 눈이 더 커진다.

"헤, 헬렌과 어떤 사이예요?"

"그러는 샤론 씨는요?"

"대학 동기예요. 나이는 내가 많지만요. 두삼 씬 혹시 남자 친구?"

막 대답을 하려는데, 헬렌이란 말에 어느새 내려온 캐시가 답했다.

"한은 헬렌의 약혼자야."

"헐! 나한텐 아무 말이 없었는데……."

"안 물어본 거 아냐? 난 물으니까 바로 말해주던데."

"아! 내가 묻지를 않았었나? 그 애가 어릴 때 봐서 아직 애라고 생각했나 봐요."

하란을 애로 보는 사람이 있을 줄이야. 솔직히 그 몸매를 애로 보는 게 이상하다.

아무튼, 캐시가 왔으니 더 있을 필요가 없었기에 저녁에 보자고 하고 집으로 갔다.

*　　　　　*　　　　　*

샤론을 다시 만난 건 그날 저녁 하란이 퇴근을 한 후였다. 샤론이 연락을 했는지 만났다는 걸 하란은 알고 있었다.

비벌리힐스 명품 거리에 있는 유명 레스토랑에서 같이 자리했다.

"기집애! 약혼자가 있었으면 진즉에 말했으면 당황하지 않았을 거 아냐."

"미안. 난 말했는지 알았어."

"하여간 가끔 보면 맹하다니까."

"아! 그러고 보니 언니는 남자 친구 없어?"

"지금은 없어. 왜 소개해 주게?"

"원한다면. 내가 일하는 곳에 괜찮은 사람들 많아."

"네가 일하는 곳의 사람들이라면 공대생들이나 컴퓨터 앞에 앉아 있는 사람들 아냐?"

"대부분 그렇지."

"됐거든! 내가 학교를 그만둔 이유가 숨이 막혀서인데, 그런 사람을 사귀라고? 차라리 혼자 늙어 죽는 게 낫겠다."

"참! 언니 나쁜 남자 좋아하지?"

"이제 나이가 들어서인지 그냥 나한테 잘해주는 남자가 좋아. 호호!"

쉴 새 없이 조잘거리는 하란과 샤론.

그동안 하란의 성격을 차분하고 말이 없는, 가끔은 다혈질이라 생각했는데 샤론과 얘기하는 모습을 보니 꼭 그렇지만은 않았다.

'그러고 보니 한국엔 친구가 없네.'

어린 시절부터 미국에서 지냈으니 한국에 어머니랑 두삼 말고는 개인적으로 얘기할 사람이 없었을 텐데……

어쩌면 그래서 회사 일과 개발에 몰두하고, 말동무가 필요해서 루시를 만든 건지도 모르겠다.

얼굴 전체로 웃으며 깔깔대는 생소한 모습에 신기하면서도 왠지 짠하면서 미안하다.

약혼자라는 말이 참 무색해진달까.

두삼이 앞으로 더 잘해야겠다는 생각을 하는 동안에도 두 사람의 대화는 계속됐다.

"그나저나 두 사람 어떻게 만났어?"

"얘기하자면 길어."

"이 레스토랑 코스도 기니 상관없지 않겠어?"

두 사람의 대화에 끼지 않았다. 그저 하란의 관점에서 과거 얘기를 들으며 띄엄띄엄 나오는 코스 요리를 먹었다.

알고 있는 얘기고, 하란에게 부분부분 들었던 얘기임에도 마치 소설 속 얘기처럼 재미있었다. 다만 너무 미화된 것 같아 듣기 민망했다.

둘만 너무 떠들어서 미안했을까. 갑자기 샤론이 돌아보며 물었다.

"두삼 씨가 보는 하란인 어때요?"

"음, 과분하지만 절대 놓치고 싶지 않은, 저 자신보다 소중한 사람."

"어머! 무뚝뚝해서 얼버무릴 줄 알았는데 말이 바로 나오네요?"

"사실 말로 잘 표현이 안 되네요."

"왜요, 엄청 직설적이고 멋진 말인데요."

"하하……."

이렇게 제삼자가 남의 연애에 대해 꼬치꼬치 묻는 걸 좋아하지 않는다. 대부분 질문에 답하다가 둘이 남게 됐을 때 싸우게 되니 말이다.

다행히 싸우게 할 마음은 없는지 곧 화제를 바꿨다.

"근데 TV를 봐서 실력이 좋은 줄은 알았는데 암까지 고치는지는 몰랐네요."

"운에 많이 좌우돼요. 고칠 수 있는 범위도 한정적이고요."

"그게 어디예요. 암만 고치는 것도 아니잖아요. 그보단 캐시를 봤는데 다이어트 쪽에……."

"참! 캐시 언니랑 얘긴 잘됐어?"

무슨 말을 하려다가 하란이 말을 끊고 들어오자 다시 하란과 얘기를 나눈다.

"응, 잘됐어! 드라마에 출연하기로 됐어."

"잘됐다! 축하해, 언니."

"다 너랑 두삼 씨 덕분이지. 그나저나 2주도 안 됐는데 그렇게 살이 빠질 줄은 정말 상상도 못 했어."

"오빠 병원에서 비만클리닉으로 엄청 유명해. TV에도 나왔는데 고도비만인 사람을 몸짱으로 만들었어."

오늘 하란의 새로운 모습을 많이 본다. 그동안 어떻게 참았나 싶게 두삼에 대해 자랑을 한다.

"그랬구나. 어쩐지……. 근데 두삼 씨 언제 한국으로 돌아가요?"

"휴가가 11월 말까지라 그때까진 있을 겁니다."

"그럼 한 달 보름 정도 남은 거네요?"

"그렇죠."

두 달간의 휴가가 더 길어질 수도 있다는 얘기를 김영태 교수에게 들었지만 그건 아직 예정에 불과했다.

휴가 얘기에 잠시 생각을 하던 샤론이 조심스럽게 말을 꺼냈다.

"…그럼 혹시 캐시 말고 다른 사람의 다이어트를 도와줄 수 있나요?"

휴가라는 단어의 뜻을 모를 만큼 학력이 부족한 것 같지 않은데.

하란이 아는 사람이 아니라면 끝까지 듣지 않고 '싫어요'라고 답했을 것이다.

"캐시의 다이어트가 끝난 것도 아니고, 모레부터 촬영도 있잖아요."

"…역시 그렇죠?"

점잖게 거절하자 그녀는 아쉽다는 표정과 말투로 말했다. 이럴 땐 왜 그러냐고 물으면 안 된다. 그럼 사정을 듣게 되고 마음이 약해진다.

한데 자리엔 혼자만 있는 게 아니었다.

"무슨 일인데, 다이어트가 필요한 사람이 있어?"

"다이어트 필요한 사람 많지. 캐시도 그중 한 명이었고. 다른 건 아니고 캐시처럼 다이어트를 미끼로 할리우드 스타들과 친해볼까 했던 거야. 내 직업은 스타들과의 친분이 절대적이거든."

자신의 실력을 커리어를 위해 이용하고 싶다고 샤론은 직설적으로 말했다. 이리저리 재면서 두루뭉술하게 말을 하는 것보다 나았다. 그러나 그렇다고 들어줘야 할 이유는 없었다.

"아하~ 그런 방법이 있었네. 근데 어쩌지 언니. 오빠, 한국에서도 매번 일만 했거든."

"신경 쓰지 마. 그냥 욕심이 나서 해본 말이야. 와아! 맛있겠다 이거 먹자."

훈훈한 분위기로 마무리가 됐다. 그런데 의도를 한 건지, 그동안 살아온 얘기를 하면서 우연히 나온 건지 모르지만 샤론의 할리우드에서의 삶에 대해 듣게 됐다.

"내가 처음에 일하기 시작했을 때 할리우드에서 동양인은 그냥 천민이나 다름없었어. 악역 7, 혹은 영화 속 너드(Nerd: 얼간이)로 나왔어. 근데 한국 영화 시장의 파이가 커지면서 분위기가 달라졌어. 그 후 한국계 배우들이 대거 등장하면서 자리를 잡았죠. 근데 캐스팅 디렉터는 또 달라요. 백인 일색이죠. 왜냐하면, 영화계와 방송계의 총 프로듀서 중 상당수가 백인을 선호하거든요. 특히 여자인 경우는 더 심해요. 은근히 호텔 키를 건네주기도 하고 노골적으로 어디로 오라고 해요."

"미친! 그래서?"

또! 또! 다혈질적인 성격 나온다.

말은 하지 않지만 하란 역시 예전에 비슷한 경험이 있는 게 분명했다. 괜스레 과거의 상처를 후벼 파는 것 같아 캐묻진 않았다.

"몸 팔아서 자리 유지해 봐야 나이 들면 끝이야. 그걸 아는 내가 그랬을 것 같아?"

"당연히 아니지!"

"뭐, 자존심을 챙겼지. 덕분에 아직 제대로 자리를 못 잡긴 했지만. 후회는 없어. 천천히라도 나아가 자리를 잡을 거니까."

"그럴 수 있을 거야! 혹시나 다시 그러는 놈 있으면 말만 해. 내가 아주 탈탈 털어서 인생 쓴맛 보게 해줄 테니까."

"말만이라도 고맙다, 헬렌."

두삼이 보기엔 말로만 하는 게 아니었다. 누군지 말하면 컴퓨터 실력이든, 루시를 이용해서든 정말 탈탈 털 생각이다.

다행히 샤론은 '어느 방송국의 프로듀서'라는 정도로 말했다.

2시간 넘게 계속되던 식사 시간은 달콤한 디저트를 먹고 끝났다.

세 사람이 동시에 카드를 꺼냈다. 그러나 계산서를 잡은 건 샤론이었다.

"내가 살 거야! 캐시와 계약하게 해줬는데 당연히 내가 내야지."

"잘 먹었어요, 샤론."

"다음엔 내가 살게, 언니."

종업원이 그녀의 카드와 계산서를 들고 갔는데 쫓아가서 자신의 것으로 계산하는 것도 우습다. 이럴 땐 맛있게 먹었다고 말하고 다음에 사면 된다.

"언니, 주말에 봐."

"모레 뵐게요."

"네, 들어가요. 연락할게."

식당 앞에서 샤론과 헤어졌다.

두삼과 하란은 소화도 시킬 겸 천천히 걸어서 집으로 향했다. 안전한 곳이기도 하지만 두 명의 경호원이 약간 거리를 두고 앞뒤로 따르고 있었다.

하란은 팔짱을 끼고 어깨에 머리를 기댄 채 걷고 있었는데 무슨 생각을 하는지 말이 없다.

조용한 거리, 경호원들이 멀지 않은 곳에 있어 속삭이듯 말했다.

"샤론 일이 마음에 걸려?"

"……응? 아! 조금."

"많이 친했나 봐?"

"조기 입학해서 다른 사람과 어울리지 못한 내게 처음 말을 걸어준 사람이 샤론 언니야. 그리고 그 덕에 학교에 적응할 수 있었고. 같이 학교 다닐 동안 엄마처럼 이것저것 많이 챙겨줬었는데……."

"그래서 샤론을 괴롭힌 사람들에게 복수하고 싶어?"

"아니. 누군지도 모르는데 어떻게 해."

하란은 자신의 감정을 숨기는데 굉장히 뛰어났다. 하긴 지금껏 두 개의 회사를 키운 사람인데 그 정도도 못할까.

한데 두삼은 알 수 있었다. 설명하라고 하면 불가능하다. 그냥 안다.

방송국을 좌지우지할 수 있는 프로듀서가 많은 것도 아니고 해킹을 통해 그들의 일거수일투족을 살피는 것 또한 불가능하지 않았다.

두삼은 하란이 그런 일을 하는 게 싫었다.

복수는 개운하지만 감정의 찌꺼기를 남긴다. 가끔 자신이 너무 가혹했나 싶을 때가 있다. 죽어 마땅한 놈이었다고 해도 마찬가지다.

아무튼 그러한 감정의 찌꺼기를 하란이 겪게 하고 싶진 않았다.

"내가 샤론을 도와줄까?"

"아냐! 쉬러 왔는데 쉬어야지. 오빠 몸이 강철도 아니잖아."

"사실 기운이 넘쳐. 너도 알잖아. 내가 튼튼한 거. 그리고 네가 일하러 간 사이에 딱히 할 일도 없고."

"할 일이 왜 없어. 20일 내내 관광지만 다녀도 다 못 볼 정도로 LA는 넓어."

"혼자 무슨 재미로 다녀. 몇 군데 다녀봤는데 그냥 그렇더라고."

"그럼 그냥 푹 쉬든가."

"너무 쉬는 것도 지겨워. 샤론에게는 내가 말할게. 그러니 신경 쓰지 마."

"그래도……."

두삼은 말 대신 빙긋 미소 지으며 그녀의 머리를 쓰다듬어 주는 거로 샤론에 관한 얘기를 끝냈다.

*   *   *

'전설을 찾아서'의 출연진과 제작진을 만나기 위해 공항으로 갔다.

제작진 중 어제 먼저 도착한 이들이 카메라를 준비하고 기다리고 있었다.

"안녕하세요, 노 연출님"

"한 선생, 휴가 제대로 즐기고 있나 봐? 선탠이 제대로 됐는데?"

인사를 하자 다들 반갑게 맞이해 준다. 그리고 노담휘 조연출이 부럽다는 듯 말했다.

사실 해변이 아닌 수영장, 그것도 캐시네 수영장에서 그녀를 마사지하면서 탄 거다. 뭐, 굳이 말해봐야 변명처럼 들릴 터.

"어제 도착해서 좀 놀았어요?"

"놀긴. 카메라 설치하고 코디네이터랑 촬영 장소 미리 돌아보느라 새벽에야 잠들었어. 그리고 3시간 자고 일어나서 바로 공항으로 나온 거고."

"힘드셨겠네요. 촬영 끝나고 이틀 시간 준다니 그때 푹 쉬세요."

"문 PD님이 과연 쉴 시간을 줄지 모르겠다."

"에이~ 그러기야 하겠어요. 근데 코디네이터 샤론은 어디 있어요?"

"커피 사러. 어? 네가 샤론 씨를 어떻게 알아?"

"우연히 봤어요. 알고 봤더니 제 애인이랑 친한 언니, 동생 사이던데요."

"그래? 저기 오네. 휘익! 정말 눈이 정화되는 것 같지 않냐?"

샤론은 적당한 길이의 반바지와 티셔츠, 선글라스를 낀 채 커피를 들고 오고 있었는데 마치 화보에 나오는 모델과 비슷하다. 조연출의 말처럼 객관적으로 굉장히 세련된 미녀임은 분명했다.

"왔어요?"

그녀는 커피를 조연출에게 건넨 후 선글라스를 벗으며 인사했다.

"잠깐 얘기 좀 할 수 있을까요?"

"그래요."

멀리 가지 않고 촬영 팀과 조금 떨어졌다.

"무슨 일인데요?"

"다른 게 아니라 그제 말했던 거 해볼까 하고요."

"…다이어트 말인가요?"

"네. 이번 주는 촬영 때문에 힘들고 다음 주 월요일부터 하면 될 것 같아요."

"고마워요, 두삼 씨! 근데 왜 마음이 바뀐 거예요? 혹시 하란이가……?"

"하란이가 부탁한 건 아니에요. 그냥 하란이가 안타까워하는 것이 보기 싫어서요."

"…제가 괜한 말을 했나 보네요."

"그렇게 생각하지 마세요. 이왕 하기로 한 거 욕심껏 저를 이용하세요."

샤론은 민망했는지 잠시 말이 없었다. 그러나 성공을 위해 조금만 뻔뻔해지기로 했다.

"혹시 몇 명까지 봐줄 수 있으세요?"

"음, 캐시의 경우 이제 하루 한 번 마사지만 하면 되니까. 서너 명은 가능하겠네요. 물론 이동 시간이 많이 걸리면 힘들고요."

"서너 명이면 충분하긴 한데……. 이동 시간이 없이 한 장소에서 계속하면요?"

"7, 8명 정도는 할 수 있겠네요."

일반적인 마사지사들의 경우 하루 5명, 6명 정도 하면 맥이 빠져 버린다. 그러나 몸속에 기운이 넘치는 두삼의 경우 시간이 문제지 힘 걱정은 없었다.

"몇 명이 될지 모르지만 이동하는 건 별로 좋은 생각은 아닌 것 같아요. 제가 괜찮은 숙소를 잡을 테니 거기서 하는 거로 해요."

"그럼 그냥 하란의 집에서 해요. 캐시도 옆에 있으니 그편이 낫지 않겠어요?"

"괜찮겠어요?"

"저야 더 편하고 좋죠."

"그럼 그렇게 해요. 두삼 씨, 고마워요. 이 은혜는 꼭 갚을게요!"

"학교 다닐 때 하란이에게 잘해줬다면서요. 그걸로 충분합니다."

샤론과 얘기를 끝내고 출연진과 제작진이 나오길 기다렸다. 그리고 입국장으로 출연진과 제작진들이 우르르 나왔다.

"두삼아!"

"Yo! bro!"

평범한 인사를 하는 세 사람과 달리 꽃무늬 반소매셔츠를 입고 새파란 선글라스를 낀 유민기는 래퍼처럼 혀 꼬부라진 인사를 했다.

"어서 와요, 형들. 민기는 신났네요?"

"어휴~ 지겹다. 비행기로 오는 내내 저런다. 예전에 나한테 했던 것처럼 쟤 입이랑 손 좀 움직이지 못하게 해줘라."

말하는 손석호뿐만 아니라 다른 두 명도 고개를 절레절레 흔들었다.

여전히 재미있게 지낸다 싶어 빙긋 웃고 있는데 작고 귀엽게 생긴 여자가 꾸벅 인사를 했다.

"안녕하세요, 한 선생님. 처음 봬요."

"…아, 네. 근데 이분은 누구…?"

옆에 있는 전철희를 보며 낮게 물었다.

"아! 이번 촬영부터 새로 합류하게 된 진보라 선생님. 부산 동무슨 대학병원에 근무 중이라고 했는데 잘 기억이 안 난다."

부산 하면 동예대학 한의학과가 유명했다.

5인 체제에서 잘되고 있는데 갑자기 새로운 사람이 들어왔다니 의아했다. 그러나 출연진을 더하고 빼는 건 온전히 제작진의 몫.

인사한 사람을 앞에 두고 계속 딴 짓을 할 수 없었기에 얼른 제대로 인사를 했다.

"반갑습니다. 한두삼입니다. 함께하게 되었으니 잘 부탁드려요."

"저야말로 잘 부탁드려요. 많이 가르쳐 주세요."

말할 때마다 방긋방긋 웃는 모습을 보니 방송에 꽤 잘 어울리겠다 싶다.

공항 내부에서 촬영은 도착하는 모습을 찍는 것 이상은 불가능했기에 샤론이 촬영 허가를 받아둔 공항 밖으로 나왔다. 그리고 간단히 LA에 도착했음을 알리는 촬영을 하고 차에 올랐다.

차에 올라 출연진들의 지정석인 뒷자리로 가려는데 문 PD가 손을 잡아 자신의 옆에 앉힌다.

워낙 자연스러워서 피식 웃으며 농담을 던졌다.

"어지간히 많이 낚아채 본 실력이네요."

"젊었을 때 좀 놀았거든. 근데 놀았지?"

그는 뒤쪽을 보는 시늉을 하며 말했는데, 진보라에 관한 것임을 바로 알 수 있었다.

"전문 방송인도 아닌데 놀랄 일인가요. 그냥 그런가 보다 하는 거죠."

"한의사잖아. 한 선생의 스탠스를 뺏긴다는 느낌은 들었을까 봐 걱정했는데."

"제 원래 위치는 병원이죠. 얼마든지 PD님 마음대로 하셔도 됩니다."

"그리 말해주니 고맙긴 한데, 왜 서운한 느낌이 들지? 내가 왜 진 선생을 출연시켰는지에 대해선 안 궁금해?"

"…그건 좀 궁금하네요."

안 궁금했지만 분위기상 궁금하다고 말해야 할 것 같았다.

문 PD는 자신의 자랑 같은 얘기를 길게도 했다

인천 건물 붕괴 사고로 종편답지 않게 9% 가까운 시청률을 찍게 되자 광고 문의가 들어오기 시작했고 금세 완판이 되었다고 한다.

거기에 멈추지 않고 건강식품을 파는 PPL마저 더는 끼워 넣을 수 없을 만큼 들어온 상태.

"어쩐지 다들 음료수를 들고 있더라니."

"참! 이거 가지고 있다가 틈틈이 먹어라. 네가 먹는 장면이 있어야 한다는 조건으로 들어온 PPL이다."

포 형태로 되어 있어 언제 어디서든 간단히 먹을 수 있는 홍삼 제품.

가격이 비싼 게 흠이지만 제대로 된 홍삼을 써서 소양인인 두삼이 먹어도 혈압이 오르는 뒷골이 당기는 증상은 없었다.

말이 나온 김에 한 개를 먹고 물었다.

"정작 진 선생이 어떻게 합류했는지에 대해선 말을 안 하시네요?"

"급하긴. 하려던 참이었어. 아무튼 광고에 PPL까지 꽉 차고 나니까 이번엔 한방센터가 있는 대학병원과 대형 한방병원에서 각종 백을 써서 자신의 병원 의사를 꽂아달라고 연락이 왔어."

"음, 진 선생이 낙하산이라는 말인가요?"

"그럴 리가. 촬영을 안 하면 안 했지, 그런 건 용납 못 하지. 원래 시작할 때부터 6인 체제를 염두에 뒀었거든. 한 선생도 알잖아. 지각한 인간을 잘라 버리면서 5인 체제가 된 거. 그래서 한의사가 두 명인 체제도 괜찮겠다 싶어 추천하는 사람들 면접을 봤지."

"PD님이 면접을 봤다면 실력이 좋겠네요."

객관적으로 보자면 임동환의 의술은 상급임에 분명하다. 그런데도 탐탁지 않게 생각했던 사람이 문 PD였다. 그런 그가 오케이 했다면 실력은 인정할 만하다는 것이다.

"응, 좋아. 한 선생만큼은 아닌데, 굉장한 실력자임은 분명해."

"한번 보고 싶네요."

"금방 보게 될 거야."

워낙 자신만만하게 얘기를 하니 그녀의 솜씨가 무척 궁금했다. 그러나 오늘은 오랜 비행을 하고 왔기에 본격적인 촬영은 내일부터였다.

목적지인 브렌트우드에 있는 3층 건물에 도착했다. 좁은 건물 로비에 출연진들을 세워놓고 문 PD가 말했다.

"일단 점심때까지 쉰 후에 괜찮은 점심 먹고 본격적인 촬영에 들어갈 거야. 질문?"

"시차 적응도 해야 하는데 오늘 쉬는 거 아닙니까?"

전철희가 물었다.

"쉬어도 상관없어. 대신 촬영 끝나고 휴일이 하루 줄어들 거야. 어떻게 할래?"

"시차 적응은 이미 됐습니다!"

"오케이. 그럼 각자 방으로 가서 쉬다가 로비로 11시 40분까지 내려와. 담휘야, 방으로 안내해."

"절 따라오세요. 막내야, 스태프들 방은 네가 지정해 줘라. 로비 게시판에 종이 붙여놨다."

위로 올라가는 계단이 좁아서 잠깐 정체 현상이 일어났지만 출연진, 연출 팀, 카메라 팀, 조명 팀, 오디오 팀 순으로 질서정연하게 올라갔다.

두삼은 올라가서 쉴 이유가 없었기에 로비 한쪽에 있는 의자에 앉았다.

밖에서 담배를 피우고 들어오던 문 PD가 물었다.

"안 올라가?"

"전 비행기 안 탔잖아요. 억지로 쉬면 괜히 머리만 아파요. 그냥 여기서 잡지 읽고 있을게요."

"그러든가. 샤론 씨, 저랑 얘기 좀 할까요?"

출연진은 쉬어도 제작진은 오후 촬영을 위해 준비를 해야 했다. 연신 제작진들이 오고 갔지만 두삼은 무시하고 카운트 앞에 있는 잡지를 읽었다.

영어로 된 잡지라 천천히 페이지를 넘기며 읽는데 갑자기 그림자가 생겼다.

"재미있어요?"

"아! 진 선생님. 재미보다는 그냥 시간 때우기로 읽고 있는 거예요. 안 쉬세요?"

"비행기에서 많이 잤어요."

그러고는 옆에 있는 작은 나무 의자를 가지고 와서 맞은편에 앉았다.

"…저에게 할 말 있으세요?"

"꼭 그래야 하나요? 아! 물론 한 선생님께 물어보고 싶은 말은 많아요. 알고 싶은 것도 많고요. 하지만 일단은 다른 출연진분들과 마찬가지로 친해지는 게 우선이겠죠? 출국 전날 PD님이 만남을 주선해 줘서 다른 분들이랑은 얘기 많이 나눴거든요."

"…그랬군요."

"그러니 서로 할 일도 없는 지금 서먹서먹한 관계를 조금 가까워지게 하는 건 어떨까요?"

조리 있게 말하는데 무슨 말을 하겠는가. 그러자고 하는 수밖에 없었다.

"전 서른둘이에요. 선생님은요?"

"서른다섯이요."

"방송 보니까 편하게 형, 동생 하던데, 오빠라고 부르면 되죠?"

"다른 형들은 뭐래요?"

"좋아하시던데요."

"그럼 그렇게 해요."

"에이~ 오빠, 동생인데 말을 놔야죠."

"…그, 그래."

속으로야 어떤지 모르지만, 겉으로 드러난 성격은 상당히 쾌활하다.

"전 동예대학 한방병원에서 일해요. 2년 전에 침구과 전문의 자격증을 땄어요. 사상체질, 내과에도 관심이 많은데 수련의 할 때 교수님이 침구과로 꼭 해야 한다고 해서 어쩔 수 없었죠. 후회는 없어요. 자칫 지루할 뻔했는데 마침 침에 대한 레퍼런스 자료집을 읽고 완전히 반해 버렸거든요."

참 말 많은 아가씨다. 여자 류현수 같달까?

한참 묻지도 않은 신상명세를 말하던 그녀가 방긋 웃으며 물었다.

"혹시 저에 대해 궁금한 거 없으세요?"

"…방금 충분히 들은 거 같은데."

"아! 그런가요. 호호호! 그럼 이제 제가 궁금한 점을 물어봐도 될까요?"

"TV 봤으면 다 알 텐데 궁금한 게 있나?"

"많은데요."

"뭐가 그리 궁금한데?"

"첫 번째! 작년 레퍼런스에서 발표된 마취 침 오빠가 개발한 거죠?"

"…그게 왜 중요한데?"

"진짜! 진짜! 중요해요. 그러니 얼른 대답해 주세요!"

눈을 부릅뜨며 말하는데 상당히 부담스럽다. 서른둘이 맞나 싶을 만큼 하는 행동이 순진무구(?)하다.

"그렇다면?"

"역시 그랬군요! 어쩐지 너무 이상하다 싶었어요. 중국의 마취 침의 경우 임맥과 수양명대장경을 주로 이용하는데 레퍼런스에서 발표된 마취 침은 수태양소장경, 수소양삼초경을 주로 이용하더라고요. 그래서 그렇게 되는 이유를 발표자인 임동환 선생님께 물었어요. 근데 대답을 못 하더라고요. 그때 알았죠. 아! 만든 사람은 따로 있구나 싶었죠. 누굴까 엄청 고민했어요. 만나고 싶었고요. 그러다 방송을 보고 선생님인 줄 알게 된 거예요."

"…하하! 궁금증이 풀렸다니 다행이네."

"궁금증은 이제 시작인데요. 어떻게 만들어낸 거예요? 짐작하기로는 교차하는 혈 자리를 찌르는 거로 생각했거든요. 근데 몇 개는 교차하는데 몇 개는 교차하지 않더라고요. 교차하는 혈이 아니라면 별도의 혈인가요? 도대체 어떤 원리로 만들어낸 거죠? 그리고 어떻게 그렇게 혈에 대해 잘 아는 거죠?"

속사포처럼 터지는 질문. 머리가 지끈 아플 정도다. 일일이 대답해 주기엔 너무 귀찮다.

이럴 땐 차라리 숙제를 던져주는 게 나았다.

"설명하려면 일단 마취 침에 대해 정확히 알아야 해. 레퍼런스에 참석했다면 시침 부위는 다 알 테고. 일단 마취 침부터 해본 후에 묻는 게 우선인 것 같은데."

이 정도면 한동안 아무 말도 없을 것으로 생각했다. 한데 착각이었다.

"중국 마취 침도, 선생님이 만든 것도 할 줄 알아요."

"…숙달됐다고?"

"보여 드려요?"

그녀는 대번에 허리춤에서 침통을 꺼냈다.

"TV에서 선생님이 침통을 꺼내는 모습을 보고 하나 장만했
는데 쓸 일이 생겼네요. 왼팔만 마비시켜 볼게요. 움직이지 마세
요."

"……!"

진보라는 대답을 기다리지 않고 대번에 침을 뽑더니 두삼의
어깨 쪽에 침을 꽂았다.

어깨에 꽂히는 여덟 개의 침.

순간 팔에 흐르던 기운이 멈추고 파란빛의 신경 신호 역시 멈
춰 버린다.

'헐! 이 여자 도대체 뭐야?'

아무리 얇은 셔츠를 입고 있다고 해도 옷을 입고 있는 상태의
시침은 노련한 한의사들조차 열에 여덟아홉은 실패한다.

160㎝인 사람과 180㎝인 사람의 혈의 위치가 같을 수 없다.
즉, 맨몸을 정확히 보고 찔러도 실패할 확률이 높다. 한데 진보
라는 정확한 위치는 물론이고 침의 깊이까지 정확했다.

자신이 겪은 젊은 한의사 중에 양태일의 시침 능력이 최고라
고 생각했는데 진보라는 양태일 보다 한 수, 아니, 몇 수 위다.
장려령과 비교할 수준이랄까.

"어때요? 왼팔이 마비됐죠?"

자신의 실력에 한 줌 의심이 없는 표정.

두삼은 잠시 고민했다.

만일 양태일이 이랬다면 칭찬과 함께 왜 중국과 다른 혈 자리를 찔러도 마취가 되는지에 대해 설명을 해줬을 것이다.

근데 본 지 2시간도 되지 않은 진보라에게 그것을 가르쳐 줄 이유도, 마음도 없었다.

비인부전(非人不傳)을 중요시 여기진 않았다.

만일 그런 마음이 있었다면 애초에 마취 침을 병원에 알리지 않았을 것이다.

사실 현대 의학에선 크게 소용없는 말이고 한의학의 발전을 위해선 평생의 노하우를 알려 후배들이 더 나은 의술을 펼치게 만드는 것이 나았다.

물론 그렇다고 마냥 알려주는 것 또한 좋아하지 않았다. 특히 자칫 잘못 찌르면 환자가 평생 마비된 채 살아야 할 수도 있기 때문이다.

결정을 내린 후 말했다.

"아니, 마지막 한 곳을 잘못 찔렀네."

"그럴 리가요. 분명……!"

마취되었다고 믿는 왼팔을 들어 올리자 그녀는 말을 하다 말고 깜짝 놀라 했다.

몸의 기운을 마음대로 할 수 있는 두삼에게 침으로 막아놓은 기운을 없애 버리는 건 어려운 일이 아니었다. 기운을 뭉쳐서 침을 슬쩍 밀어버려도 되고, 그녀의 기운을 흡수해 버려도 됐다.

"제대로 꽂았으면 마취가 됐겠지. 자신 있다고 마구 꽂지 말고 좀 더 연습하는 게 좋겠네."

"……"

두삼은 침을 뽑아 그녀에게 건넸다.

자신의 실력에 대해 확고한 믿음이라도 있었던 모양이다. 마취에 실패했다는 것에 충격을 받았는지 더는 말이 없었다.

괜히 미안했다. 그래서 한마디 했다.

"하나 실패했다고 너무 의기소침할 필요 없어. 시차 때문에 그럴 수도 있잖아. 솔직히 옷 위에 꽂아서 그 정도면 엄청난 실력이니까. 난 밖에 나가서 산책할 테니까 쉬어."

어색한 분위기가 싫었기에 건물 밖으로 나와 느릿하게 동네를 한 바퀴 돌았다. 다행히 돌아왔을 때 진보라는 침실로 갔는지 로비에 없었다.

11시 40분이 가까워지자 하나둘 로비로 내려왔다. 그리고 정각이 되자 버스에 올라 샤론이 예약해 둔 식당으로 갔다.

멀지 않은 곳에 바다가 보이는 식당의 야외 테이블에 출연자들끼리 둘러앉았다.

차에서 주문을 받아서 미리 연락해서인지 곧장 나왔는데 남자 넷은 스테이크였고, 손석호와 진보라는 수제 햄버거였다.

"와! 고기 크기 봐. 우리나라에서 먹었던 스테이크는 이것에 비교하면 한 입 거리네."

유민기의 호들갑스러운 외침처럼 스테이크 크기가 한 근은 족히 되어 보였다. 햄버거의 크기도 마찬가지.

2주 동안 미국을 음식 클래스를 어느 정도 경험했던 터라 나름 익숙했다.

다음 주부터 시작될 일을 생각해 체력을 키울 필요가 있었기에 스테이크를 다 먹고 손석호가 3분의 1쯤 남긴 햄버거 역시 두삼이 먹었다.

"두삼 오빠, 이것도 먹을래요?"

진보라는 절반 남은 햄버거를 권했다. 버스를 타고 올 때부터 조금 전의 일은 잊은 듯 보였다.

"난 이미 충분히 먹었어. 그건 민기한테 줘야 할 것 같은데."

"아! 민기 오빠, 드세요."

"오! 생유~ 난 확실히 아메리칸 스타일인가 봐. 식욕이 마구 샘솟네. 하하하!"

"…너 살찐 미국 말 같아. 식단 조절해야겠다."

"훗! 근육이거든. 촬영 끝나고 해변에서 나의 근육질 몸매를 보여주지."

"…미국 말의 벗은 몸매는 보고 싶지 않다."

"너한테 보여주려고 만든 근육이 아니거든."

아나운서 출신이 맞나 싶을 만큼 유들유들하다.

점심을 먹고 나자 바로 본격적인 촬영에 들어갔다.

문 PD가 설명했다.

"이번에 찾을 곳은 한국에 있다가 미국에 이민 온 한의원입니다."

"딸랑 그 정보만 주는 건 아니죠? 여긴 말도 제대로 통하지 않는 미국이라고요."

이젠 으레 투덜거린다. 질러보고 정보를 주면 좋고 아니면 말고 식이랄까.

문 PD가 그걸 모를까마는 모른 척 다른 정보를 준다.

"한약으로 굉장히 유명했던 곳입니다."

"엘튼이 말한 대로라면 한약으로 유명했던 8대세가 중 이가한 의원과 3대문파 중 하나인 생사환 왕씨 한의원인데……. 그럼 왕가한의원입니까?"

"…그건 말해 드릴 수 없습니다."

"훗! 맞네!"

"하하하! 그러게요. 요즘은 문 PD님 얼굴 보면 다 쓰여 있다니까요."

"……."

이제 '전설을 따라서' 프로그램에 완전히 적응한 손석호와 이경철이 문 PD를 놀렸다. 사실 지난번에 엘튼이 너무 많은 정보를 뺄고 간 것이 주원인이기도 했다.

"…정보가 더 필요 없나 보군요?"

"에이~ 그건 또 아니죠. 코리아타운이 넓지 않다고 해도 7㎢는 족히 되는데요. 그리고 광범위하게 따지자면 훨씬 넓고요."

코리아타운은 한인 밀집 지역을 말하는데 띄엄띄엄 모여 있는 곳까지 포함하면 꽤 넓었다.

"얼굴에 다 쓰여 있다면서요? 읽으면 되지 않나요?"

"에이~ 또 속 좁게 군다."

"맞습니다. 속 좁습니다. 그래서 두 개의 정보를 더 줄까 했는데 하나만 더 주려고요. 코리아타운이 아닌 곳에 있습니다."

"에? 그게 끝이에요? 그럼 범위가 더 늘어나잖아요? 위치를 정확하게……."

"여기까지입니다! 저기 있는 차를 이용해서 다니면 됩니다. 기사는 있으니 목적지를 말하면 모셔다 드릴 겁니다. 그럼 시작하십시오."

할 말을 마쳤다는 듯 획 하니 스태프의 버스로 가버리는 문 PD. 놀린 것에 대한 보복이 분명했다.

출연진은 잠시 말이 없었다. 가장 먼저 정신을 차린 사람은 놀림에 앞장섰던 손석호.

"저 양반 원래 저기까지 가르쳐 주려고 했을 거야."

같이 놀렸던 이경철이 동의했다.

"석호 형 말이 맞는 것 같아. 더 가르쳐 주면 금방 찾을 거 같으니까 내뺀 거야."

"일리 있는 말인데 이 넓은 LA에서 어떻게 찾을 건데요?"

현실적인 유민기의 말.

"일단 돌아다녀 보자. 우리가 헤매면 문 PD가 가르쳐 주지 않겠어?"

"그러다 이틀 후에 가르쳐 주면요? 휴식이여, 안녕이잖아요. 그리고 일단 막 움직이는 거보다 여기서 가진 정보를 이용해 범위를 좁히는 게 우선인 거 같아요."

"정보라고 해봐야 생사환이라고 불리던 3대문파 중 하나고 코리아타운이 아니라는 것밖에 없는데, 범위를 좁히는 게 가능하겠냐?"

"생각해 봐야죠. 두삼아, 좋은 생각 없냐?"

두삼은 고개를 절레절레 흔들었다. 문 PD가 말해준 것으로 목적지를 찾기엔 무리가 있어 보였다.

다른 사람들도 마찬가지인지 테이블은 다시 침묵에 빠졌다. 근데 진보라가 손을 들며 말했다.

"짐작 가는 바가 있어요."

"오! 뭔데?"

"미국 내, 아니 LA에서의 한의학의 위치를 생각해 보면 될 것 같아요. 50여 년 전부터 로얄한의과대학이 있었는데, 1997년 서국대학교에서 인수하면서 본격적으로 한의사를 양성하기 시작했다더군요. 한데 사실 대체 의학으로 신뢰받기 시작한 건 그리 오래되지 않았어요."

그냥 간단히 설명하고 짐작 가는 바를 말해주면 좋을 것을 사족이 길었다.

"거기에 중의학과 비교하면 한의학의 위상은 아래죠. 최근 양약의 각종 부작용 때문에 동양의학과 접목된 생약이 주목을 받지만 대부분 중의학과 접목된 것이라고 보면 돼요."

"…범위를 좁힐 방법을 말하는 줄 알았는데, 한의학 까기를 하는 거야?"

"끝까지 들어보세요. 쉽게 말해서 일찍이 LA에 와서 한의원을 개업했다면 열 곳은 두 곳밖에 없어요. 코리아타운과 차이나타운."

"가만! 코리아타운이 아니라고 했으니, 그럼 차이나타운이다?"

"의원을 하지 않았다면 모를까 동양의학이 통하는 곳은 코리아타운이 아니면 그곳밖에 없잖아요. 그리고 LA 다운타운 근처니, 없으면 그곳을 찾아봐도 괜찮고요."

두삼이 생각하기에 상당히 일리 있는 추론이었다. 그래서 말을 더했다.

"가보죠. 어차피 지금은 차이나타운보다 더 가능성이 큰 곳이 없잖아요?"

"그야 그렇지. 그럼 우리 아름다운 주 선생 말을 믿고 가볼까."

"갑시다! 차이나타운으로."

차를 타고 다저스 스타디움 바로 아래 있는 차이나타운으로 향했다.

차이나타운은 LA의 유명 관광지답게 많은 이들이 오고 가고 있었다. 한데 센트럴 플라자에 '뉴 차이나타운'이라고 쓰여 있는 벽화가 보였다.

"응? 차이나타운이 새로 지어진 건가?"

혼잣말을 중얼거리는데 진보라가 설명했다.

"1930년에 지금의 유니언역 근처가 원래 차이나타운이었어요. 그러다 1938년 유니언역 공사를 하면서 현재의 위치로 이동한 거예요."

"사람 헷갈리게. 헌 차이나타운이고만. 근데 진 선생 LA에 대해 잘 아네? 전에 와본 적 있어?"

"아뇨. 오기 전에 검색 좀 했어요."

"그럼 지리도 봤겠네?"

"아뇨. 그건 반칙 같아서요. 찾는 재미가 있잖아요."

"재미있는지는 두고 볼 일이지."

"네?"

진보라가 반문했지만 두삼은 어깨를 으쓱하는 거로 대답을 대신했다.

방송엔 보통 10분, 15분 정도면 한의원을 찾는 거로 나온다. 그러나 걷는 것은 2시간에서 3시간은 기본이다. 만일 차이나타운에 대해 뭔가를 보여주려면 4시간도 족히 걸어야 했다.

차이나타운의 센트럴 플라자를 조금 지나 차에서 내렸다. 그리고 일제히 우르르 걸으며 차이나타운을 천천히 걸으며 구경했다.

정말 죽기 살기로 찾아야 하는 거라면 차에서 내리자마자 둘씩 짝을 지어 블록을 나눠서 찾으러 다니겠지만 LA까지 온 이상 시청자에게 차이나타운을 보여주는 것도 방송의 일부였다.

"한자로 된 간판이 많고 영어가 섞여 있다는 점만 빼면, 인천 차이나타운하고 느낌이 비슷하네. 저기 중국집 있는데 뭐가 있는지 가볼까?"

"좋죠!"

한의원 찾는 건 일단 뒤로 밀렸다. 중국집에 들어가서 요리도 먹어보고, 오래된 중국풍 건물 앞에서 사진도 찍으며 시간을 보냈다.

진보라가 'oriental medical clinic'이라는 간판을 보고 말하긴 전까진 말이다.

"저기 한의원 있는데 들어가 볼까요?"

"그래. 이제 적당히 둘러봤으니 본격적으로 찾아야지. 일단 들어가 보자."

우르르 몰려갔으나 안으로 들어간 사람은 두삼과 손석호, 전철희 셋이었다.

한국도 아닌 곳에서 소란스럽게 할 수 없었다.

안으로 들어가자 데스크에 앉아 있던 옅은 초콜릿 우윳빛의 덩치 있는 라틴계 아주머니가 미간을 찌푸렸다. 뒤에 있는 카메라를 본 것이다.

그녀가 말을 하기 전에 얼른 말했다.

"바쁜데 귀찮게 해서 죄송합니다. 다름이 아니라 누군가를 찾기 위해 왔는데 말 좀 물어도 될까요?"

정중한 말에 그녀는 잠시 머뭇거리다가 약간은 퉁명스럽게 말했다.

"…뭔데요?"

"혹시 이 병원에 왕씨 성을 가진 의사가 있습니까?"

"아뇨. 닥터 장이에요."

"여자분인가요?"

딸이 가문을 이었을 수도 있기에 물은 것이다.

"아뇨. 남자예요. 누굴 찾는 건데요?"

"왕씨 성을 가진 의사를 찾고 있습니다. 혹시 근처에 동양의학병원이 더 있나요?"

"노스 브로드웨이 끝에 한 곳과, 노스 그랑 에비뉴에 한 곳 있어요. 근데 닥터 왕인지는 알 수가 없네요."

"아! 고맙습니다. 이거 한국산 홍삼액인데 드세요. 피로에 좋을 겁니다."

두삼은 호주머니에 넣어뒀던 홍삼 포를 데스크 위에 올려주고 밖으로 나왔다.

전철희가 나오는 모습을 보고 짐작을 했는지 물었다.

"아니래?"

"네. 장씨라네요. 대신 두 곳의 한의원을 알게 됐으니 3 대 3으로 나눠서 가보죠."

이경철, 유민기, 진보라 세 사람 역시 영어가 가능했기에 어떻게 나눠도 상관없었다.

두삼은 손석호와 전철희 함께 좀 더 먼 곳에 있는 노스 브로드웨이 쪽에 있다는 한의원으로 갔다.

'제일 중의원'이라고 적힌 큰 간판만큼 규모가 있는 병원이었는데 재작년에 개원한 곳으로, 왕씨 성을 가진 의사는 한 명도 없었다. 다른 세 명이 간 곳 역시 마찬가지.

중간에서 만나기로 하고 왔던 길을 돌아가는데 손석호가 말했다.

"차이나타운이 아닌가 본데?"

"그럴 수도 있고, 병원이 세 곳이 아닐 수도 있죠."

"에이~ 아까 문 PD님 놀리지 말걸."

"하하! 인제 와서 그런 소리를 해봐야 뭐 합니까."

"쩝! 그건 그렇지. 만나서 다시 의논해 보자. 뭔 수가 생기겠지."

막 좌로 난 골목을 지날 때였다. 아주 미약하지만 익숙한 한약 냄새가 감지됐다. 그래서 걸음을 멈추고 슬쩍 골목 쪽으로 다가갔다.

조금 더 짙어지는 냄새.

"뭐 해? 안 오고?"

"잠깐만요. 이쪽에서 한약 냄새가 나요."

"쿵쿵! 난 안 나는데?"

"나요. 들어가 보죠."

골목이라고 해서 우리나라의 옛 골목같이 좁진 않았다. 셋이 나란히 서서 걸어도 충분했다.

"어! 한약 냄새난다."

그리고 골목을 지나자마자 오른쪽으로 Wang's oriental medicine이라는 간판이 보였다.

"실례… 합니다."

말을 하는 도중에 한쪽에 설치된 카메라가 보였다. 즉, 이곳이 왕가한의원임이 분명했다.

커다란 약탕기를 살피고 있던 20대 초반의 남자가 손을 씻으며 나왔다.

"어서 오세요. PD님이 늦게 도착할지도 모른다고 해서 한약을 끓이고 있었는데 일찍 찾으셨네요. 테디 왕입니다."

"손석홉니다. 여긴 전철희, 여긴 한두삼 선생. 반가워요, 닥터 왕."

"편하게 테디라고 불러주세요. 그리고 아직 의사가 아닙니다."

"그래요, 테디."

그와 인사를 한 후 목적지를 찾았다는 연락을 했다. 얼마 지나지 않아 출연진이 모두 모였다.

문 PD가 말했다.

"저녁을 먹고 힌트를 줄까 했는데 생각보다 빨리 찾았네요."

"우리 개코 한 선생 덕분이죠. 마약 탐지견도 저리 가라 할 정도로 한약 냄새를 맡더라고요. 하하하!"

"운이 좋군요. 아무튼 저녁 식사 전까지 2시간쯤 남았으니 편

하게 가게를 둘러보고 테디와 자연스럽게 얘기하면 됩니다. 저녁
을 먹으면서 테디와 함께 왕가한의원의 한약에 대해서 알아보도
록 하겠습니다."

말을 마친 문 PD는 뒤로 살짝 빠졌다. 그건 이제부터는 알아
서 하라는 일종의 신호였다.

가장 먼저 입을 연 건 문 PD가 얘기할 때도 가게 구석구석을
살펴보던 진보라였다.

"테디, 어려 보이는데 올해 몇이에요?"

"한국 나이로 하면 21살입니다."

"그럼 현재 재학 중?"

"네. 1년 후면 졸업이에요."

"서국대학교 LA캠퍼스 다녀요?"

"아뇨. 중의학 대학에 다니고 있어요."

중국 대학에 다닌다고 하자 손석호가 궁금했는지 나섰다.

"한국어를 잘하는데 굳이 중국 대학에서 공부할 필요가 있
나? 어차피 한의학이랑 중의학이랑 큰 차이가 없다고 들었는
데?"

"생각보다 차이가 있습니다. 우리가 말하는 한약을 이곳에선
CHP, Chinese Herbal Product 혹은 Medicine이라고 표현합니
다. 최근 한류와 한국 제품들이 많아지면서 Korea라는 말이 붙
고 있지만 아무래도 중의학이 먼저 뿌리내리다 보니 한의학이
약합니다."

"아!"

"그리고 중의학의 경우 침, 한약, 수기가 주고 한의학의 경우

침, 한약, 뜸이 주인데 미국인들이 선호하는 건 수기 쪽입니다."

수기 요법은 마사지와 물리치료를 섞어놓은 것과 비슷하다고 보면 되는데, 이방익과 두삼이 하는 것 역시 수기 요법으로 볼 수 있다.

"…그랬군요."

"……."

손석호는 약간 어색한 듯 말했고 전체적인 분위기 역시 약간 어색해졌다.

한국에서 3대문파라고 불렸던 가문의 후손인 테디가 미국에 와서 중의학을 배우고 있다는 것에서 오는 아이러니함과 '전설을 찾아서'가 과거 한의학을 돌아보고 좀 더 발전시켜 보자는 취지의 프로그램이라 그런 모양이다.

그러나 두삼이 보기에 영어나, 혹은 더 나은 교육을 배우기 위해 해외로 나가는 사람들과 다를 바가 없었다. 자신 역시 중국의 침을 공부하기 위해 방학 때마다 중국에 다녀오지 않았던가.

게다가 왜 미국으로 온 건지, 왜 그가 중의학을 선택했는지 모르는 상황에서 마치 그의 잘못처럼 대하는 건 웃긴 일이었다.

더 어색하기 전에 두삼이 나섰다.

"중의학에 배울 점이 많죠. 특히 수기 요법의 분야는 한의학계에서도 배워야 할 점이고요."

"참! 한 선생님께서도 수기 요법을 하시죠?"

"어떻게 알았어요?"

"방송국에서 출연 제의를 받고 지난 방송을 봤거든요. 그때 선생님 모습에 완전 반해서 선생님 관련 영상을 싹 찾아봤습니다."

"하하! 부끄럽네요."

"시간 되시면 궁금한 점 여쭈어 봐도 될까요?"

"물론이죠. 근데 그건 좀 있다 하기로 하고 일단 의원 먼저 둘러봐도 될까요?"

"그러세요."

"오! 좋은 생각! 구경하자."

"난 아까부터 저 뒤쪽이 궁금했다니까?"

다행히 부드럽게 화제 전환을 할 수 있었다.

다른 사람들도 잠시 머뭇거렸던 것이 미안했는지 큰소리로 외치며 동조했다.

"대형 약탕기가 참 많네요."

"많은 것도 아니에요. 잘 될 땐 10개가 24시간 돌아가도 부족했거든요. …지금은 아니지만."

"왜요? 이곳도 우리나라처럼 장사가 안되나요?"

"그건 아니고 아버지께서 매우 편찮으셔서요. 전 아직 면허가 없어서 팔지 못하거든요."

"아! 아주 편찮으세요?"

"하하. 약간……. 그래도 내일 나오실 겁니다. 고국에서 손님이 온다니 많이 좋아하세요."

"천만다행이네요. 그럼 저 책장 안에 있는 것들은 무엇이죠?"

앤티크한 책장 안에는 고급스러운 상자 안에 든 금박의 환들이 들어 있었다. 유민기는 그것이 신기한 듯 착 달라붙어 보고 있다.

"저희 할아버지 때부터 판매하던 환(丸)입니다."

"그럼 혹시 죽어가던 사람도 살렸다는 생사환도 있습니까?"

생사환이라는 말에 일순 테디의 얼굴이 굳었다. 그러나 곧 어색한 미소를 지으며 말했다.

"…아뇨. 그건 할아버지께서 돌아가시면서 맥이 끊겼습니다."

"세상에 어쩌다가! 너무 아깝네요."

"그래서 아버지께서 재현을 하려고 노력했습니다. 그리고 만들어낸 것이 이 생환이죠. 저희 한의원에서 가장 잘 팔렸던 제품입니다."

테디는 왼쪽 제일 위에 있는 고급스러운 상자를 가리키며 말했다. 환이 담긴 상자 옆에 세워둔 뚜껑에 '生'자가 반흘림체로 새겨져 있다.

"허약체질 개선과 원기증직, 피로회복에 탁월한 환인데 아버지 말로는 생사환만큼은 아니더라도 약효가 아주 뛰어나다고 합니다."

"이런 건 한 박스에 얼마나 하나요?"

유민기는 가격이 궁금한 모양이다.

"좋은 약재가 많이 들어가서 가격이 조금 나갑니다."

"개당 얼만데요? 공진단의 경우 1환당 10만 원이 넘던데요."

TV에 나오면서 어느 순간 유명해진 공진단.

사향, 녹용, 당귀, 산수유 4가지 약재로 만들어지는데 사향의 질과 함유량에 따라 가격이 천차만별이다.

원방공진단의 경우 100㎎의 사향이 들어가야 한다. 그리고

1, 2환으로도 효과를 볼 수 있겠지만 100환 정도 먹어야 제대로 된 효과를 볼 수 있다.

최근엔 침향, 목향, 녹용 등을 사용한 저렴한 공진단부터 시작해 머리가 좋아지는 공진단, 집중력을 높여주는 공진단, 정력에 좋은 공진단 등 소비자의 귀가 솔깃해질 여러 가지 이유를 대며 한의원에서나 인터넷을 통해 여러 이름으로 판매가 되고 있는데, 검증되지 않은 이러한 한약은 오히려 몸을 망칠 수 있었다.

차라리 제대로 검증되지 않은 한약을 먹을 바에야 식사 한 끼 제대로 먹는 게 건강에 더 좋았다.

집요하게 가격을 묻자 테디는 머리를 긁적이다가 마지못해 말을 했다.

"1환당 말씀하신 거보다 3배 정도 더 비쌉니다."

"헉! 하나, 둘, 셋……. 총 서른 개니까 이거 한 상자가 약 천만 원이라는 얘기네요?"

"그렇죠."

"저 같은 사람은 평생 가야 못 먹겠군요."

"아버지께서 마지막으로 만들어둔 것 중 남은 것이 있는데 드셔보실래요?"

"아, 아뇨! 어디 목으로 넘어가겠어요?"

"하하! 절반씩만 드릴 테니 드셔보세요. 마침 선생님 두 분도 계시니 어떤지 말씀해 주세요."

테디는 약탕기 한쪽에 있는 창고를 들어가더니 금박에 쌓인 3개의 환을 가지고 나왔다. 그리고 나무칼로 절반씩 잘랐다.

"드셔보세요."

다들 선뜻 손이 가지 않는 모양이다. 그래서 두삼이 가장 먼저 약을 집었다.

"잘 먹을게요."

엄지와 검지를 이용해 잘린 단면을 살폈다.

'환으로 유명하다더니, 진짜네.'

거무스름한 환약이 기운으로 똘똘 뭉쳐 있는 것이 보였다. 이 정도 기운을 뿜는 약재라면 1환에 30만원이 결코 비싸지 않다.

두삼은 생환을 입에 넣었다. 그리고 혀와 입천장을 이용해 사탕을 녹여 먹듯이 천천히 음미하며 먹었다.

맛은 한약답게 썼다. 다만 살살 녹으면서 환에 담겨져 있던 기운이 온몸으로 퍼져간다.

'헐! 음양을 기가 막히게 맞췄군. 이 정도면 어떤 체질의 사람이 먹어도 상관이 없겠는걸. 이게 생사환의 다운그레이드된 약이라면 원래 생사환은 어느 정도였다는 거지?'

아무리 좋은 약이라 해도 사람에 따라 약이 아닌 독이 될 수 있다. 한데 이 '생환'의 경우 암 환자 말고는 먹어도 상관없을 것 같다.

"뻔뻔하게도 맛있게 먹네. 그럼 나도. 잘 먹을게요."

손석호가 말하며 생환을 입에 넣으려 했다. 그래서 얼른 손을 뻗어 낚아챘다.

손석호는 황당하다는 표정으로 말했다.

"뭐 하는 거야! 형은 먹지 말라는 거냐?"

"형은 잠깐만 기다려 봐요. 테디 씨, 약의 부작용에 대해선 말하지 않은 것 같은데요?"

"아! 죄송해요. 임산부나, 암이 있으신 분이나 치료를 받았던 분은 드시면 안 됩니다. 대접한다는 생각에 말씀드린다는 걸 잊어버렸네요. 죄송합니다."

테디의 말에 다른 사람들은 상관이 없다는 듯 먹었다. 한데 손석호는 먹는 걸 포기하고 두삼을 유심히 노려봤다. 그리고 카메라 밖으로 당겨 주위를 물리더니 조용히 물었다.

"…어떻게 알았어?"

두삼의 능력을 옆에서 지켜본 출연자들과 스태프들이 진맥을 해달라고 할 때 손석호와 문 PD 두 사람만 말을 하지 않았었다.

사정이 있겠지 생각했지만 금세 피로해하고 얼굴색이 좋지 않은 그를 지켜만 볼 수 없었다. 그래서 그와 접촉할 때 내부를 살펴봤다.

"형 어깨 주물러 줄 때 위가 절반 정도 밖에 없다는 걸 알았어요. 말하고 싶어 하지 않는 거 같기에 모른 척하고 있었어요."

"…그랬구나. 다른 사람들한테 말했냐?"

"아뇨. 근데 이제 다 알아버리게 됐네요. 죄송해요."

"네가 미안할 게 뭐가 있냐? 그저 동정의 눈으로 보는 게 싫어서 말 하지 않은 것뿐인데……."

"그런 생각 하지 마요. 다 나아서 깨끗한데 형을 누가 동정해요."

"깨끗해?"

"네, 깨끗해요. 혹시나 제가 감지하지 못한 것이 있을까 봐 못 먹게 한 거예요. 검사만 꾸준히 하면 아무 걱정 없을 테니 너무 숨기려고 애쓰지 마시고요."

"…이제 숨기고 말 것도 없는데, 뭐. 차라리 잘된 건지도 모르겠다. 이제 피곤하면 당당하게 쉬어도 누가 뭐라 할 사람도 없으니."

"전에도 누가 뭐라 한 사람 없거든요."

"없기는…… 만날 늙었다고 놀렸으면서."

"그건 사실이고요. 쓸데없는 말 하지 말고 얼른 가요. 비싼 약먹었는데 리액션 해줘야죠."

"난 못 먹었거든."

"드시려면 드시든가요."

손을 펴 환을 내밀었지만 그는 고개를 팩 돌리며 촬영장으로 갔다. 두삼은 화를 내지 않아 다행이라고 생각하며 합류했다.

막 다들 다 먹고 약에 대해 얘기 중이었다.

"음, 왠지 먹으니까 힘이 불끈 솟는 거 같기도 하네."

"그러게요. 왠지 건강해지는 기분이네요. 진 선생이 보기에 어때?"

"글쎄요. 확실히 비싼 약재가 많이 들어간 것 같아요. 사향 맛이 나는 것 같기도 하고. 쩝쩝!"

"두삼이 넌 어때?"

"어떤 약을 얼마만큼 썼는지 모르지만 약효에 비하면 절대 비싼 거 아냐. 네가 말한 공진단의 경우 태음인에게 좋고 소양인, 소음인의 경우 과다 섭취 하면 좋지 않거든. 근데 이 생환은 어떤 체질이 먹어도 충분히 효과를 볼 수 있어."

"진짜? 그 정도야?"

"응. 1년에 한 번씩만 한 박스씩만 복용하면 잔병치레는 절대

하지 않을 거야."

"1년에 한 번씩은 오버다. 돈이 얼만데."

"그만한 가치를 한다는 거야. 테디 씨, 혹시 파는 거 있어요?"

"네? 아, 네. 한 상자 분량은 있어요."

"그럼 제가 사도 될까요?"

"원하신다면……. 싸게 드릴게요."

"아뇨. 약은 원래 제값을 주고 사야 약효가 좋다고 했어요. 바로 계좌로 이체할게요."

두삼이 산다고 해서일까 이경철이 숟가락을 올린다.

"큼! 노인분들에게 좋겠지? 테디 저기 진열된 것도 파는 거예요?"

"그건……. 필요하시면 가져가세요."

"오케이! 그럼 저건……."

"내가 살게요! 얼마 전에 우리 어머니가 밭일을 하다가 넘어지셨지 뭡니까. 병원에 갔더니 몸이 많이 허해지셨다고 하더라고요."

전철희가 이경철의 말을 끊고 치고나왔다.

"장난 하냐? 내가 먼저 말했거든!"

"흑! 어머니. 불효자는 웁니다."

"…우리 어머니도 많이 편찮으시거든!"

"어~~~머니~!!"

"……."

천만 원짜리 약을 서로 사겠다고 한바탕 소란이 일어났다.

*   *   *

　왕가한의원이 역사적인 물건이 가득한 박물관은 아니었다. 그냥 오래된 물건이 있는 낡은 창고 정도.

　30년쯤 된 오래된 가재도구들이 대부분이었는데 테디의 아버지가 미국에 도착해 어떻게 살았는지에 대해 설명을 들으며 보니 그제야 손때 묻은 물건이 새롭게 보였다.

　"한국 면허증을 미국에서 인정 안 해주는 건 둘째 치고, 한의학으로 사람을 고친다는 걸 이해하지 못하던 시대였대요. 그래서 침이 아닌 접시를 잡고, 환을 만드는 대신 햄버거 패티를 구우셨죠. 그렇게 10년간 일하고 이 가게를 얻으셨어요. 그리고 제가 태어난 거죠."

　20대 청년이 할아버지의 월남전 얘기를 말한다고 마음에 와닿을까. 테디의 말은 담담하면서도 감정이 실려 있어서인지 절로 고개를 끄덕이게 된다.

　아픈 아버지 때문에 그런 건지도 모르겠다.

　아무튼, 왕가한의원 구경은 끝났다.

　다들 환을 한두 개씩 구매했기에 쇼핑백을 하나씩 들고 밖으로 나왔다.

　한의원엔 생환 말고도 다양한 가격대의 다양한 환이 있었다. 두삼이 먹어보고 그것들도 추천하자 가족들을 위해 다들 구매를 했다.

　제일 많이 구매한 사람은 두삼.

　가격 대비 약의 품질이 좋다는 건 거짓이 아니었다. 마음 같아선 다 사서 필요한 이들에게 하나씩 선물해 주고 싶을 만큼 훌륭했다.

특히나 독특한 건 감수천일환, 생숙지황환, 비아환, 태음조위환 등 대부분의 환들이 체질에 상관없이 섭취할 수 있다는 것이다.

약간 이상했지만, 미국에서 영업하다 보니 그런가 보다 했다.

식당으로 자리를 옮겼다.

중국식과 미국식이 섞인 퓨전 중화요리집. 촬영을 위해 적당한 방을 하나 잡았다.

"밥 먹으면서 편하게 얘기하면 돼. 카메라 설치해 놓고 두 명만 남길 테니까."

"간식에 이어 또 중국식인데, 술 한잔 어떻게 안 돼요, PD님?"

전철희의 말에 문 PD는 당연히 안 된다고 말할 줄 알았다. 근데 예상이 빗나갔다.

"주사하지 않을 자신 있으면 마음껏 먹어."

"어! 진짜요?"

"여기 촬영 콘셉트는 취중잡담이야. 담휘야, 여기 술 갖다줘라. 그리고 스태프들도 밥 먹어. 운전할 사람 빼고 술 한두 잔씩 하고."

"예, 감독님!"

자연스러운 장면을 원하는 건지 그는 별다른 말 없이 뒤로 빠졌고 테이블에 술이 세팅됐다.

수많은 단점이 있는 술. 그러나 그만큼 장점을 가지고 있다. 그중 서먹서먹한 관계를 가깝게 만드는 데는 이것만 한 게 없다.

말을 트이게 하고, 꺼내기 힘든 말이 나오게 한다.

물론 아주 얕은 관계의 형성이다. 이후에 이를 계기로 친해질지 모르지만 그건 나중 문제다.

식사를 적당히 하고 난 후 안주가 될 요리가 나오면서 좀 더 자연스러운 대화가 시작됐다.

이경철이 한쪽에 쌓여있는 쇼핑백을 흘낏 본 후 두삼에게 물었다.

"근데 두삼아. 아까 환약 먹고 좋은지, 나쁜지 어떻게 안 거냐? 보라에게 물어봤는데 한의사라고 해도 약이 좋은지, 안 좋은지는 잘 모른다는데 말이야."

두삼은 독주라고 할 수 있는 백주를 입에 털어 넣으며 생각을 정리했다.

"제가 시골 출신이거든요. 어릴 때 놀던 뒷산이 지리산이나 다름없고요. 그러다 보니 이것저것 많이 주워 먹었죠."

"그래서 알게 된 거다?"

"사실 타고난 것도 있어요. 입에 넣으면 좋은지 나쁜지 대번에 알아요."

"신기하네. 하긴 넌 뭘 어떻게 해도 신기해."

두삼은 빙긋 웃으며 어깨를 으쓱했다. 그러다 궁금한 점이 떠올라 테디를 보고 물었다.

이미 말을 텄다.

"테디, 궁금한 게 있어."

"뭔데요?"

"환을 만드는 기준이 궁금해서."

"…그게 왜요?"

"이건 순전히 개인적인 생각인데 말이야……."

일단 밑밥을 깔았다. 자신에겐 궁금한 점이 다른 사람에게 상처를 줄 수 있었다.

"한방 화장품을 만들어봐서 아는데, 모든 체질에게 맞는 환을 만들 수 있다는 건 한 체질에게 더 효과가 좋은 환을 만드는 것보다 몇 배는 어려운 일이거든. 그 과정 역시 지난하고."

"아! 오빠가 화장품 만들었죠?"

진보라가 얘기를 삼천포로 빠지게 만들려 했다.

"응. 그 얘긴 좀 있다 하기로 하고. 아무튼, 기성 제품을 만드는 것도 아닌데 왜 그런 힘든 과정을 거치는 건지 궁금해서."

"그건……. 얘기하자면 길어요."

"말하기 힘들면 안 해도 돼."

각자 사정이 있는 법이다.

한데 술기운 때문인지 테디는 한숨을 푹 쉬면서 입을 열었다.

"후우! 괜찮아요. 언젠가는 누구에게든 말하고 싶었던 얘기니까요."

그는 앞에 있는 잔을 비우고 말을 이었다.

"아까 생사환에 관해 물으셨죠? 근데 사실 생사환에 관한 제조법은 여전히 남아 있어요."

"근데?"

"생사환은 사실 체질에 맞게 약효를 극대화한 약이었어요. 아버지의 말씀에 따르면 기력이 없어 누워 있던 사람도 벌떡 일어날 만큼 효과가 좋았대요. 그래서 그런 이름도 얻은 거고요. 근데 한약 대부분이 그러하듯이 효과가 좋은 만큼 잘못 복용했을 때 치명적일 수밖에 없죠."

독주 대신 맥주를 마시던 그는 속이 타는지 단숨에 병을 비운 후 계속 말했다.

"생사환에 대한 소문이 퍼지면서 많은 이들이 생사환을 사 갔어요. 근데 문제가 발생한 거예요. 생사환을 복용하고 잘못된 사람들이 연속으로 발생했죠. 한 사람은 뇌출혈로 반신불수가 되고 다른 한 사람은… 급성 심장마비로 사망을 하게 된 거예요."

"아……!"

"원칙적으로 할아버지와 아버진 한의원에 직접 와서 진맥을 받은 환자에게 생사환을 팔았어요. 경고문 역시 판매되는 생사환 상자 안에 들어 있었고요. 한데 그 환자들이 그저 좋다고 가족들에게 먹인 거죠."

"…그럼 조부님과 아버님 탓이 아니잖아."

"피해자 가족들은 그렇게 생각을 하지 않았나 보더라고요. 경고를 듣지 못했다고, 경고문이 없었다고 얘기하며 할아버지와 아버지를 고소했어요. 수년간 법정 다툼이 일어났죠. 그 와중에 할아버지가 돌아가셨어요. 당신이 만든 약이 누군가를 해쳤다는 것에 상심이 컸다고 하시더군요."

"……."

"아무튼, 경고를 듣고 경고문이 있었다는 증인이 많았으니 이길 수 있었어요. 그러나 피해자 가족들은 그 후로도 계속해서 한의원 앞에 와서 시위했대요. 이해해요. 만일 제가 그분들 입장이었더라도 억울했을 거예요. 결국, 아버지는 한의원을 처분하고 두 가족에게 위로금을 전달한 후 미국으로 오신 거죠. 그리고 할아버지의 유언에 따라 생사환이 아닌, 약효는 떨어지지만 안전함을 우선으로 생각하는 생환과 다른 환을 만든 거고요."

비슷한 일을 경험했기에 가슴이 답답했다.

솔직히 정확하게 당시의 상황을 옆에서 지켜본 것도 아닌데 잘잘못을 따지는 것도 우습다.

사실 테디의 얘기는 의사, 한의사라면 크든 작든 한 번쯤을 겪을 수밖에 없는 일이다.

독감 예방을 위해 접종받은 백신 때문에 사람이 죽고, 병원에서 처방받은 약을 먹고 오히려 치명적인 병을 얻기도 한다.

정말 최악은 의사나 한의사가 주의를 기울이지 않아서 발생하는 사건 사고들이다.

이러한 의료사고에 있을 땐 나라가 나서서 고의성 여부를 판단하고 잘못이 있다면 엄하게 벌해야 하는데, 그마저도 어영부영 처리해 왔으니 피해자 가족들이 나라의 판단도 믿지 못하는 것이다.

약은 경고를 무시하면 독이 될 수 있다.

양약의 부작용 때문에 주목받는 한약 역시 크게 다르지 않다.

한약을 먹을 때 '술을 먹지 마세요'라는 경고를 들어본 적이 있을 것이다.

대부분 사람은 무시하고 마실 테고 그중 또 대부분 사람은 아무 일도 없을 거다. 그러나 치명적인 부작용을 얻는 이가 분명 발생하고 있다.

그 사람만이 가지는 유전적 요인이나 체질 때문일 수도 있다. 그러나 경고의 확률에 나는 포함되지 않을 거라는 안일한 생각은 하지 않는 것이 좋다.

아무튼, 괜한 호기심에 과거의 상처를 헤집은 것 같아 미안했다.

"미안하다. 괜한 걸 물어서."

"하하……. 아니에요. 말을 하고 나니 좀 시원해요. 사실 마음고생을 하다 돌아가신 할아버지와 미국에 쫓기듯 와서 고생한 아버지를 생각하면 좀 억울하다는 생각이 들었거든요."

"당연히 그렇지. 너의 입장에선 너희 가족이 피해자니까. 자자! 무거운 얘긴 여기까지 하고 다른 얘기 하자. 테디, 넌 나한테 궁금한 거 없냐?"

"많아요. 예전 방송에서 마취 침에 대해 봤는데 너무 신기하더라고요. 그건 어떻게 하는 건지 궁금해요. 그리고 선생님의 수기 요법도 궁금하고요. 그리고 또……."

화제를 바꾸려고 한 말인데.

테디는 궁금한 것이 참 많았다.

*   *   *

이른 아침, 잠에서 깬 두삼은 옆 침대에서 곤히 자는 유민기를 깨우지 않기 위해 조용히 씻고 방을 나왔다.

촬영하는 일주일 동안 캐시를 내버려 둘 수 없어서 아침 일찍 다녀올 생각이다. 물론 문 PD에겐 양해를 구해놓은 상태였다.

"아함~ 지금 가는 거야?"

계단을 내려와 로비를 지날 때 뒤에서 소리가 들렸다. 돌아보니 문 PD가 데스크 옆 의자에 앉아 커피를 마시고 있다.

"놀랐잖아요. 왜 벌써 일어났어요?"

"시차 때문인지 잠이 금방 깨네. 할리우드 배우한테 가는 거야?"

"네. 9시에 왕가한의원으로 바로 갈게요."

"오케이. 촬영 팀은 그때 보낼게."

오늘 본 촬영은 이런 점심을 먹고 12시부터다. 하지만 두삼은 왕가한의원에서 할 일이 있다.

어제 마취 침과 마사지에 대해 궁금해하는 테디에게 몇 가지를 가르쳐 주기로 했다.

왜 그런 귀찮은 약속을 했는지. 술이 웬수다.

콜택시를 불러 먼저 하란의 집으로 갔다. 토스트와 계란, 베이컨으로 간단히 아침을 같이 먹고 바로 캐시에게 가 마사지를 했다.

"사흘 뒤에 올 테니까 식단 제대로 챙기고 운동 빼먹지 말고 해요."

"후후! 걱정하지 말고 촬영 잘하고 와요."

캐시의 비만 치료는 한고비를 넘겨 이제 사나흘에 한 번만 해도 충분했다.

곧장 다시 콜택시를 불렀다. 루시가 운전하는 자율운행 자동차가 그리운 순간이다.

왕가한의원으로 들어가자 뜻밖의 사람이 테디와 얘기 중이었다.

"한 선생님, 어서 오세요."

"오빠, 어서 와요. 아침 식사는 했어요?"

"으응. 진 선생은 웬일이야?"

"웬일은요. 테디가 마침 침을 배울 때, 저도 어깨너머로 배울까 해서요. 그래도 되죠?"

"다 알지 않아?"

"어제 보셨잖아요. 아직 멀었어요."

멀긴 개뿔.

순수하게 침을 놓는 행위로만 보자면 자신과 별 차이 없다. 그러나 어제 한 말이 있으니 안 된다고 하기도 그랬다.

어쩔 수 없이 고개를 끄덕이고 한쪽에 있는 치료실로 자리를 옮겼다.

치료실엔 이미 간단한 도구들이 모두 준비가 되어 있었다.

"일단 어느 정도인지 볼까? 침으로 가장 자신 있게 치료할 수 있는 증상이 뭐야?"

"통증 치료 및 정신을 맑게 하는 침입니다."

"그래? 무릎 연골이 닳아서 걸을 때마다 너무 아파서 온 환자라고 생각하고 치료해 봐."

"네. 바지를 걷어주시겠어요?"

두삼은 바지를 걷고 테디가 준비해 준 의자에 발을 올렸다. 그는 소독솜으로 무릎을 닦곤 조심스럽게 침을 꽂았다.

배우는 중이라 그런지 침을 꽂는 속도가 더디다. 한데 침을 꽂을 때마다 무릎에 흐르는 기운이 막히다가 마지막에 이르자 무릎의 감각이 둔해졌다.

유명한 한의사 집안의 후손답달까.

"다 됐어요. 20분 정도 있다가 침을 빼면 일주일 정도는 통증이 덜할 겁니다."

"잘 하네. 시침도 훌륭하고."

"시침법은 중학교 때부터 아버지가 가르쳐 주셨거든요. 시침 부위는 학교에서 배웠고요."

"그렇구나. 시침법은 충분한 것 같으니 마취 침에 대해서 배워 보자. 일단 전에 작성했던 문서를 줄 테니까 한번 읽어봐."

집에 들렀을 때 뽑아온 문서를 건넸다. 그리고 다 읽기를 기다렸다. 그가 문서의 마지막을 넘겼을 때 해보라고 팔을 맡겼다.

첫 시도.

굉장히 조심스럽게 침을 꽂았다. 그러나 깊이와 위치가 다른 침이 8개가 넘었다. 당연히 왼팔이 마비되지 않았다.

'양태일과는 정반대 케이스네.'

양태일의 경우 찌르는 위치와 깊이는 완벽했지만 침에 기운을 담지 못했는데 비해 테디는 위치와 깊이는 부족했지만 침에 기운을 온전히 담았다.

누가 더 낫다고 할 수 없지만 절대 평범한 솜씨는 아니었다.

막 설명하려 할 때 진보라가 나섰다.

"찌르는 위치와 깊이가 여덟 군데 틀렸어. 그래도 첫 시도치곤 괜찮은데. 인체를 보는 경험과 숙련도만 쌓으면 금세 좋아지겠다. 그렇죠, 오빠?"

"…응."

"자, 다시 해봐."

두삼의 몸인데 왜 지가 더 난린지. 그래도 틀린 말은 아니었기에 가만히 놔뒀다.

"음, 거기 아냐. 신장은 물론이거니와 피시술자 목의 길이, 팔의 길이도 염두에 둬야 해. 나 같은 경우 머리, 목, 몸통, 다리 네 곳으로 나눠서 봐. 그다음……."

진보라는 옆에 있는 두삼과 교육 스타일이 달랐다. 꼼꼼하고 상세하고 굉장히 친절했다. 게다가 자신의 노하우라고 할 수 부분까지도 거침없이 말했다.

아낌없이 자신의 노하우를 설명해 주는 모습에 사람이 달라 보인다. 그래서 물었다.

"그렇게 노하우를 다 퍼줘도 돼? 알아낼 때 너도 힘들게 알아냈을 거 아냐?"

"그렇긴 한데……. 제가 세상의 모든 환자를 다 볼 수 있는 거 아니잖아요. 그러니 널리 널리 퍼뜨려야죠. 제가 가르쳤던 사람 중에 누군가가 환자를 고친다면 제가 고친 거나 다름없을 것 같아요. 히히!"

우문현답이다.

그녀의 말 때문에 어제 질문에 답해주지 않은 게 조금 미안해진다.

'위험하지 않은 선에서 설명해 줘도 되겠네.'

많은 부분 두삼의 생각과 흡사했다. 무조건 널리 퍼뜨리는 것엔 동의하지 못한다. 그러나 그녀의 말이 진심이라면 훌륭한 마음가짐임엔 틀림없었다.

임동환 따위보단 비교할 수 없을 만큼 나았다.

대여섯 번 실패한 후 오른팔로 바꿨다. 같은 곳을 계속 찔리는 것은 절대 유쾌하지 않았다.

"…테디야."

한창 찔리고 있는데 약간 어눌하게 테디를 찾는 소리가 들렸다. 그리고 펭귄의 걸음처럼 종종 걸으며 치료실로 들어오는 이가 있었다.

74. 어깨를 고쳐라

구부정한 허리, 처진 어깨, 전체적으로 웅크리고 있는 듯한 자세, 벌벌 떨리고 있는 손.

테디의 아버지를 보는 순간 그가 어떤 질환에 걸렸는지 알 수 있었다.

파킨슨병.

신경 퇴행성 질환으로 도파민을 분비시키는 도파민 세포가 죽어가는 병. 도파민제제를 먹고 꾸준한 운동을 하면 병의 진행 속도를 늦출 수 있지만, 아직까진 마땅한 치료 방법이 없다.

걸음걸이, 표정, 말투, 떨림을 볼 때 상당히 진행된 상태로 얼마 지나지 않으면 거동 자체가 불가능할 것 같았다.

두삼이 파킨슨 환자의 증상에 대해 잘 아는 이유는 뇌전증 환자를 치료하는 병실 바로 옆이 파킨슨 환자들이 있었기 때문이다.

"아빠! 도착하셨으면 전화를 하셔야죠."

"…문에서 여기까지 …못 올까 봐?"

"넘어질까 봐 그러죠."

"…아직 그 정도로 힘이 없진 않아. …매일같이 운동도 해야 하고. …근데 이분이 한국에서 온 분들?"

두 사람의 대화를 듣다가 '아차!' 싶어 얼른 일어나 꾸벅 인사를 했다.

"처음 뵙겠습니다. 한두삼입니다."

"안녕하세요. 진보라예요."

"…진짜 반가워요. …표정이 굳어 있는 건 내 의지가 아니에요."

그는 뒤에서 조용히 촬영하는 감독들에게도 일일이 눈을 맞추며 인사했다.

"알고 있습니다. 선생님."

"…파킨슨에 대해 좀 아는 모양이군요. …하던 일이 있었나 본데 난 신경 쓰지 말고 해요. …밖에 나가 있으마. 천천히 하고 나와."

테디의 아버지는 다시 거동이 불편한 걸음으로 천천히 치료실을 나갔다. 테디를 흘깃 보니 당장에라도 울 것 같은 표정으로 뒷모습을 바라본다.

아들로서 서서히 약해져 가는 아버지를 보는 것이 쉬울 리가 없다.

"흠! 죄송합니다. 다시 해보겠습니다."

다시 오른쪽 팔과 어깨에 침을 꽂는 테디.

두삼과 보라의 시선이 불편했을까 독백처럼 중얼거렸다.

"젊은 시절 고생한 것 때문인지, 유전적인 요인 때문인지 모르지만 15년 전부터 이상이 있으셨어요. 어쩌면 생환을 만드느라 심력을 너무 소모해서일지도 모르겠네요. 아무튼, 어릴 때 학교 친구들이 아버질 보고 알코올 중독 때문에 손을 떤다는 얘기를 듣고 정말 그런 줄 알고 술을 끊으라고 소리친 적도 있었어요. 중학교에 입학해 본격적으로 침술을 배우게 되면서 파킨슨병인 줄 알게 됐어요."

침을 잘못 꽂아 따끔했다. 그러나 분위기 때문에 잔소리는 속으로 삼켰다.

"3년 전부터 갑자기 심해졌어요. 약에 내성이 생기면서 제대로 듣지 않게 된 거죠. 약을 바꿨지만 소용없었어요. 그리고 올 초부턴 거동도 불편해져 환도 못 만들 정도가 되셨죠."

"그래서 환약이 없었구나?"

"네. 어제 사간 환이 마지막 환이라고 보시면 돼요."

"가게 접으려고?"

"졸업 때까진 그래야 할 것 같아요."

"대견하네. 테디."

진보라는 테디의 머리를 쓰다듬으며 칭찬했다.

150㎝ 약간 넘는 그녀가 185㎝ 정도 되는 테디를 아이처럼 대하는 게 우스웠지만, 당하는 테디는 싫지만은 않은지 가만히 있었다.

그러는 동안 침을 다 놨다. 그리고 분위기를 바꾸려는 듯 활

기차게 물었다.

"다 됐습니다! 이번엔 어때요, 선생님?"

"응. 실패야."

"…다, 다시 해보겠습니다."

"됐어. 어깨에 구멍 나겠다. 마취침은 천천히 하기로하고 다른 거 하나 가르쳐 줄게."

"뭔데요?"

테디보다 오히려 진보라가 더 궁금한지 얼굴을 쓱 들이대며 묻는다.

괜찮은 사람이라는 걸 알지만 이렇게 촐싹대는 것은 별로 좋아하지 않았다. 아마 좀 더 친했으면 딱밤을 때렸을 것이다.

"…부담스러운 얼굴 좀 치우지?"

"앗! 죄송해요. 근데 부담스러운 얼굴이라는 건 예쁘다는 거죠?"

"내 말을 임의로 해석하지 말았으면 하는데."

"그럼 못생겼다는 말이에요? 그런 얘긴 처음 들어보거든요."

"앞으로 계속 들을지도."

"네?"

"못 들었으면 됐어. 다른 건 아니고 파킨슨병으로 인해 떨리는 손을 멈추게 하고 임의로 도파민을 분비할 수 있는 침법이야."

"에~! 그런 침법이 있어요?"

다시 얼굴을 들이밀며 놀란 표정을 짓는다. 아무래도 고의로 하는 것 같아 자리에서 일어났다.

뇌전증 환자를 보다가 우연히 파킨슨병을 앓고 있는 환자를 알게 됐다. 가족과 연락이 끊기면서 최소한의 치료만 받으며 방치되다시피 한 그를 보고 할아버지가 떠올랐다.

그래서 가끔 보호자들에게 받은 먹거리를 그 환자에게 갖다주었고 그럴 계기로 파킨슨병에 대해 조금 알게 되었다.

긴 시간은 아니었다.

치매 증상이 있는 아버지를 버리고 해외 이민을 가버렸다는 것이 밝혀진 후 요양 기관으로 이송됐기 때문에 더 살펴볼 수가 없었다.

설령 시간이 넉넉했다고 해도 사실 고치는 방법을 알아내는 건 요원했을 것이다.

아무튼, 그때 손발이 떨리게 하는 곳과 도파민을 분비시키는 방법을 알아냈다.

도파민을 생성하는 세포, 즉 뉴런은 세 곳이 있다.

배측선조체를 담당하는 흑질.

전전두엽피질과 부족핵을 담당하는 복측피개영역.

정중융기를 담당하는 시상하부 활꼴핵.

이 세 곳의 뉴런이 다 죽는다면 어쩔 수 없지만, 한 곳이라도 살아 있으면 도파민 생성이 가능했다.

물론 세 영역의 뉴런들은 운동 조절 기능을 담당하고 프로락틴 분비를 억제하는 등 다른 기능을 하긴 한다.

그러나 이가 없으면 잇몸으로 씹듯이 많은 양을 분비시키면 알아서 기능을 조절했다.

"있으니까 가르쳐 준다는 거겠지? 다만 도파민의 경우 장기적으로 어떤 악영향을 미칠지는 몰라. 가르치겠지만 결정은 테디,

네 몫이야."

"…네."

약이 듣지 않은 상태에서 테디가 어떤 결정을 할지는 이미 결정되어 있다고 봐야 했다.

"앉아. 먼저 떨림을 없애는 법부터 가르쳐 줄게."

"영구적인 건가요?"

"그럴 리가. 짧으면 일주일, 길면 보름. 푸는 법은 간단해 손가락을 이용해 시침 부위를 문지르면 돼."

"네."

"일단 본신혈에 반푼, 1.5㎜을 꽂아. 그리고 상성혈에 2㎜에서 3㎜. 깊으면 안 돼."

과거엔 푼(3.03㎜)의 단위를 사용했지만 보다 정확하기 위해 밀리미터를 이용했다.

"상성혈에 2㎜에서 3㎜, 깊으면 안 되고요……."

"다음은……."

두삼이 하는 말을 외우려는 듯 반복해서 중얼거리는 테디였다.

＊　　　＊　　　＊

"건강 기능성 식품이죠."

"…아닐세. 의약품이네."

"글쎄요. 암 환자와 임산부, 그리고 일부 특이한 경우를 제외하곤 섭취가 가능하잖습니까."

"…그런 사람들에게 위험할 수 있으니 의약품이지."

"음식도 그럼 의약품입니까? 암 환자나 임산부는 음식을 가려야 하지 않습니까?"

"……."

테디의 아버지, 왕응래는 반론을 생각하는지 일순 입을 닫는다.

왕가한의원에서 생산하는 생환을 포함한 모든 환들은 두삼이 보기엔 건강 기능성 제품이었다. 그러나 그는 의약품으로 보고 있음이 분명했다.

인체에 유용한 기능성을 가진 원료나 재료를 사용해 영양소를 조절하거나 생리학적 작용에 유용한 물품을 우리는 흔히 건강 기능성 제품이라고 한다.

이에 반해 질병을 진단하고 치료하고 예방하기 위한 물품을 의약품이라고 한다.

왕가한의원에서 만드는 생환이 건강 기능성 제품일까, 의약품일까.

이에 관한 토론은 화기애애한 분위기에서 소화에 좋은 환을 만드는 과정을 체험한 후에 나왔다.

점심을 먹고 시작한 촬영이 6시까지 계속됐다. 그리고 저녁식사를 위해 자리를 옮기려 할 때였다.

테디가 급하게 옷을 갈아입고 말했다.

"전 파트타임잡이 있어서 참석 못 하겠네요. 내일 촬영 때 뵙겠습니다."

"응? 웬 파트타임잡?"

"…헤헤! 내일 봬요, 선생님."

테디는 대답 없이 사라졌다. 그리고 설명은 문 PD에게 들을 수 있었다.

"미국 의료보험에 대해서 알지?"

"알죠. 미국식 표현으로 하자면 Fuck이 수십 번 붙어도 부족하지 않죠."

우리나라의 의료보험이 천국이라면, 미국의 의료보험은 지옥이다.

사설 의료보험에 가입해야 하는데 장난 아니게 비싼 데다가 더도 덜도 말고 딱 돈을 낸 만큼 치료해 준다. 즉, 납부를 천만 원했으면 천만 원만큼 치료해 준다고 보면 된다. 그보다 더한 치료를 하면 의료비 폭탄을 맞을 수밖에 없다.

한때 우리나라도 이러한 방식으로 바꿔야 한다고 법 개정을 준비했는데, 국민의 반대로 결국 통과되지 못했다. 만일 통과됐다면 생지옥이 따로 없었을 것이다.

"아버지가 벌어놓은 돈을 의료비로 다 썼나 봐. 그래서 학교도 휴학 중이고 생활비를 벌기 위해 아르바이트한다더라."

"…그랬군요."

학교에 말하고 촬영 동안 쉬는 줄 알았는데, 휴학까지 했을 줄이야.

"짠해서 한 선생이 왕가한의원 환이 좋다고 하는 장면 편집 좀 해서 내보내려고 했거든. 원래 방송하고 나면 확 뜨잖아. 그럼 어느 정도 생활이 되겠지 싶었는데 가게 문 닫을 거란다."

"그 얘긴 들었어요. 졸업할 때까진 닫겠다고. 차라리 환을 만들어서 파는 게 낫지 않나?"

"그게 왕 선생님이 의사가 된 후에 만들라고 하셨대."

"네에?"

이래서 왕웅래와 얘기를 하고 있다.

"…설령 건강 기능성 식품이라고 해도 입에 들어가는 것을 파는 이상 책임져야 하네."

"그건 의사가 아니라고 해도 당연히 책임을 져야 합니다. 이런 말씀 드리기 죄송하지만, 과거 때문에 테디를 힘들게 하지 마세요. 그리고 선생님이 조금이라도 거동이 가능하실 때 테디가 안전한 생환을 완전히 자신의 것으로 할 수 있도록 도와주시는 게 더 낫지 않겠습니까?"

"……."

"영업이 얼마나 잘되는지는 모르겠지만 방송을 타고 나면 왕가한의원에 관해 관심을 두는 사람들이 많을 겁니다. 제가 드릴 말씀을 여기까지입니다. 혹시 제 말이 거슬렸다면 다시 한번 사과드리겠습니다."

고개를 숙이고 물러날 때까지 그는 파킨슨병의 증상 중 하나인 무표정한 얼굴로 아무 말도 하지 않았다. 하지만 그가 무척 고민하고 있음이 느껴졌다.

그가 어떤 선택을 했는지는 다음 날 아침 테디를 가르치기 위해 왕가한의원에 갔을 때 알 수 있었다.

"어서 오세요, 한 선생님."

"…어서 오게나."

"오빠, 굿모닝!"

진보라까지 포함해서 세 사람은 약재를 열심히 구분하고 있었다. 물론 진보라는 약재를 구분하고 있는 두 사람 옆에서 수다를 떨고 있다는 것이 맞을 것이다.

눈에 띄는 점은 그뿐만이 아니었다. 왕웅래의 팔이 떨리지 않고 있었다.

인사를 하고 테디를 향해 물었다.

"성공했나 보네?"

"아……! 제가 한 게 아니라 진 선생님이 하셨어요. 제가 계속 실패했거든요."

"미안해요, 오빠. 보고만 있기 뭐해서."

"괜찮아. 경험이 쌓이면 그때 잘 하면 돼."

실패하면 자신이 해줄 생각이었다.

"그나저나 선생님, 환을 팔기로 하셨나 봅니다?"

"…자네 말을 듣고 곰곰이 생각해 보니 …내가 너무 과거에 얽매여 있었던 것 같아서. …현실을 살아가는 사람은 이 녀석인데 말이야."

"잘됐네요. 근데 생환을 만드는 중이세요?"

"…그래 볼까 하고. 다른 환들에 비해 …아직 미진한 부분이 보여서."

"가격은 만 불쯤 되겠네요?"

"…약재 가격이 조금 올랐는데 그 정도면 …충분하지 않을까 생각 중이네."

"기간은 어느 정도 걸립니까?"

"…11일 걸린다네."

"그럼 일단 5박스만 먼저 예약하겠습니다."

"…생환은 1년에 한 박스만 먹어도 되네. …마음만 받겠네."

"하하! 테디에게 들어 알고 있습니다. 그리고 제가 다 쓰려는 것이 아닙니다. 2박스만 제가 쓰고 나머진 아는 사람이 필요하다고 해서 주문한 겁니다."

처음에 사려 했던 생환은 이경철과 전철희가 티격태격 싸워서 전철희에게 양보했었다.

3박스를 주문한 이는 캐시였다.

수유하고 있어서인지 예상보다 살이 빨리 빠지면서 기운이 떨어지는 것 같아 생환을 권했다.

"…그럼 싸게 해주겠네."

"그러지 마세요. 드라마 1회 출연료가 4억 가까이 되는 사람이에요. 근데 제가 도와드릴 일은 없습니까?"

"…괜찮네. 약재를 선별하는 작업은 …나나 테디가 해야 한다네. …테디랑 치료실에 가서 볼일 보게. …번잡하게 하지 말고 얼른 가라니까."

떨림은 멈췄지만, 여전히 꾸부정한 모습으로 팔을 휘젓는 모습에 떠밀리듯 치료실로 향했다. 그리고 막 치료실로 들어가려 할 때 그가 낮게 중얼거렸다.

"…고맙네."

테디에게 신경을 써줘서 고맙다는 건지, 생환을 계속 만들라고 말해준 것이 고마운 건지 모르겠다.

그저 '별말씀을요'라는 말과 함께 고개를 꾸벅 숙인 후, 치료실로 들어갔다.

*　　　　*　　　　*

　사흘째는 환을 만드는 과정을 돕는 촬영을 했다.

　나흘째는 서국대학교 한의학과와 테디가 재학 중인 중국 한의대학을 방문해 현재 미국 내에서 동양의학에 대해 어떻게 생각하고 있는지에 대해 알게 됐다.

　그들은 한의학, 중의학을 구분하지 않았다. 그들의 초점은 동양의학의 장점을 이용해 안전하게 환자를 치료하는 것에 맞춰져 있었다.

　밥그릇 싸움에 몰두하고 있는 이들이 꼭 봤으면 좋겠다는 생각을 했다.

　하여튼, 나흘간의 촬영이 무사히 끝나고 이틀간 휴일이 주어졌다.

　선글라스를 끼고 선베드에 누워 있는 것만으로도 힐링이 되는 LA 해변에서 수영하고, 관광 명소에 가고. 출연진과 제작진 구분 없이 관광객으로 이틀간 즐겁게 지냈다.

　즐거운 시간은 언제나 그렇듯 순식간에 지나갔다.

　출국장. 다들 떠날 준비로 바쁜데, 문 PD만 유일하게 뒷짐을 진 채 여유를 부리고 있다.

　짐을 부치는 스태프들을 보며 문 PD가 입을 열었다.

　"한국엔 다음 달쯤 온다고?"

　"일단은 그렇게 생각하고 있어요. 병원에서 연락이 와봐야 알겠지만요."

김영태 교수에게 연락이 왔는데, 자신이 미국에 왔음에도 2차 임상 시험 참여자를 모으는 것이 여의치 않은 모양이다.

"촬영은 어쩌려고?"

"날짜만 정확히 말해주세요. 잠깐 한국에 들르든지 할게요."

"왔다 갔다 할 수 있겠어?"

"다른 방법이 없잖아요."

"음, 이번 촬영이 4주 분량은 나올 테니 다음 촬영은 한 달 뒤가 될 테고⋯⋯. 다음 촬영은 한 선생 빼고 해도 상관없을 것 같은데? 물론 두 번 연속 빠지는 건 곤란하고."

"일주일 전에만 연락해 주세요. 다 됐나 보네요. 이만 들어가세요."

"그래. 한국에서 보자고. 참! 어제 저녁 잘 먹었어. 선물도 고맙고."

"별말씀을요. 고생하셨어요."

방송에 출연하면서 많은 이익을 보고 있었다. 그래서 제작진들에게 저녁과 선물을 했다. 대단한 건 아니고 작은 성의 정도.

출국장 안으로 들어가는 이들에게 손을 흔들었고 그들의 모습이 완전히 다 사라진 후에야 옆에 있던 샤론에게 말했다.

"고생했어요, 샤론."

"내 일인데, 뭐."

일주일간 같이 움직이다 보니 말을 틀 만큼 친해졌다.

"언제부터 시작인가요?"

"모레 월요일부터 어때? 하루는 푹 쉬는 게 낫잖아. 나도 좀 쉬어야겠고."

"그래요, 그럼. 모레부터 시작하죠. 오늘내일 일정표 보내주세요."

"그렇게. 차 안 가지고 왔으면 나랑 같이 가자. 어차피 캐시 보러 잠깐 가야 하거든."

"차이나타운으로 가봐야 해요."

"테디 만나러?"

"네. 아직 부족해서 미국에 있는 동안은 계속 가르쳐야 할 것 같아요."

침에 기를 싣는 건 아무 문제가 없었다. 다만 찌르기는 슬로 스타터인지 여전히 지지부진했다.

"그럼 차이나타운 들렀다가 가면 되겠네. 가자."

택시를 탈 생각이었는데 데려다준다니 마다할 이유는 없었다. 그녀의 차를 타고 차이나타운으로 향했다.

*　　　*　　　*

일요일은 하란과 함께 데이트하며 보냈다.

그리고 월요일. 하란을 출근시킨 후 집으로 찾아올 사람들을 맞이할 준비를 했다.

거실 소파를 한쪽으로 밀고 어제 구매한 마사지용 침대와 용품들을 카트에 담아 침대 옆에 뒀다. 그리고 준비가 거의 끝나갈 무렵 초인종이 울었다.

"약속 시각을 잘 지키는 사람인가 보네."

거실 시계를 흘낏 본 후 인터폰을 눌렀다.

"누구세요?"

―샤론의 소개로 온 빅터라고 합니다.

빅터 해밀턴.

190㎝이 넘는 키에 130㎏는 족히 나갈 거구의 남자로 어제 명단을 받고 검색해 본 결과 몇 편의 드라마와 영화에 출연한 배우였다.

"반갑습니다, 해밀턴 씨. 한이라고 불러주세요."

"반가워요, 한."

"앉으세요. 어떤 차를 드릴까요?"

"다이어트 때문에 왔는데 콜라는 안 되겠죠?"

"다이어트가 얼마나 절실하냐에 따라 다르겠죠."

"물로 주세요."

물을 가져와 그에게 건넨 후 맞은편에 앉았다. 딱히 할 말이 없는 터라 어색하다. 이런저런 농담이라도 던져보고 싶었으나, 영어가 발목을 잡았다. 그래서 바로 본론으로 들어갔다.

"현재 샤론이 준 기록을 보니 290파운드네요. 얼마나 빼길 원하세요?"

"몸이 무거워서 무릎이 아픕니다. 220파운드 이하로 뺐으면 좋겠군요. 근데 샤론이 말하길 굶지 않고, 운동도 하지 않고 살을 뺀다는 말이 사실입니까?"

"많이 하지 않는 거지, 아예 안 하는 건 아닙니다. 적어도 하루 1시간의 운동은 건강과 지속해서 적정 몸무게를 유지하기 위해서 필수죠."

"한 시간 정도는 문제없습니다. 다만 먹는 것에 대한 욕심이 많은 편이라……."

"당연한 일입니다. 살이 찐다는 건 계속 음식을 섭취하고 섭취한 만큼 에너지 소비를 하지 않기 때문에 생기는 거죠. 하지만 무작정 먹지 말라는 건 해밀턴 씨에게 스트레스를 줄 것이고, 그 스트레스로 인해 폭식할 수 있으니 접점을 잘 찾아야겠죠?"

"굶으면서 4, 5시간씩 운동하라는 트레이너들의 말만 듣다가 한의 말을 들으니 기쁘군요."

"살이 빠지지 않으면 변덕을 부릴 수도 있습니다."

"하하하! 한이 말하는 걸 잘 따를 테니 적당히 부탁해요."

여유로운 말투와 당장 닥치지 않은 일에 느긋한 태도에서 그가 왜 살이 쪘는지 짐작할 수 있었다.

아주 흔히 보는 스타일이다.

'신체 활성화 비율을 높여야겠군.'

한국에서 비만클리닉을 하며 수없이 봐왔던 케이스인지라 대충 가닥을 잡을 수 있었다.

몇 퍼센트로 할지는 두고 봐야 하겠지만 그가 하루에 섭취하는 칼로리 양을 볼 때 축적된 데이터상 안전선인 최대 20%까지 올릴 수도 있었다.

욕실에서 옷을 갈아입게 한 후 마사지를 시작했다.

워낙 덩치가 커서 캐시보다 두 배는 힘들었지만 익숙하게 마사지를 하며 몸 상태를 살폈다.

'쯧! 요요 현상을 여러 차례 겪은 몸이네.'

걸을 때마다 살이 출렁출렁 흔들릴 정도. 거기에 근육 사이사이에도 지방이 잔뜩 끼어 있다. 사람을 소에 비유하기엔 좀 그렇지만 온 근육에 마블링 꽃이 활짝 핀 상태랄까.

살을 빼기 위해선 결국 지방을 태우고, 분해해서 빼야 한다. 그러기 위해선 빠질 수 있는 통로를 깨끗하게 만드는 것이 우선이다.

"혹시 드라마 출연 중이거나 옷을 벗어야 하는 경우가 있습니까?"

"왜요?"

"지방 분해 마사지를 하려는데 몸에 약간의 멍 자국이 생길 수도 있습니다. 3주 정도는 갈 테고요. 뭐, 약간 아픔도 감수해야 하고요."

"가끔 해변에 가서 수영을 가는데, 3주 정도는 쉬어야겠군요."

해도 좋다는 말에 본격적으로 림프 마사지와 지방 분해 마사지를 섞어서 시작했다.

지방 분해 마사지라고 해서 일반 마사지와 크게 별다를 건 없었다. 약간 아프고 주무를 때 근육이 아닌 지방을 주무른다는 차이가 있을 뿐이다.

"윽! …약간 아프다고. 아악!"

"조금 참으세요. 림프의 노폐물을 제거하려는데 지방이 문제거든요."

지방 분해 마사지는 출렁이는 살을 움켜쥐고 손끝으로 주물럭거리는 것이다.

최대한 아프지 않게, 멍이 들지 않도록 기운까지 이용해서 지방을 분해하고 있지만, 피시술자 처지에선 고통이 심하다고 느낄 수도 있었다.

윽! 흑! 악! 거리는 소리가 마사지하는 내내 들렸다.

"오늘은 온종일 물 많이 드세요. 그리고 이틀 동안 먹는 음식 기록해 주세요. 식단은 그걸 보고 짜도록 할 테니까요."

"…네. 근데 마사지할 땐 아파 죽겠던데 끝나고 나니 몸이 개운한 느낌이 드는군요."

"막혀 있던 혈관과 림프관이 마사지로 힘차게 온몸을 돌고 있어서 그래요. 지금 상태에서 운동하면 좋겠지만 경과를 지켜볼 것이 있으니, 운동 계획 역시 이틀 후부터 시작하죠."

평소 생활대로 행동했을 때 신진대사를 20% 더 활성화해 둔 것이 어떤 영향을 발휘하는지 지켜봐야 했다.

너무 급작스럽게 살이 빠지면 조절해야 했다.

그를 보내고 1시간 30분쯤 시간이 남았다. 이틀 후부터는 1시간 운동을 시켜야 하니 남지 않을 시간이다. 컴퓨터로 빅터의 식단표를 대략적이나마 작성을 했다.

딩동!

두 번째 손님이 약속 시각보다 20분 먼저 왔다.

"반가워요. 샤론의 소개로 온 밀리나 헤르젠이에요."

"…아! 안녕하세요. 한입니다. 들어오세요."

밀리나는 175의 커다란 키에 어마어마한 육체파 배우였다. 뚱뚱해 보일 정도로 풍만한 가슴과 힙, 잘록한 허리, 길고 늘씬한 다리. 가만히 서 있어도 옆에서 보면 S자 몸매다.

하란도 사실 만만치 않은 글래머인데, 밀리나에 비하면 살짝 부족하다. 물론 두삼의 눈에 밀리나가 부담스러운 수준이랄까.

조연으로 출연한 영화는 세 편에 불과하지만 떠오르는 섹시

스타로 주목받고 있었다.

원피스를 입은 그녀는 소파에 앉아 원피스의 앞쪽을 살짝 누르며 입을 열었다.

"혹시 입이 무거우신가요?"

뜻밖의 질문. 그러나 짐작이 됐다.

"한국에선 의사입니다. 환자의 비밀은 절대 발설해선 안 되죠."

"비밀 유지 서약서를 작성할 수도 있나요?"

"원하신다면 그러죠."

밀리나는 백에서 비밀 유지 위반 시 법적인 처벌을 감수하겠다는 서류를 꺼냈다.

"원하는 대로 살을 빼주고, 비밀 유지를 해준다면 기존 계약의 10배를 드리죠."

현재 하는 일은 무료가 아니다.

1만 달러. 사실 하는 것에 비해 많은 금액이 아니다. 그러나 돈을 벌기 위함이 아니라 샤론에게 도움이 되기에 하는 일이었다.

두삼은 서류에 사인하며 말했다.

"돈은 만 달러면 충분해요. 대신 샤론을 많이 도와주세요."

"샤론에겐 잘할 거예요. 그러니 받아요. 그래야 내 마음이 편해요."

"뭐, 그럼 제가 지정하는 단체에 기부해 주세요."

"그렇게 해요. 이제 본론으로 들어가죠. 내가 미스터 한에게 바라는 건 딱 지금의 모습처럼 살을 뺐으면 하는 거예요. 무슨 말인지 이해가 안 되죠? 그건……."

"이해합니다. 보정 속옷 속에 숨겨진 살을 빼달라는 말이죠?"

"…제가 보정 속옷을 입고 있다는 걸 어떻게 아셨죠? 혹시 샤론이 말하든가요?"

"아뇨. 목, 얼굴, 손. 노출된 부분에 핏기가 없어요. 그리고 움직임도 없는데 숨소리가 가쁘고요. 몸이 압박을 받고 있다는 건데, 그렇다면 보정 속옷밖에 없겠죠?"

"눈썰미가 좋으시네요."

"제 일이니까요. 그리고 한 가지 말씀드리자면 계속 그렇게 다니다간 걷다가 쓰러질 수도 있습니다."

"알아요. 최근에 이러고 1시간쯤 다니면 머리가 핑 돌더군요. 그래서 바깥출입을 거의 하지 않고 있어요. 지금 보이는 것처럼 되려면 얼마나 걸릴까요? 빠르면 빠를수록 좋아요."

"헤르젠 양의 노력에 따라 다르겠지만 한 달쯤?"

"빨리 부탁해요. 영화와 모델 요청이 들어오는데 마냥 거절할 수가 없거든요."

"알겠습니다. 일단 상태를 보고 말을 하죠. 욕실에 가면 샤워 가운 있을 거예요. 갈아입고 나오세요."

"그러죠. 근데 도와주시겠어요?"

"…네?"

"보정 속옷 혼자 풀기 힘들거든요. 뒤에 끈만 풀어주면 돼요."

혼자 벗지도 못할 정도로 꽁꽁 싸매다니 도대체 어떤 보정 속옷을 입고 있는 건지.

"뒤에 지퍼 좀."

"네."

지퍼를 내리자 팔을 빼더니 원피스를 허리까지 내렸다. 그리고 드러난 보정 속옷.

"……!"

갑옷처럼 쪼여진 코르셋과 보정 속옷을 겹쳐서 입고 있는데 당장에라도 터질 것 같았다.

"끈과 호크를 풀어주면 돼요."

두삼은 얼른 풀어준 후에 밖으로 나왔다.

그리고 얼마 되지 않아 나온 그녀.

보정 속옷을 벗은 그녀의 다리는 날씬함과는 조금 거리가 있었다. 그리고 안마용 침대에 엎드린 후 샤워 가운을 벗기자 숨겨져 있던 살이 나왔다.

'헐! 여자들의 화장만 마법이 아니네.'

밀리나는 보정 속옷 마법사였다.

*   *   *

"으아~ 힘들다. 두삼이 이 녀석은 LA에서 열심히 놀고 있겠지? 부럽다, 부러워."

수술을 마치고 나온 이상윤은 기지개를 켜며 중얼거렸다. 있을 때는 몰랐는데, 없으니 뭔가 맥이 탁하고 빠지는 기분이다.

막 병동 간호 데스크를 지나 자신의 사무실로 가려는데 간호사가 불렀다.

"이 선생님, 전화 왔었어요."

"어디서요?

"LA병원의 닥터 보먼이라던데요. 수술 끝나면 전화 달라고 했어요."

"스미스가 웬일로…… 알았어요. 고마워요."

사무실로 간 그는 스마트폰과 전자 담배를 챙겨 건물 밖에 있는 흡연 공간으로 갔다.

스마트폰으로 스미스의 이름을 찾으며 몇 모금 빤 그는 통화 버튼을 눌렀다.

스미스 보먼은 그와 함께 의과대학에 다녔던 이로 꽤 친한 사이였다.

―어, 윤. 오랜만이다.

시크한 말투. 스미스가 이상윤과 친해진 것은 둘의 성격이 너무 비슷했기 때문이다.

"올 초에 연락했잖아."

―그랬나? 하여튼 잘 지내지?

"그럭저럭. 무슨 일이야?"

―얼핏 너희 병원에 동양의학의 대단한 실력자가 있다는 얘기가 생각나서.

"대단한 실력은 무슨. 그게 왜?"

―다름이 아니라 환자 중에 어깨를 수술한 사람이 있는데, 동양의학에 관심이 많아서. 가능하다면 너희 병원에 보낼까 해서.

"의료사고냐?"

―훗! 내가 의료사고를 일으킬 것 같아?

"웅. 그럴 것 같아."

—내게 아무리 저주를 퍼부어봐라. 그렇게 되나. 아무튼, 메이저 리그 선순데 어깨 수술 후 기량을 회복 못 하고 있다기에, 네가 해준 얘기가 생각나서 연락한 거야.

생각해 보니 올 초에 통화할 때 두삼에 관해 이런저런 얘기를 했던 것 같다.

"걔가 제대로 할 수 있을지 모르겠지만 현재 LA에 있으니까 한번 연락해 보든가."

—어! 진짜? 그럼 전화번호 찍어봐. 참! 내가 연락한다고 알려 주고.

"귀찮게 하네. 알았어. 내일 아침에 연락해 둘 테니까 12시쯤 연락해."

—고맙다. 친구. 미국에 올 때 연락해라.

"알았다. 다음에 보자."

작별 인사를 나눈 후에 전화를 끊었다.

＊　　　　＊　　　　＊

아침 일찍 일어나 조깅을 하는데 이상윤에게 연락이 왔다. 걸음을 멈추고 이어폰의 통화 버튼을 눌렀다.

"후우~ 후우~ 왜?"

—…좀 이따 연락할까?

망할 자식이 무슨 상상을 하는 건지.

"조깅 중이거든!"

—난 또……. 휴가는 잘 지내냐?

"애인 얼굴 매일 볼 수 있는 거랑 조깅할 수 있는 것만으로도 만족한다.

—쳇! 부럽네.

"애인이랑 같은 병원에서 일하는 녀석이 할 소린 아닌 거 같은데? 헛소리 그만하고 본론이나 말해."

—다름이 아니라 LA병원에 있는 친구가 어깨 수술 환자에 대해 조언을 구하고 싶은가 봐.

"그 사람이 날 어떻게 알고?"

—내가 전에 너에 대해 살짝 언급했거든.

"언급이 아니라 욕을 했겠지."

—크흠! 아무튼 그 친구한테 전화번호 줬으니까 거기 시간으로 12시쯤 연락이 갈 거야. 할 일도 없는 네가 정 불편하다고 하면, 친구한테 다시 연락해서 연락하지 말라고 하고.

'할 일도 없는'이라는 말에 빈정 상해서 불편하다고 말하려다 원래 이상윤의 성격이 그렇다는 걸 알기에 참을 수 있었다.

전화를 끊고 다시 속도를 높여 뛰기 시작했다.

캐시를 제외하고 샤론이 소개해 준 인원은 총 여섯 명. 하루에 3명씩 이틀 간격으로 그들을 보고 있었다. 그리고 남는 시간에 캐시를 치료하고 테디에게 침술을 가르쳤다.

"오늘도 늦을 거야. 저녁 먼저 먹어. 쪽!"

하란은 뭔가 풀리지 않는 것이 있는지 요 며칠 계속 10시가 넘어서 들어왔다.

힘겨워하면 별 영양가도 없는 일 당장 때려치우고 한국에 가자고 말했겠지만, 풀리지 않는 것을 풀어내는 것이 즐거운지 행복한 얼굴로 출근을 했다.

하란이 출근을 하고 얼마 되지 않아 밀리나가 왔다.

두 번째에서 첫 번째로 순서를 바꾼 이유는 비밀 유지와 남들과 달리 마사지와 운동 후 보정 속옷을 입는데 30분이 넘게 걸렸기 때문이다.

다른 사람들은 보통 2시간 30분이면 시술이 끝나는데 그녀만은 유독 3시간이 넘게 걸렸다.

"한, 살이 3kg 빠진 건 만족해요. 한데 가슴이 살짝 작아진 것은 내 착각일까요?"

"네, 착각입니다. 주변의 살이 모이면서 더 크게 느껴졌던 겁니다."

"너무 빠지면 곤란한데……."

"걱정 말아요. 약간은 빠지겠지만 시각적으로는 훨씬 크게 느껴질 테니까요. 그럼 시작할까요?"

그녀의 다이어트는 캐시와는 조금 달랐다.

전체적으로 다이어트를 원하는 것이 아니라 가슴과 힙은 남겨두고 다른 부분은 매끈하게 빼달라는 극악의 난이도.

그에 식이요법과 운동보다 오히려 마사지를 통해 살을 빼고 처진 살을 팽팽하게 만들어야 했다. 사실 두피와 얼굴마사지를 제외했음에도 마사지 시간이 부족할 정도로 힘든 일이었다.

그나마 다행인 건 밀리나가 관리적인 터치와 성적인 터치를 정확하게 구분한다는 점이다.

가슴 옆의 옆구리 살이나, 뱃살을 문질러서 빼려면 그녀의 큰 가슴에 어쩔 수 없이 닿을 수밖에 없는데 그녀는 관리를 위해서라면 만져도 상관없다는 태도를 보였다.

아무튼, 40분 수영을 시킨 후, 혈액이 빠르게 돌 때 곧장 1시간 30분 정도 걸리는 전신 마사지를 했다.

"씻고 옷 입을 때 불러요."

벗을 때 혼자 끈을 풀지 못하는 사람이 묶는 걸 혼자 할 수 있을 리가 없었다.

안마용 침대를 깨끗하게 닦고 정리하는데 욕실에서 부르는 소리가 들렸다.

그래서 욕실 문을 열고 들어갔다.

한데 그녀는 샤워한 후 팬티만 입은 채 거울을 쳐다보며 몸매를 살피고 있었다.

"......!"

"한, 당신은 마사지사가 아니라 조각사예요. 단 5일 만에 내 몸을 이렇게 만들다니."

"...아직 멀었거든요. 얼른 브라나 걸쳐요."

"뭐예요? 아까 실컷 주무를 때는 괜찮더니 보는 건 부끄러워하는 거예요?"

"스친 거지 누가 주물렀다고……. 제 애인이 들으면 오해하겠네요. 얼른 입어요! 곧 전화 올 때가 있어요."

"하여튼 한은 이상해. 남들은 한 번이라도 벗기려고 난린데."

그녀는 어깨를 으쓱하더니 브래지어를 입고 보정 속옷을 걸쳤다. 손을 뻗어 숨이 막힐 정도로 당겨 후크를 걸고 끈을 묶었다.

이틀 전보다 약간 느슨한 느낌이 드는 걸 보니 제대로 살이 빠지고 있나 보다.

끈을 묶고 먼저 나왔다. 그녀는 15분 더 있다가 밖으로 나올 것이다. 보정 속옷이라는 마법을 입는데, 그 정도는 약과다.

12시가 넘었는데 전화가 없다. 1시 20분쯤 빅터가 올 터. 그래서 점심을 준비했다.

식이요법으로 만들었는데, 이젠 끼니마다 먹을 만큼 좋아진 견과류 수프, 400g의 안심 스테이크, 그리고 신선한 샐러드가 오늘 점심이다.

식탁을 다 차렸을 때 욕실에서 밀리나가 나왔다.

"식사하고 갈래요?"

예의상 하는 말이다.

"냄새 너무 좋네요. 지금이라면 말이라도 잡아먹을 수 있을 것 같네요."

"말은 없으니 소로 하죠."

200g의 안심과 몇 가지 허브를 얼른 구워 새로운 접시를 만들어야 했다.

"한의 고기는 소처럼 보이는데, 내 것은 쥐 같은데요?"

"밀리나, 하나를 얻으려면 절반 정도는 희생할 줄 알아야 하지 않겠어요. 그리고 지금 보정 속옷을 입고 있다는 걸 잊지 말아요."

"호호! 요 며칠 압박감이 덜해서 잊고 있었네요. 잘 먹을게요."

예의상 건넨 말에 시작된 식사라 딱히 할 말이 없었다. 다행히 밀리나는 이런 자리가 어색하지 않은지 그녀가 할리우드에서 겪었던 얘기를 해줬다.

식사하면서 듣기에도 불편한 성접대에 대한 얘기도 스스럼없이 했다.

"미투(Me Too) 운동이 한차례 휩쓸고 갔는데도 크게 달라진 게 없나 보군요. 쩝!"

"잠시 수면 아래로 내려갈지 몰라도 영원히 사라지지 않을 거예요."

"왜요?"

"여전히 몸을 던져서라도 성공하고 말겠다는 여자들이 많거든요. 뫼비우스의 띠나 다름없죠."

"개인이 문제라는 소리군요?"

"그렇죠. 생각해 봐요. 10년을 노력해야 배역을 따낼 수 있는데, 잠시 누군가와 잠자리를 하고 연인이 되는 것만으로 10년의 세월을 넘을 수 있다면 누군들 그러지 않겠어요?"

"세계 어디든 비슷하네요. 그 얘긴 그만하죠. 나도 남자인지라 조금 찔리네요."

"에? 한, 남자였어요?"

갑자기 웬 개소리래?

"…내가 남자가 아니면 여자겠어요? 애인 있다고, 여기가 애인 집이라고 말했잖아요."

"아! 애인이 여자였어요?"

"……."

이 여자 설마 날 게이로 알고 있었던 거야? 그러고 보니 너무 무방비로 다니더라니.

"난 또, 날 주무르면서도 아무 반응이 없기에. 미안해요, 한."

그건 언제 본 건지. 그나저나 이 여자 나르시시즘이 장난 아니네. 지금으로선 벗지 않은 모습이 더 선정적이라는 걸 모르나 보다.

"호호! 잘 먹었어요. 한 같은 지조 있는 남자와 사귀고 있는 한의 애인이 부럽네요."

"…칭찬해도 늦었거든요!"

"다 먹었으니 이만 가볼게요. 그럼 모레 봐요."

그녀는 접시를 깨끗하게 비우고 쫓기듯이 떠났다. 다음부터 자신의 앞에서 조심하겠지? 그러면 됐다.

설거지를 끝마쳤을 때 이상윤의 친구에게서 연락이 왔다.

―닥터 한, 미안합니다. 수술을 마치고 나오느라 늦었습니다. 제 실력이 조금만 나빴어도 저녁 늦게나 수술실에서 나왔을 겁니다.

"유유상종이라더니……."

한국어로 중얼거렸다.

―네?

"아뇨. 상윤이처럼 실력이 좋다고요."

―윤이 저보다 한참 아래죠. 하하하!

이상윤이랑 관련된 것들은 어떻게 하나같이 이런 건지 모르겠다.

당장 전화를 끊고 싶다. 그러나 이상윤에게 예방주사를 맞은 덕분에 참을 수 있었다.

"닥터……."

―아! 실례합니다. 스미스, 스미스 보먼입니다.

"닥터 보먼. 저의 조언이 필요하다고 들었는데요."

─그렇습니다. 메이저 리거 환자의 어깨 수술은 성공적이었는데, 재활 후 예전의 기량이 회복되지 않고 있습니다. 그래서 닥터 한이 봐줬으면 합니다.

"음, 정확한 병명을 말씀해주시겠어요?"

─…회전근개파열입니다.

"토미존 서저리도 받았겠군요?"

─5년 전에 받았습니다.

토미존 서저리를 받은 야구 선수의 경우 투구 시 자신도 모르게 어깨에 힘이 들어가는 경우가 많다.

다친 곳을 보호하기 위한 본능이고 이 본능 때문에 어깨가 망가진다.

토미존 서저리의 경우 85%가 완전 회복한다는 통계가 있다. 그에 반해 어깨 부상의 경우 50% 이하이다. 게다가 회전근개파열의 경우 확률은 거의 제로를 수렴한다.

고통과 순간 힘이 빠지는 증상 때문에 일상생활도 불편한데, 온몸을 쥐어짜서 던지는 야구를 할 수 있을 리가 없었다.

"자세히는 모르지만, 회전근개파열이라면 포기해야 하는 거 아닙니까?"

─그건 그렇죠. 지금까지 단 한 명도 복귀를 한 적이 없으니까요. 하지만 환자는 재활하길 원합니다. 돈은 얼마든지 들어도 상관없다더군요.

"닥터 보먼의 생각은 어때요?"

─…재활이 되었으면 합니다. 아니, 반드시 부활해 다시 공을 던질 것이라 생각합니다.

감성적 대답이다. 이를 이성적인 귀로 들으면 불가능하다고
들린다.

물론 한국에 있는 이상윤에게 연락해서 전화번호를 알아낸
그의 노고를 무시할 생각은 없었다. 그저 그가 어떻게 생각하고
있느냐에 따라 환자에게 '불가능합니다'라고 말할 때 편했다.

"알겠습니다. Seeing is believing. 백문이 불여일견이니 일단
보죠. 저녁 7시 이후론 시간이 있습니다. 언제 어디서 볼까요?"

—오늘 저녁도 가능합니까? 환자가 하루라도 빨리 보길 원해
서요.

"가능해요. 어디로 갈까요?"

—LA 지리는 우리가 더 잘 아니 우리가 가죠.

기본은 된 사람이다. 조금 더 세밀하게 봐주기로 마음먹었다.

주소를 말해주자 멀지 않은 곳이 환자의 집이라며 7시에 찾아
오겠다고 말했다.

빅터와 할리우드 유명 제작자의 아내 도로시의 다이어트를 도
운 후 저녁으로 김치찌개 먹었다. 그리고 거실을 깔끔하게 치운
후에 환기를 시키며 7시에 오게 될 메이저 리거에 대해 검색했
다.

케빈 맥그리거.

약간의 검색만으로도 메이저 리그에서의 그의 엄청난 기록들
을 볼 수 있었다. ERA, WHIP, CG, SO 등등 의학 용어보다 더
어려운 단어들이 빼곡하다.

사실 어려운 용어를 굳이 검색하면서 찾을 필요는 없었다. 그
가 어떤 선수인지 알 수 있는 건 단 하나면 충분했다.

연봉 3,000만 달러.

엄청난 투수였음이 분명했다. 그리고 2년 뒤까지 그 연봉을 받을 수 있다. 설령 단 한 게임도 뛰지 않더라도 말이다.

앉은 김에 쉬어가라고 그 정도라면 마음 편하게 살아도 되지 않나 싶다. 그러나 자신이 의사도, 물리치료사도, 마사지사도 하지 못할 때를 생각하니 포기하지 않는 그의 마음이 이해가 된다.

물론 그렇다고 해서 희망 고문을 할 생각은 없다.

딩동!

6시 50분 초인종이 울렸다. 그리고 인터폰에 금발의 미남자와 그보다 머리 하나가 큰 흑인이 보였다.

문을 열어주고 현관으로 나갔다.

"늦은 시간에 실례합니다, 닥터 한."

"괜찮습니다. 들어와요. 닥터 보면, 미스터 맥그리거."

케빈은 성격도 재활 중인지 고개만 까닥하곤 따라 들어왔다. 거실로 그들은 안내한 후 차를 준비해 그들 앞에 놓았다.

"먼저 의료 기록을 볼까요?"

통성명이나 호구조사 같은 인사를 하기엔 분위기가 좋지 않았다. 그래서 바로 본론으로 들어갔다.

케빈의 의료 기록을 본 두삼은 스미스를 흘깃 바라봤다. 영어가 약하다는 걸 알았는지 모두 한글로 되어 있었다.

"한국어를 잘하는 직원이 있어 해석을 부탁했어요."

"배려 감사합니다."

가볍게 감사를 표한 후 기록을 꼼꼼하게 살폈다.

수술 전 사진, 수술 후 사진, 재활 중 사진. 그리고 어제 찍은 사진. 재활 기간이 1년이었다는 걸 고려한다면 수술 후 6개월 후보다 지금이 더 나빴다.

마지막 장을 넘기고 케빈을 보고 물었다.

"어깨를 계속 사용 중이시네요?"

"…복귀해야 하니까요."

"잠시 진료 좀 해볼게요."

그의 옆으로 가서 그의 왼 어깨로 손을 뻗었다.

순간 움찔하는 것이 평소 고통이 심한 모양이다.

"그저 손만 올릴 거예요."

안심을 시킨 후 그의 어깨에 가볍게 손을 올렸다. 굳이 다른 곳을 살필 필요가 없었기에 왼팔과 어깨만 좀 더 세밀하게 살폈다.

'쯧! 광범위 파열에 하필 힘줄 조직까지 소실됐네. 게다가 주변 조직이 변성되고 있어.'

스미스의 말처럼 수술은 성공이었다. 아주 세밀하게 회전근개를 이어 붙였다.

문제는 힘줄 조직이 소실되어 버렸다.

힘줄이 재생되려면 혈액이 공급되어야 한다. 한데 파열된 힘줄 때문에 혈액 공급이 원활하지 못하니 서서히 괴사하여 가는 중이다.

또한, 세밀하게 회전근개를 이어붙였다고 하지만 그것이 완벽하다는 건 아니다. 어떠한 장비보다 세밀하게 살필 수 있는 두삼의 눈엔 그냥 대충 붙여놓은 장난감처럼 보였다.

'성공하려면 힘줄 조직을 살리고, 회전근개가 제대로 이어지도록 하고, 막혀 있는 혈을 뚫어야 한다는 건데…… . 가능하려나?'

이효원의 증세는 케빈에 비교하면 양반이다.

성공할 확률도, 성공한다고 해도 재활해서 메이저 리그에 복귀할 확률도 제로에 가까웠다.

'이 정도면 포기하는 게 나을지도. 이대로 계속 무리하면 팔을 쓸 수 없을지도 몰라.'

대충 생각을 정리하고 손을 뗐다. 그리고 다시 맞은편에 앉아 입을 열었다.

"솔직하게 말하죠, 맥그리거 씨. 지금 당장 투구를 멈추지 않으면 평생 왼팔을 쓰지 못할 겁니다."

"……."

스미스와 케빈의 반응을 보아 스미스 역시 이런 말을 한 것이 분명했다.

"반드시 다시 던지겠다는 근성과 당신이 가진 돈이 낫게 해줄 거라는 생각을 버리세요. 물론 기회는 가질 수 있을 겁니다. 그러나 그 기회는 당신을 더욱 피폐하게 만들고 당신의 팔을 못쓰게 만들 겁니다."

케빈이 처음으로 입을 열었다. 자조적이면서도 예상했다는 듯우울한 목소리였다.

"훗! …보먼 씨가 그렇게 말해달라고 부탁하던가요?"

"그게 무슨 말이죠?"

"보먼 씨가 나만 보면 항상 하던 말이거든요."

"그랬나요?"

스미스 보먼을 보자 그는 씁쓸한 표정으로 고개를 숙였다. 통화할 때 그가 했던 말은 역시나 의사로서가 아닌, 팬으로서 한 희망 사항인가 보다.

하긴 제정신이 박힌 의사라면 검사 결과를 보고 절대 공 던지는 걸 놔뒀을 리가 없다.

"내가 포기를 하지 않자 쫓아다니며 이런저런 전문가들을 소개해 줬죠. 그리고 그들이 하는 말은 언제나 똑같았어요."

"음, 의사로서는 그럴지 모르지만, 개인적으론 보면 씬 당신이 재기하기 바라고 있어요. 어디까지나 추측에 불과하지만요."

"…알아요. 알면서도 매번 똑같은 말을 듣게 되니 비겁하게 그를 탓하게 되는군요."

매번 같은 말을 듣는 건 그만큼 상황이 좋지 않기 때문이다. 그러나 이 생각을 뱉진 않았다. 케빈에게 정확한 상태를 알리는 것이 목적이지 그를 상심시켜 나락으로 빠뜨리는 것이 목적이 아니다.

케빈이 할 말을 다 했다는 듯 고개를 숙인 채 입을 다물자 스미스가 다급하게 말했다.

"도저히 방법이 없는 겁니까?"

"누구보다도 보먼 씨가 현재 상태에 대해 잘 아시잖아요."

"당신은 불가능하다는 효원을 낫게 했잖아요. 방법이 없겠습니까?"

이상윤이 이효원의 얘기를 했나 보다.

"그녀 역시 모두가 재기할 수 없다고 생각했죠. 하지만 그녀는 재기했고, 전보다 더 아름다운 연기를 펼치며 세 번째 금메달을 획득했죠. 그녀의 처음 상태는 어땠습니까?"

갑자기 왜 이렇게 열혈 의사 모드인데?

게다가 포기한 듯 앉아 있던 케빈도 효원 얘기에 슬며시 고개를 든다.

"솔직히 치료를 시작할 땐 그렇게 잘 될 줄은 예상하지 못했어요. 그리고 케빈의 상태는 그녀보다 2배는 나쁩니다."

이효원이 나을 확률이 0.0002%였다면 케빈이 나을 확률은 0.0001%였다.

어라? 근데 잘못한 것도 없는데 왜 변명을 하는 것 같지?

"그렇다면 케빈이 나을 수 있을 확률은 50%라는 말이군요?"

"…말이 그렇게 됩니까?"

도대체 의사라는 양반이 계산을 이 따위로 하는지.

0.0001%의 확률이라고 수정하려했지만 케빈을 앞에 두고 뱉을 말은 아니었다.

"닥터 한, 제가 억지 피우는 거 압니다. 하지만 더 이상 부탁할 곳도 없습니다. 장담컨대 그럼 케빈의 팔은 두 달 안에 망가질 겁니다. 그러니 포기하지 말아 주세요. 부탁합니다."

"……"

팬이라고는 해도, 환자를 위해 다른 사람에게 고개를 숙일 수 있는 사람이 몇 명이나 될까. 스미스를 봐서라도 최소한의 성의를 보여야 했다.

"한 달 정도 더 이곳에 머무를 것 같습니다. 그럼 그동안 살펴보다가 그때 결정을 내리는 게 어떨까요?"

"치료를 해주시는 겁니까?"

"치료가 될지 모르지만, 일단 미국에선 의사가 아니니 그냥 자연 치유 정도로 해두죠."

"고맙습니다, 닥터 한."

"구해줘야 할 것이 제법 많습니다."

"MRI 기계라도 구해 드리죠."

잘하는 짓인지 모르겠다. 하지만 한 달간 하기로 한 이상 최선을 다할 생각이다.

"아! 제가 맡기 전에 맥그리거 씨가 약속해 줘야 할 것이 있습니다."

"얼마든지요. 케빈이라 불러주세요."

"그래요, 케빈. 이제부터 제 말에 한 치도 어긋남 없이 따라줘야 합니다. 만일 그렇지 않으면 그 순간 전 포기할 겁니다. 동의합니까?"

"예! 동의합니다."

"좋아요. 그렇다면 이 시간부로 왼팔 사용을 금합니다. 물론 움직이지 못하게 할 테니 사용하려 해도 못하겠지만요."

첫 치료는 그의 어깨와 팔을 마비시키는 것으로 시작됐다.

*   *   *

알고 봤더니 케빈의 집은 사우스 비벌리 파크 방향으로 네 블록 위에 위치해 있었다.

하란의 집보다 1.5배 쯤 더 컸고 뒤뜰의 야구 연습장과 야자수를 둘러싸인 수영장이 인상적이다.

더 인상적인 건 사흘에 한 번 방문하는 관리인을 빼곤 혼자 산다는 거다.

어제부터 29살인 케빈에게 두삼은 경어체 대신 편하게 말을 했다.

"혼자 살기엔 지나치게 넓은 거 같네?"

"야구를 할 땐 몰랐는데, 요즘 그런 생각을 많이 하게 되더군요. 마실 거 줄까요?"

"아니. 얼른 끝내고 가서 일해야 해."

"휴가 온 거 아니었어요?"

"그러게. 어쩌다 보니 일이 많네."

케빈의 경우 하루 두 번, 낮 12시 30분, 저녁 7시에 치료하기로 했다.

낮엔 두삼이 그의 집으로, 저녁엔 그가 하란의 집으로 왔다. 두 번 다 오라고 할 수 있었지만 식사 후 산책 겸 오기로 한 것이다.

의료용 어깨 보호대를 푼 후 소독솜을 이용해 그의 어깨를 닦았다.

"뭘 하는 거죠, 한?"

"죽은피를 빼려고. 주삿바늘이 싫으면 고개 돌리고 있어도 돼."

"그 정도로 겁쟁이는 아니에요."

피를 빼기 위해선 얇은 주삿바늘이 좋았다. 일단 주사기와 함께 꽂은 후 살짝 당긴 후 바늘만 따로 분리하면 됐다.

근육이 다치지 않게 죽은피가 있는 곳에 바늘을 꽂는 건 두삼에겐 어려운 일이 아니었다. 그래서 빠르게 바늘이 늘어났다.

무섭지 않다면서 그는 쳐다보지 않았다. 그러다 궁금했는지 슬그머니 돌아보다 10개가 넘는 바늘이 보이자 얼른 고개를 돌렸다.

아무리 아프지 않고 무섭지 않다고 해도 뾰족한 바늘이 자신의 몸에 박히는 걸 좋아할 사람은 드물었기에 미소를 지으며 할 일을 계속했다.

스무 개 정도의 바늘을 박은 후, 이번엔 그의 어깨를 조심스레 주물렀다. 그러자 까만 사혈이 바늘마다 몽글몽글 나왔다.

"신기하군요. 주사기로 죽은피를 빼는 건 봤지만, 이런 식으로 여러 개 빼는 건 처음 봐요. 이게 동양의학입니까?"

"퓨전이야."

좀 더 정확하게는 두삼과 비슷한 능력을 가진 사람만이 할 수 있는 일이랄까.

"하하! 퓨전 의학이라니 재미있군요."

케빈이 웃는 모습은 사흘 만에 처음 본다. 물론 그 웃음은 스무 개의 바늘을 뽑고 다시 주삿바늘을 꽂으려 하자 사라졌다.

"상당히 많이 꽂는군요?"

"아주 적은 양이 고여 있는 피마저 완전히 빼야 하거든. 그래야 혈관이 제대로 만들어지고 그래야 힘줄과 근육 역시 제대로 재생이 되니까."

인체는 참 신비하다.

물길이 막히면 새로운 물길이 만들어지듯 잘 흐르던 혈관이 막히면 새로운 미세 혈관을 만들어내며 피가 통하게 만든다.

하지만 언제나 그런 건 아니다. 몸이 필요 이상으로 망가지면 그러한 기능이 망가지면서 피가 고이게 된다. 그리고 고인 물이 썩듯이 몸을 망가뜨린다.

그러니 원래의 기능이 회복되게 만들어줘야 한다.

물론 쉽지 않은 일이다. 바닥에 떨어져 산산이 부서진 컵을 끼워 맞추는 과정처럼 어려울 것이다. 그러나 이 과정이 실패한다면 다음 과정으로 넘어갈 수 없다.

"낫기 위해선 반드시 필요한 과정이라는 거죠?"

"맞아. 몇 번이고 반복할 수도 있어."

"…얼마든지요. 근데 오늘도 쉬어야 합니까? 하체 운동은 괜찮지 않을까요?"

"몸의 모든 에너지가 어깨로 가도 힘든 상황이야. 그리고 한쪽 팔을 못 쓸 때 운동을 하면 지금까지 만들어둔 몸의 균형이 깨질 수 있으니까 가벼운 산책만 하고 푹 쉬어. 그게 지금을 위해서, 나중을 위해서도 좋아. 내 말을 듣기 싫으면 언제든 계약을 깨뜨려도 돼."

"아, 아닙니다. 한의 말에 따를게요."

못살던 시절의 헝그리 정신, 일본 만화에서 나오는 청춘들의 열혈 모드는 더 나은 게임을 보여주는 것이 아닌 몸을 망가뜨리는 지름길이라 생각한다.

시대는 변했다.

과학, 의학 등을 통해서 더욱 안전하고, 더욱 효율이고, 더욱 나은 결과를 만들 수 있다.

헝그리 정신과 열혈 모드를 통해 성공 신화를 이룩한 이들을 폄훼하려는 것은 아니다. 그저 짧은 영광 뒤에 닳아버린 관절, 성한 곳 없는 몸을 가진 채 남은 긴 세월을 살아가는 게 안타까울 뿐이다.

물론 그렇게 노력하는 것이 삶의 행복이고, 짧은 영광을 평생 추억 삼아 행복하게 살아가는 사람도 있을 것이다. 그러나 두삼은 자신이 맡은 환자가 그러는 꼴은 볼 수 없었다.

그게 싫으면 떠나도 상관없었다. 이기적인지 몰라도 그땐 자신의 환자가 아니니 몸이 망가질 때까지 운동하든 술을 먹든 상관없었다.

케빈의 집을 나와 가볍게 뛰어 집으로 향했다. 한데 집 앞에서 한 사람이 서성이고 있었다.

"테디, 거기서 뭐 해?"

"아! 선생님. 운동 다녀오는 길이세요?"

"볼일이 있어서. 근데 오늘 오는 날이었나?"

"하하! 아뇨. 내일이잖아요. 다른 게 아니라 생환이 완성돼서 가져왔어요."

문 앞에 쇼핑백이 있는 것이 이제야 보인다.

"들어가자."

"아닙니다. 전해 드렸으니 가야죠. 그리고 제가 만든 환도 몇 개 넣었습니다. 제대로 만들었는지 선생님이 확인해 주세요."

"그래?"

쇼핑백 안을 보니 작은 곽이 보여 꺼냈다.

"결과는 내일 말씀해 주세요. 쑥스럽네요. 하하!"

"쑥스럽긴. 자! 이건 기름값."

두삼은 지갑에서 100달러 지폐를 여러 장 꺼내 그의 손에 쥐여줬다.

"아, 아니에요."

"쓰읍! 형이 주면 받아. 남으면 여자 친구랑 영화라도 보던가."

사실 그가 먹어보라고 준 환약값도 되지 않는 돈이었다. 더 있었다면 더 줬을 것이다.

왕가한의원 환의 값은 재료의 값과 비교하면 절대 비싼 것이 아니었다.

"…여자 친구 없는데. 감사합니다!"

"그래, 조심이 들어가라. 내일 보자."

차에 오르는 그를 보고 손을 흔들었다. 근데 막 출발하려던 그가 보조석 차창을 열면서 소리쳤다.

"참! 선생님. 수전증 침술과 도파민 침술 오늘 성공했습니다."

"후후! 잘했다. 마취 침도 얼른 성공해라. 그래야 귀찮게 왔다 갔다 안 하지."

"성공해도 선생님이 떠나기 전까지 올 겁니다. 선생님의 수기 요법 정말 신기하거든요."

"누가 가르쳐 준대?"

"에? 안 가르쳐 주실 거예요?"

"…어디서 귀여운 척이야? 가르쳐 준 거나 제대로 해. 그럼 그때 생각해 볼 테니까. 조심히 가라."

"열심히 하겠습니다! 내일 봬요, 선생님."

차가 완전히 사라지자 중얼거렸다.

"훗! 밝아진 것 같아 다행이네."

사실 두삼은 지금까지 누군가를 가르친다는 것에 관해 회의적이었다.

할아버지의 진료 기록도 제대로 해석하지 못하고 있는데 누가 누굴 가르친단 말인가. 아직은 더 많이 공부하고, 더 많이 배울 때라고 생각했다.

교수로서 가르치는 데 최선을 다했으나 학기가 끝났을 때 마음속으론 부족함을 느낀 것도 한몫했다.

근데 진보라의 말을 듣고 부족한 걸 채우면서도 누군가를 가르치는 것도 그리 나쁠 것 같지 않다는 생각이 들었다.

그녀가 말한 것이 대단한 진리도 아니고, 두삼 역시 모르던 바도 아니다. 하지만 울림을 준 건 사실이다.

그래서 테디에게 현재 병원에서 쓰고 있는 수기 요법도 전수하고 있다.

널리 퍼지는 것 또한 신경 쓰지 않기로 했다.

누군가는 분명 그 혜택을 받을 것이고, 위험하다 싶은 건 걸러서 가르치면 됐다.

빠ㅡ빵!

자동차 경적에 상념에서 깨어났다.

어느새 오픈카 형태의 검은색 험비가 옆에 와 있었다. 험비엔 빅터가 앉아 있었다.

"한, 거기서 뭐 해요?"

"아! 배웅하고 잠깐 생각하고 있었어요."

"선물받았나 보군요?"

쇼핑백을 보고 묻는다.

"건강에 좋은 식품이에요. 옆집에 캐시가 부탁한 거랑 부모님께 보낼 거예요."

"좋은 거면 나도 부탁해요. 하하하!"

"여분이 있으니 일단 하나 먹어보고 결정하세요. 일단 안으로 들어가죠."

빅터와 함께 집으로 들어갔다.

75. 중의학의 고수

"갔다 올게. 쪽!"

하란은 아침을 먹고 일어나며 두삼의 입술에 가볍게 뽀뽀를
했다.

"오늘도 늦어?"

"아마도. 내일은 쉴 거야."

"일요일은 당연히 쉬어야지. 조심히 다녀와. 야식으로 맛있는
거 잔뜩 해놓을게."

활짝 웃는 두삼에게 똑같이 웃어준 후 현관 밖으로 나왔다.
현관 앞에서 기다리고 있던 경호원이 문을 열어준다.

"고마워요, 행크."

고마움을 표한 후 차에 오르자 행크가 문을 닫았다.

현관 밖으로 나온 두삼에게 손을 흔드는 사이, 차는 집을 나

와 달리기 시작했다.

목적지는 비벌리 글렌 공원 근처의 한적한 건물로 미 국가안보국(NSA)의 소유였다.

차는 20분 만에 정문을 통과해 4층짜리 건물 앞에 섰다.

"들어가서 쉬어요. 행크, 마이클."

"고생해요. 헬렌."

밤새 차에서 하란의 집을 지키고 있었을 행크와 마이클은 이제부터 쉬는 시간이다.

차에서 내린 하란은 곧장 건물 안으로 들어갔다. 로비에 있는 검색대를 지나며 직원들에게 인사를 하고 엘리베이터 앞에 섰다.

4층에 있던 엘리베이터가 내려오는 걸 기다리는데 뒤에서 익숙한 소리가 들렸다.

"란, 굿~모닝!"

헬렌보다 한국 이름인 란이 훨씬 정감이 간다며 유일하게 란이라 부르는 동료 빈센트였다.

"좋은 아침, 빈센트. 근데 어쩨 많이 피곤해 보인다?"

"어제 친구들이랑 야구 보면서 술을 마셨거든."

"졌나 보네?"

며칠 전에 응원하는 팀이 져서 홧김에 늦게까지 술을 마시고 지각한 그였다.

"아니. 이겼어! 그래서 새벽까지 기쁨을 만끽했지. 푸헤헤헷!"

빈센트의 나이 이제 스물셋. 한창 놀 때긴 했다.

엘리베이터에 올라 ID 카드를 댄 후 4층을 눌렀다. 한데 엘리베이터는 아래로 내려갔다.

띵! 하는 소리와 함께 '4' 버튼이 깜박거리며 엘리베이터 문이
열렸다.

사실 지상 4층도, 지하 4층도 아니었다. 지하로 내려가는 건
ID카드에 맞게 내려갈 뿐이고, 몇 층인지는 관계자만 알 뿐이다.

엘리베이터에서 내린 두 사람은 다시 한번 보안 검색을 통과
한 후에 사무실로 들어갈 수 있었다.

"하암~ 어서 와, 헬렌. 빈센트."

"아미르, 또 밤새운 거야?"

"검색 속도를 높여볼까 하고 손댔는데 12시간이 훌쩍 가버렸
어."

"그건 오늘 나랑 같이하기로 한 거잖아?"

"검색 속도는 내 담당인데 자꾸 헬렌에게 신세 질 수 없잖아.
그리고 한시라도 빨리 끝내서 처와 애들을 데리고 오고 싶고."

아미르는 작년에 NSA의 일을 도와주면서 미국 시민권을 얻었
다. 그러나 그의 가족은 시민권 얻지 못했는데 이번 일이 끝나
야 얻을 수 있었다.

그래서 그런지 너무 무리한다.

"밤샘한 결과는 어때?"

"헛고생만 한 것 같아. 어떤 코드를 넣어도 1초 정도밖에 빨라
지지 않아."

"내가 볼 테니까. 잠깐 눈 붙이고 와."

"그래도 될까?"

"수정한 부분 체크는 해뒀지?"

"당연히."

"그럼 마음껏 쉬고 와. 필요하면 부를게."

"부럽네요, 아미르. 란, 나도 잠간 자고 오면 안 되겠지?"

"자도 돼. 대신 내일 일해야 할걸."

"쳇! 하여간 이 빌어먹을 곳은 일주일에 하루뿐인 휴일도 일을 시키려 한단 말이야."

"그러니 잔말 말고……."

하란이 말을 하는데 뒤에 나타난 중년인이 말을 자르며 빈센트에게 한소리 했다.

"요즘 네가 배가 불렀구나, 빈센트. 이번 기회에 일주일 내내 쉴 수 있는 감옥으로 보내줄까? 네가 저지른 일이라면 20년은 족히 쉴 수 있을 것 같은데?"

"…생각해 보니 너무 쉬는 건 일의 능률을 떨어뜨리는 거 같아요. 하루가 어딥니까. 핫핫핫!"

"이제야 술이 깨 정신을 차렸나 보군. 그럼 종알대지 말고 열심히 일하는 게 어때?"

"예! 필라스 팀장님."

필라스는 프로젝트 팀의 책임자로 팀원들의 약점을 시시때때로 상기시키는 걸 좋아했다.

물론 농담처럼 하는 얘기일 뿐, 가족 얘기나, 상대방이 상처 입을 것 같은 얘기를 하진 않았다. 가령, 빈센트가 정보기관을 해킹했던 얘긴 자주 하지만, 가난한 그의 가족들 얘긴 입에 담지 않았다.

그래서인지 그를 싫어하는 팀원은 없었다.

현재 하란이 하는 프로젝트 이름은 '아르고스의 눈'.

인터넷상에 떠도는 정보를 취합, 분석해서 국가안보를 위협하는 일을 사전에 차단할 수 있는 프로그램을 개발하는 일이다.

미국 입장에선 안보지만, 다른 국가 입장에서 해킹과 불법적인 일. 그러나 들키지만 않으면 된다.

팀원은 팀장인 필라스와 일을 돕는 직원 다니엔을 제외하고 8명으로 각자 자신 있는 분야로 일을 나눠서 하고 있다.

인공지능 프로그래밍에 강한 하란은 아르고스의 눈의 인공지능을 담당했다.

워낙 자신 있는 분야라 그녀가 할 일은 다 끝났다. 다만 다른 사람들과 연계해야 하는 것들이 많아, 한국으로 돌아가지 못하고 있었다.

하란은 3면이 모니터인 큰방에 들어가 컴퓨터 테이블 앞에 섰다.

"아르고스, 아미르가 수정한 부분 보여줘."

—예. 헬렌.

부드러운 음색의 남성 목소리가 대답한 후 여러 개의 창을 띄웠다.

"어디까지 영향을 미치는지 연결해 줘."

다시 여러 개의 창이 주룩 뜨며 3면엔 온통 창들로 가득 찼다. 하란은 그 상태에서 손을 이용해 천천히 확인했다.

한참 아미르가 수정한 부분을 살펴보고 있는데 노크 소리와 함께 다니엔이 물었다.

"헬렌, 마실 거 줄까요?"

"따뜻한 믹스 커피로 부탁해."

두삼과 함께 지내면서 한 잔씩 마시다 보니 어느새 달콤한 믹스커피 마시는 것이 습관처럼 됐다.

"훗! 그럴 줄 알고 타왔죠. 여기 있어요."

"고마워, 다니엔. 참! 가슴이 답답해 병원에 간 건 어떻게 됐어?"

"역류성 식도염이래요. 한동안 야식은 못 먹을 것 같아요. 인생의 낙이 사라진 거죠."

"가여운 다니엔. 대신 점심, 저녁을 맛있는 거로 먹으면 되지 않을까?"

"오! 그러면 되겠네요."

"그럼, 있다가 마가렛하고 의논해서 시키자."

"그래요."

팀원 중 여자는 3명이었다. 그러다 보니 셋이 친하게 지내고 있었다. 다니엔이 가고 일에 다시 집중하는데 아르고스가 말했다.

─헬렌, 필라스가 사무실로 오랍니다.

"알았어. 갔다 올 동안 지금 고친 거로 시뮬레이터 돌려봐."

필라스의 사무실로 가자 그는 통화하면서 앉으라는 제스처를 취했다. 그러고는 금세 끊었다.

"미안. 부르고 난 후에 바로 전화가 와서."

"괜찮아요. 무슨 일이에요?"

"시민권 문제로 미스터 한에 대해 알아보다가 알게 된 건데 미스터 한, 동양의학 의사라며?"

"맞아요 한의사죠."

"근데 일반적인 한의사와 달리 뇌전증 치료제 개발에 참여하고, 새로운 색전술을 개발하고, 암 환자 치료도 하고, 실력이 엄청나던데?"

"그렇다고 들었어요. 근데 시민권 때문에 알아본 것치곤 꽤 자세히 알아봤네요?"

하란은 기분이 나쁘다는 걸 숨기지 않았다.

정보기관이니 정보를 알아내는 것을 탓할 생각은 없다. 그러나 같이 일을 하는 동료라면 모른 척해주는 것이 예의다.

"기분 나빴다면 사과할게. 최근엔 케빈 맥그리거 재활까지 한다는 얘길 듣고 실력이 어느 정도인지 궁금해서 개인적으로 알아봤어."

"행크랑 마이클에게도 말했지만 돈 벌려고 하는 거 아니에요."

"헬렌의 재산이 어느 정도인지 아는데 그걸 모를 리가 없지."

"그런데요? 문제가 있나요?"

"문제는 무슨. 오히려 면허증이 필요하다면 얼마든지 만들어줄 수 있다고 말하려는 거야."

"글쎄요. 곧 한국으로 갈 건데 필요할까 싶네요. 듣자 하니 지금 면허증이 있다고 해도, 2년마다 갱신해야 한다면서요?"

"주마다 조금씩 다르지만, LA의 경우는 재교육을 이수해야 갱신이 되긴 하지. 그러나 면허증도 시민권처럼 신청하면 바로 나오게 해줄 수 있는데 말이야."

필라스는 은근히 해줄 수 있다는 식으로 말했는데 뭔가 바라는 게 있는 게 분명했다.

그와는 두 번의 프로젝트를 하며 제법 친해졌다. 그러나 엄밀하게 보자면 이익 관계 그 이상도 이하도 아니었다.

주고받는 관계가 나쁘다는 건 아니다. 서로 원원할 수 있다면 그보다 깔끔할 수 없다.

다만 부탁할 것이 있으면 말하면 될 것을 너무 빙빙 돌리는 것 같아 안타깝다.

"바라는 게 뭐예요?"

"가능하다면 몇 사람 치료해 줬으면 해."

"…그건 내가 결정할 일이 아니네요."

"그렇겠지. 다만 허락한다면 금전적인 이익뿐만 아니라 닥터 한의 명성에도 많은 도움이 될 거야."

필라스가 그렇다고 하면 거짓은 아닐 것이다. 그러나 자신 때문에 자꾸 일이 늘어난 게 편치 않았다.

"시간이 없을 거예요. 지금도 일요일을 제외하곤 늦게까지 일해요. 그리고 한 달 후면 한국으로 돌아가야 하고요."

"한국으로 가는 건 상관없어. 허락만 한다면 그들도 한국으로 갈 테니까."

"얘기는 해볼게요. 근데 기대는 말아요."

하란이 부정적으로 말하면 두삼은 결코 맡으려 하지 않을 것이다.

* * *

케빈이 들어오며 인사했다.

"한, 저 왔어요!"

"어서 와. 운동 안 했지?"

"산책만 했어요. 근데 저녁 치료는 몇 시에 끝나요? 오늘 파티에 참석하기로 했거든요."

"8시쯤. 급하면 좀 일찍 끝내지, 뭐."

"9시까지 가면 돼요."

"피가 제대로 빠졌나 보고 다음으로 넘어가자. 일단은 살펴봐야 하니 편하게 앉아 있어."

기운을 넣어 살펴보니 죽은피는 거의 빠졌고, 염증 또한 많이 사라졌다.

다음으로 할 일은 혈관이 상처가 난 근육과 힘줄 구석구석까지 도달하게 만드는 것이다. 한데 이게 말처럼 쉽지 않다.

처음 하는 일이기도 했고, 수술 후 야구 복귀를 위해 1년간의 재활을 하면서 잘못 만들어진(샛길처럼 되어버린)혈관들이 많았다. 또한 겨우 제대로 만들어졌던 혈관도 무리를 해서 다시 망가진 상태가 되어버렸으니 혈관을 만드는 것만으로도 머리가 아프다.

포기하지 않는 이상 천리 길도 한 걸음부터.

'먼저 동맥에서 분리된 곳부터 시작하자.'

쇄골하동맥과 액와동맥 사이에서 뻗어나간 혈관을 일일이 살펴 어깨까지 가지 못하고 팔 아래 샛길 내려가는 혈관을 일단 막았다.

'일단 반응을 지켜볼까?'

막다른 골목에 이른 피는 어떻게 반응하는지 지켜봤다. 근데 1시간이 지나도 그대로다.

'하긴 대번에 변하는 것도 이상한가. 좀 더 확대를 해볼까?'

막다른 곳에 이른 혈관의 끝을 확대했다. 국숫발처럼 보이던 혈관이 우동처럼 굵어지고, 오이처럼 굵어지고, 수박처럼 굵어졌다. 그리고 그보다 몇 배 더 확대가 되자 혈관 끝에 서서히 뻗고 있는 실핏줄이 보였다.

새롭게 혈관을 만들어내는 모습은 참으로 신기했다. 그러나 1㎝ 뻗는데 얼마나 걸릴지, 10일? 50일? 100일? 모르겠다.

참으로 더디다.

'이래선 제대로 된 혈관 하나 만드는 데 1년은 걸릴 걸 같아.'

물론 여러 곳을 동시에 막아서 한 번에 수십 곳씩 지켜볼 수도 있다. 그러나 자라는 혈관이 어디로 갈지, 얼마만큼 자랄지는 여전히 미지수다.

결국 혈관을 잘 자라게 하는 방법과 자라는 방향을 조절할 수 있는 방법도 알아내야 했다.

'핏줄이 말을 할 수 있으면 무얼 먹고 자라는지 알 텐데 말이야. 전기적 신호를 줘볼까?'

자라고 있는 혈관 근처에 있는 신경세포에서 전기적 신호를 혈관 쪽으로 발생시켰다. 그리고 지켜본 결과 혈관은 전기적 신호가 닿은 곳은 슬금슬금 피하면서 자랐다.

두 번째로 시도해 본 건 자신의 기운을 혈관 끝으로 보내는 것.

"……!"

두 번째 시도 만에 혈관을 잘 자라게 하는 방법을 찾을 수 있었다. 기운을 혈관 끝에 보내자 그 기운을 이용해서 빠르게 성장을 했는데 평소보다 3배 정도 빠른 것 같았다.

핏속의 영양분이나 산소의 영향도 있겠지만 일단은 기운이 더해지면 더욱 빠르게 자란다는 걸 알게 됐다.

다음으로 방향을 잡는 방법을 알아보려는데 케빈이 어깨를 툭 치며 말했다.

"8시 넘었어요, 한.

"아! 벌써?"

미세의 세계에 집중해 있느라 시간 가는 줄 몰랐다.

보는 김에 좀 더 보고 싶지만 하란과 함께 먹을 야식을 만들 시간이다.

"10분만 더 보고 끝내자."

월요일 날 어느 정도 자랐는지는 살펴보기 위해 10분 동안 몇 곳을 막은 후 몇 가지 다른 조치를 취한 후 끝냈다.

*　　　　*　　　　*

일요일, 하란은 작정을 했는지 아침 일찍 일어나 단장을 했다.

"피곤할 텐데, 좀 쉬어."

"안 돼. 오늘은 오빠랑 데이트하는 날로 정했거든."

"데이트야 안에서 하는 게 더 좋은데…… 흐!"

"꺅! 깜짝이야! 오빠도 얼른 나갈 준비나 해."

위이이잉!

머리를 말리는 그녀의 가슴을 움켜쥐자 화들짝 놀라며 드라이기로 접근하지 못하게 쫓아낸다.

나가기로 작정을 한 것 같으니 두삼도 더는 말리지 못하고 외출 준비를 했다.

깨끗이 씻고 자외선 차단 효과가 있는 BB크림을 바른 후 헤어젤을 발라 마무리했다.

신축성 좋은 반바지에 편안한 셔츠, 샌들을 신은 두삼은 하늘하늘 원피스에 굽이 있는 샌들을 신은 하란을 보고 쌍 엄지 척을 했다.

"오! LA 멋쟁이처럼 입었는데?"

"훗! 누가 들으면 LA에 엄청 오래 산 줄 알겠네."

"오래 살진 않았지만 조깅하면서 멋쟁이들을 많이 봤거든."

"오홍~ 조깅을 하는 이유가 멋쟁이들을 보기 위함이었다, 그 말이네?"

"눈에 띄는 걸 어쩌겠어. 근데 멋쟁이 중 가장 아름다운 사람을 뽑으라면 고민하지 않고 지금 내 눈앞에 있는 사람을 뽑겠어."

"헐! 갈수록 능글능글해지네."

"그래서 싫어? 그럼 가끔 거짓말도 하고 그래야겠네."

"풉! 됐거든."

노닥거리며 차에 올랐다.

처음 그녀가 안내한 곳은 비벌리힐스에서 멀지 않은 유니버설 스튜디오.

"디즈니랜드 파크는 다녀왔다기에 여기로 정했는데 괜찮아?"

나이가 들어서일까, 사람이 북적이는 곳보다 조용한 곳이 좋았다. 클럽보다 바가 좋고, 노래를 부르기보단 듣는 것이 좋아졌다.

사실 하나의 놀이 기구를 타기 위해 30분, 길게는 1시간씩 기다리는 건 시간 낭비라는 생각해 워터파크나 놀이공원을 꺼렸다.

출연자들과 디즈니랜드 파크에 갔을 때도 그냥 벤치에 앉아 있거나, 사람이 많이 기다리지 않는 놀이 기구 몇 번 탄 것이 다였다.

"당연하지! 우리 얼른 가서 저거 타러 가자!"

그러나 함께하는 사람이 누구냐에 따라 달라질 수밖에 없었다. 기다리는 시간도, 가슴을 서늘하게 만드는 놀이 기구도 즐거움이 되었다.

놀이 기구를 어느 정도 타고 난 후엔 영화에서 봤던 세트를 구경했다.

"어렸을 때 공룡 공원 엄청 좋아했었는데."

"난 솔직히 영화 자체보단 그 기술력에 놀랐어."

"훗! 너답다. 근데 경호원들 괜찮나?"

10대 아이들처럼 신나게 뛰어다니는 자신들을 덩치가 큰 사람들이 쫓아다니는 모습이 안쓰럽다.

"저 사람들 일이잖아. 그리고 나 정도면 얌전한 편이야. 밤마다 클럽 다니고, 액티비티 좋아하는 사람 뒤쫓는 경호원들은 죽으려고 해."

"그래도 좀 미안하네."

"그럼 오빠가 점심 사주든가."

"정보국 사람들에게 그래도 돼?"

"공짜 점심을 싫어할 사람이 어디 있어. 특히 맛있는 거라면 더욱 좋아해."

공짜를 좋아하는 건 세계 공통인가 보다.

씨푸드 레스토랑으로 가서 합석했다.

"먹고 싶은 거 마음껏 시켜요. 행크, 마이클."

"고마워, 한."

"잘 먹을게."

하란의 경호원인 행크와 마이클과는 이미 한 달 전에 통성명했다. 다만 NSA의 요원이라 거리를 두고 있었을 뿐이다.

함께 식사하며 얘기를 하다 보니 두 사람 역시 일반인과 다를 바가 없었다.

"내가 이 팔찌를 보여줬더니 대번에 그러는 거야. 그거 게르마늄 팔찌 아니냐고."

"어? 진짜 게르마늄 팔찌 아냐? 행크?"

"아니거든. 이거 18K야. 그리고 마크를 봐. 나름 명품이란 말이야."

"오! M사 거네? 근데 디자이너가 일하기 싫었나 보다. 게르마늄 팔찌를 그대로 베꼈으니 말이야."

"맞아. 누군가가 훔쳐갈 걱정을 없을 거야. 아무튼, 매장 직원까지 게르마늄 팔찌라고 하니 짜증이 나더란 말이야. 그래서 새로운 팔찌를 권해달라고 했어. 그랬더니 이런저런 팔찌를 보여주더란 말이지. 근데 생각보다 괜찮은 게 없더라고."

"M사는 팔찌 디자이너를 바꾸지 않으면 곧 망할 거야. 장담해."

"나 역시 그렇게 생각해. 색깔도 금이라는데, 우중충하더라고. 그래서 진짜 금이 맞느냐고 물었지. 그랬더니 그 직원이 그러는 거야. '확실히 금 맞아요. 저 같은 전문가는 저희 제품을 딱 보면 금이 얼마나 들었는지 바로 압니다' 그러는 거야. 그래서 내가 그랬지. 그럼 왜 내 팔찌를 보고 게르마늄 팔찌라고 했냐고."

"그랬더니?"

"큭큭큭! 아무 말도 못 하고 바쁜 척 가버리던데."

"하하하! 황당했겠네요."

"호호호! 홈쇼핑에서 파는 게르마늄 팔찌랑 정말 비슷한 거 같아, 행크."

두 사람은 NSA라는 직장에 다니는 회사원 같았다. 어쩌면 평범하게 보이려 노력하는 건지도 모르지만. 아무튼, 그들 덕분에 꽤 재미있게 점심시간을 보냈다.

유니버설 스튜디오에서 나와 다음으로 이동한 곳은 세계 최대 요트 항구인 마리나 델 레이(Marina Del Rey).

마리나(Marina)는 해양 레저 선박—요트 포함—을 위한 계류, 보관, 기타 서비스 시설을 포함한 해양 레저 복합 기지를 말한다.

파도가 없는 마더스 비치에서 수영을 즐기는 가족들, 패들링 보드를 타는 연인. 워터버스(WaterBus)를 타고 마리나 델 레이를 구경하는 관광객들.

"와우! 저기 알록달록한 집들은 뭐야?"

"피셔맨스 빌리지, 어부의 마을이야. 참 예쁜 동넨데 가보면 공연도 하고, 기념품을 파는 곳도 있어."

"가볼까?"

"아니. 오늘은 요트 타러 온 거야."

"요트 샀어?"

"아니. 오늘은 빌리기로 했어. 괜찮다 싶으면 미국과 한국에 한 대씩 주문하려고."

하란의 경우 전용 비행기가 있다고 해도 이상할 것이 없는데, 요트쯤이야.

두삼도 초호화 슈퍼 요트는 힘들겠지만, 일반적인 요트는 언제든지 구매할 수 있었다.

각설하고, 요트를 탔다. 운전은 경호원인 마이클이 했는데, 은퇴 후 요트를 타고 세계 일주를 하는 것이 꿈이라고 자격증까지 있었다.

푸른 하늘, 그린 빛 바다, 요트가 만들어내는 새하얀 포말. 울부짖는 엔진 소리.

자신도 모르게 '와아아아아!!' 고함을 지를 만큼 벅차오르는 뭔가가 있었다.

설명할 순 없다. 다만 당장 요트 계약서에 사인하라고 내밀면 두말하지 않고 사인을 할 수 있을 만큼 바다를 달리는 요트에 반했다.

하지만 숨겨져 있던 남자의 본능을 일깨우던 요트에 대한 로망은 딱 30분 만에 끝났다.

가도 가도 끝없는 하늘과 바다. 가끔 튀는 포말은 귀찮고, 엔진 소리는 시끄럽다.

낚시에 취미가 있으면 좀 나을 텐데 그마저도 없으니 타이타

닉 장면 연출 한 번 하고 나자 할 게 없다.

요트 앞에 수건을 깔고 선탠을 하던 하란이 물었다.

"요트는 어때?"

"…글쎄, 처음이라 새롭긴 하네."

"훗! 재미없구나?"

"아~~니. 재미없다기보단, 뭘 해야 할지 모르겠어."

생각해서 데리고 왔는데 재미없다고 하기 뭐해 대충 얼버무렸다.

"그게 재미없는 거야. 즐기는 사람의 표정은 저래."

하란이 가리킨 방향엔 행크가 바다를 보고 있었는데, 졸다가 바다를 보고 졸다가 다시 바다를 보고를 반복하고 있다. 한데 그 모습이 참 여유로워 보였다.

"즐기는지는 모르지만 여유롭긴 하네. 근데 내 표정은 어떤데?"

"당장 항구로 가고 싶은 표정. 나도 맨 처음 요트를 탔을 때 오빠 같은 마음이었어. 잠깐은 멋있는데 길게는 좀이 쑤셔서 못 있겠더라."

"그런데 왜 요트를 타자고 했어?"

"오빠는 좋아할지 모르니까. 근데 보니까 나랑 같은 과네. 가만히 있는 걸 못 참는 성격."

"하하! 도저히 못 속이겠네. 맞아. 내 취향이랑은 안 맞는다. 그냥 돌아갈까?"

"이왕 나왔으니 1시간만 참아. 운전하는 마이클과 졸고 있는 행크를 위해서. 할 일 없음 이리 와 같이 일광욕이나 하자."

"그럴까?"

옆에 가서 앉자 오일을 들어 올리며 말했다.

"엎드려. 오일 발라줄게."

"후후! 서비스 좋은데? 끝나면 나도 발라줄게."

비싼 요트 위에서 굳이 하지 않아도 될 일이지만 시간 보내기엔 선탠도 괜찮은 방법이었다.

요트를 마치고 해수욕을 간단히 한 후 마지막으로 향한 곳은 그리피스 천문대다.

리산에 세워진 할리우드 사인(간판)과 LA의 도시 전망을 볼 수 있는 곳으로 주변에 로스앤젤레스 동물원, 하이킹 코스, 골프 코스까지 있다.

혼자 한 번, 출연자들과 한 번, 두 번 방문했는데 밤에 온 건 처음이다.

"와아~ 네온사인의 바다네."

그리피스 천문대에서 바라보는 LA의 야경은 한강과 남산이 보이는 우리나라의 야경과는 색달랐다. 흡사 낮에 봤던 끝없는 태평양 같은 느낌이랄까.

하란의 어깨를 안은 채 야경을 보다가 입을 열었다.

"오늘 즐거웠어. 다음엔 내가 괜찮은 코스로 짜볼게."

"호호! 그런 걸 바란 건 아닌데, 그래도 기대할게."

"그리고 어제 말했던 거…… 그것도 할게."

어제 야식을 먹으면서 원할 때 의사 면허증을 줄 테니 몇 명을 치료해 달라는 제안을 들었다.

하란은 그 말을 전하면서 하지 않아도 된다고 말했었다. 샤론의 일과 달리 해줬으면 하는 눈치도 없었기에 하지 않기로 했다.

근데 온종일 놀러 다니다 보니 마음이 바뀌었다.

"안 한다더니 왜?"

"그냥. 첫 번째는 나중에 미국으로 왔을 때 수련의 다시 하는 것보단 나을 것 같고."

"미국에 살 생각 없다고 하지 않았나?"

"에이~ 살 일이 있을까, 말했었지. 근데 곰곰이 생각해 보니 살 수도 있을 것 같더라. 그럼 그때 놀고먹는 것보단 한의사라는 직업을 가지고 있는 게 나을 것 같기도 하고."

"나 때문에 하는 거라면 안 해도 돼. 진짜야."

"내가 하고 싶어서 하는 거야. 두 번째가 진짜 이유인데. 동양인과 서양인의 몸이 다르거든. 기회 있을 때 더 보고 싶어."

병에 걸린 환자를 보고 싶었다. 그런데 면허증 없이 보는 건 위법이라 포기하고 있었다. 하지만 이번 기회를 이용하면 몇 명이라도 볼 수 있지 않을까 싶다.

물론 몇 명 더 본다고 얼마나 도움이 될까.

그러나 하지 않는 것보다 분명 나을 것이다.

*   *   *

동양의학 면허증을 획득한다고 바로 환자를 볼 수 없다. 환자에게 의료사고가 일어났을 때를 대비해 보험가입을 해야 했다.

아직 시민권도, 면허증도 정식으로 받지 못한 상태에서 보험을 어떻게 들까 싶었는데 NSA가 알아서 처리한다고 했다.

보험 관련 문제를 제대로 처리했는지는 확인할 길이 없었지만 일단 믿고 환자를 받기로 했다.

딩동!

오전 다이어트 손님을 보내놓고 점심을 먹고 있는데 초인종이 울었다.

"응? 이 시간에 누구지? 케빈이 온 건가?"

─아뇨. 반가운 손님이네요.

"한국이라면 모를까, 미국에 반가운 손님이 있나?"

루시의 말에 고개를 갸웃거리며 인터폰을 봤다. 한데 얼굴은 안 보이고 이상한 인형만 보였다.

"누구세요?"

─……

"반가운 손님이라고 해서 끊지는 않겠지만 계속 밖에 있고 싶으면 인형만 보여줘요."

가볍게 협박을 하자 부스럭거리는 소리가 들리며 단정하게 머리를 빗어 넘긴 여자애의 모습이 나타났다.

처음 보는 얼굴.

루시가 반가운 얼굴이라고 했는데.

"저, 누구시죠?"

─…아, 네. 안녕하세요. 전 최고은이라고 합니다. 한두삼 선생님을 뵈러 왔는데요.

"최고은 씨라고요? 최고은이라……"

눈동자를 보니 누군가가 인터폰 카메라 범위 밖에서 최고은을 조종하고 있는 게 분명했다.

최고은의 얼굴은 낯설지만, 이름은 낯설지가 않다. 이리저리 머리를 굴리다 보니 문득 한 사람의 얼굴이 떠올랐다.

"아!"

대문을 열어준 후, 얼른 현관문을 열고 나왔다.

막 대문을 지나 현관 쪽으로 오고 있는 두 명의 여자 중 왼쪽에 인형을 들고 활짝 웃고 있는 여자를 향해 말했다.

"이효원, 오랜만이다."

"오빠!"

단숨에 계단을 올라와 훌쩍 뛰어 품에 안긴다.

"잘 지냈어요? 8개월 만인가요? 헤헤!"

"…덥다. 떨어져라."

"싫은데요! 토닥토닥해 주지 않으면 절대 떨어지지 않을 건데요."

"…니가 애냐? 그리고 애인이 보면 좋아하겠다."

5개월쯤 전에 남자 친구가 생겼다는 뉴스를 봤었다.

"에? 애인 없는데요? 뉴스 보고 오해했나 본데 걘 그냥 친구예요. 남사친."

"그럼 남사친이라고 말을 했어야지."

"말했죠. 근데 기자들이 정정 기사를 안 내더라고요. 괜히 싸워 봐야 오해만 더 커질 것 같아서 그냥 내버려 뒀어요. 왜? 내가 애인 생겼다고 하니까 마음이 싱숭생숭했어요?"

"아니거든!"

"네네. 다들 아닌 척하죠. 근데 언제까지 이러고 있을까요? 얼른 토닥토닥해 주고 끝내죠? 아니, 계속 이러고 있고 싶어서 그

런 거라면 허리라도 좀 받쳐주던가요. 아님, 다리로 오빠 허리를
감쌀까요?"

"……."

예전보다 장난이 더 심해졌다.

진짜 다리가 올라오려 했기에 얼른 등을 토닥거렸다.

"말은요?"

"…반갑다, 효원아."

"보고 싶었어요, 오빠."

귓속말을 소곤댄 후에야 효원은 팔을 풀고 떨어졌다.

꿀밤이라도 한 대 때릴까 하는데 황당한 표정으로 이효원과
자신을 번갈아 보는 최고은이 보였다.

"하하……. 알고 보면 효원이가 장난이 심해요. 자! 들어와
요."

"…아, 네."

"참! 오빠, 차고 문 좀 열어줘. 매니저 오빠랑 같이 왔거든."

차가 들어올 수 있도록 문을 열어준 후 두 사람과 함께 집으
로 들어갔다.

*　　　　　*　　　　　*

세 번째 금메달을 목에 건 이효원은 동계 올림픽이 끝남과 동
시에 은퇴를 선언했다. 그리고 그동안 성원해 준 팬들에게 보답
한다는 의미에서 세계를 돌며 아이스쇼를 하고 다녔다.

세 번이나 금메달을 놓친 일본의 일부 언론이 은퇴자금을 벌

기 위해 다닌다고 비아냥거리기도 했지만, 광고 한 편 찍으면 6개월간 벌 수 있는 돈보다 더 벌 수 있는 이효원이었기에 쓰레기 언론의 말에 동조하는 사람은 거의 없었다.

케빈에게 전화를 걸어 약속을 미룬 후 두 사람에게 시원한 음료수를 갖다줬다.

"하란이랑 통화했어?"

"당연히 했죠. 주소를 어떻게 알았겠어? 사실 오빠가 LA에 와 있는 줄은 몰랐어요."

"긴 휴가를 얻었거든. 근데 LA에서 아이스쇼 하지 않았었나?"

"5개월 전에 했었죠."

"다시 하려고?"

"아뇨. 이제 피겨스케이팅 시즌인데 계속하는 건 예의가 아닌 것 같아 아이스쇼는 지난달로 끝냈어요. 이번 방문은 세계 선수권에 초청받아 온 거예요."

10월부터 이듬해 3월까지를 보통 피겨스케이팅 시즌인데, 마침 LA에서 시합이 있나 보다.

"근데 고은 양이 효원이 너희 회사 소속이었냐?"

"헐! 몰랐어? 나에 대해 너무 무관심한 거 아냐?"

"너무 잘 알아도 이상한 거 아닌가?"

"전혀! 나에 대해 좀 더 많이 알도록 노력해요."

사회물을 먹기 시작해서인지, 어째 예전보다 더 뻔뻔해진 것 같다.

"됐거든! 할 말이 있어서 온 것 같은데 얼른 해. 1시간쯤 있다가 손님 올 거야."

"와아～ 오랜만에 봤는데 바로 내쫓으려 하다니 진짜 너무한 거 아네요?"

"미리 전화하고 오든가."

"오빠 놀라게 해주고 싶어서 그랬죠. 아무튼, 회사 이사로서 오빠한테 하고 싶은 말이 있어요."

"이사로서?"

"회사 소속 선수들 오빠가 관리 좀 해줘요."

"거절합니다, 이사님."

"…너무 단칼에 거절하는 거 같은데? 몇 명인지 묻지도 않아요?"

"몇 명이든. 시간이 없어."

이효원이 자신의 사비와 일부 투자를 받아 만든 회사인지라 많은 선수와 계약을 하는 건 불가능했다. 그러나 얼핏 10명쯤 되는 거로 알고 있다.

"…너무 냉정하네요."

"슬픈 척해도 소용없어. 원한다면 다른 선생님으로 소개해 줄게."

"경기력 향상을 위해선 오빠여야 해요."

"경기력을 위해서라면 코치를 고용해야지."

"망가진 날 예전보다 더 잘하게 만든 건 오빠잖아?"

"네 노력이었어. 난 그냥 다리를 고쳐준 것밖에 없다. 모든 언론에서도 너의 노력 덕분이라잖아."

"세상 모든 이들이 그렇게 생각해도 난 오빠 덕분이라고 생각해."

"얼굴에 금칠해 줘서 고마운데, 안 되는 건 안 되는 거야."

"지금 선수들에게, 오빠 옆에 있는 고은이에게 필요한 건 코치가 아니라 오빠야. 설마 머나먼 이국에서 고생하는 어린애를 모른 척할 생각은 아니겠지?"

뜬금없이 최고은을 끌어들였다.

맥락 없는 공격이랄까.

그러나 꽤 효과적인 공격이었다. 앳된 얼굴로 '부탁해요!'라는 눈빛으로 보고 있는데 차마 거절할 수가 없었다.

"뭐, 옆에 있으니 잠깐 봐줄 수 있지만, 회사 차원에서 봐달라곤 하지 마."

"알았어. 그럼 일단 고은이라도 봐줘."

"너무 큰 기대 하진 마라."

"훗! 오빠 항상 그 얘기부터 하더라. 그래서 더 믿음이 가요. 고마워요, 오빠."

"고마우면 고은 양으로 끝내자."

"어? 그럼 안 고마워하면 계속해 주겠다는 얘기?"

"······."

"헤헤! 일단은 고은이만. 정 서운하면 한두 명만 더 봐주면 좋고."

뻔뻔하게 구는 이효원을 보며 고개를 절레절레 흔들었다. 자기 자신을 위해서 부탁한다면 확실하게 거절할 텐데, 후배들을 위해 저러니 화를 낼 수도 없다.

일단은 무시하고 최고은을 향해 말했다.

"고은 양, 팔 줘봐요. 맥 좀 잡아볼게요."

"네, 여기요."

기운을 넣어 몸을 살피며 문진 겸해서 말을 걸었다.

"올해 몇 살이에요?"

"미국 나이로 15살이요. 말씀 편하게 하세요."

"그럴까? 스케이트 타는 건 어때?"

"작년까진 즐거웠는데 요즘 좀 그래요. 식단 조절을 하고 있는데도 몸이 조금 무거운 느낌이에요."

그럴 수밖에.

성장과 함께 살이 붙는 태음인 체질인데 무리한 식단 조절과 고된 훈련으로 억지로 가볍게 하려니 몸의 균형이 깨졌다.

이렇게 성장기를 거치면서 기량이 퇴보해 선수 생활을 포기하는 이들도 많을 것이다.

이효원의 경우 이러한 성장기를 어떻게 넘겼는지 과거에 보지 못했으니 정확히 알 수 없지만, 소음인으로 타고난 마른 몸매가 한몫했을 게 분명했다.

문제는 그뿐만이 아니었다.

몸이 무거워지니 점프가 제대로 될 리가 없을 테고, 자연 상처가 늘고 몸에 무리가 갈 수밖에 없었다.

"…행복해?"

"네?"

"스케이트 타는 거. 좋으냐고?"

"…많이 안 좋은가요?"

되물어 오는 그녀의 표정을 보고 아차 싶었다. 질문할 때 무의식중에 하던 생각이 들어간 모양이다.

"험! 다른 의도가 있는 게 아니라 그냥 묻는 거야. 전에 효원이에게도 똑같이 물었어."

'그랬나?'라고 중얼거리는 효원. 다행히 다른 말은 없었다.

최고은은 잠시 생각을 하다가 답했다.

"네, 행복해요. 훈련 과정이 힘들고, 노력했음에도 제대로 연기를 못할 때도 많지만 온전히 연기를 마쳤을 땐 세상을 모두 가진 것처럼 행복해요."

"그렇구나."

말할 때 그녀의 표정은 정말 행복해 보였다.

"경기가 언제지?"

"이번 주 금, 토, 일이에요."

"당장 뭔가를 하기엔 부족한 시간이네. 이번엔 몸의 기운을 북돋고, 아픈 부위의 통증을 완화하는 정도로 만족해야겠다."

"감사합니다, 선생님."

"인사는 좋은 결과 나오면 그때 해도 돼. 효원아, 오늘 스케줄 있어?"

이효원에게 물었다.

"저녁에 언니랑 밥 먹는 것밖에 없어요."

"그럼, 마사지받고 2층에서 쉬어. 틈틈이 통증 치료도 해줄게."

"갑자기 찾아와서 한 부탁인데, 고마워요, 오빠. 앞으로 잘 부탁해요."

"고은이만이거든."

"쳇! 안 속네요. 옷은 있어요?"

"욕실에. 간단히 할 거니까. 티셔츠에 반바지면 돼."

욕실로 향하는 두 사람을 일견한 후 마사지할 준비를 했다.

*   *   *

척추 질환의 경우 우리나라뿐만 아니라, 전 세계적으로 해마다 늘고 있다. 척추 질환의 원인인 침대, 소파, 의자에서의 생활이 길어지니 당연한 일이다.

아픈 사람들에겐 미안한 말이지만 의료계에 종사하는 사람에겐 블루 오션이나 다름없는 분야라는 거다.

특히 척추 수술의 부작용, 위험성 때문에 건강을 생각하는 미국인들 중 상당수가 동양의학을 선호한다.

척추 질환으로 인한 통증만 잘 잡아도 아무 걱정 없이 살아갈 수 있다는 말이다.

"허리의 경우 디스크, 척주관 협착증, 척추분리증, 척추 압박 골절에 따라 시침하는 부위가 달라져. 그 말인즉, 수기 요법 역시 달라져야 해. 압력에 의해 척추 뼈의 앞부분 골절됐는데 무작하게 허리를 압박한다? 한마디로 돌팔이가 되는 거야. 그러니 일단 정확한 검사나 판단이 우선되어야 해."

"추나요법으로 알아보면 되는 겁니까?"

추나요법용 침대에 엎드린 테디가 물었다.

"능력이 되면. 척추분리증의 경우 잘못하면 더 나빠질 수 있어. 그러니 많은 경험을 하기 전까진 검사를 먼저 권해."

"알겠습니다."

"그럼 내가 알고 있는 추나요법에 관해 설명할게."

추나요법은 병원에 따라 조금씩 다를 수 있다. 두삼이 배운 건 경해대 한방병원에서 검증된 추나요법에 내부를 볼 수 있는 장점을 더한 것이다.

"다리의 길이와 자세를 비교해서 골반을 맞추는 건 알지?"

"네."

"근데 왜 네 몸 골반은 제대로 안 맞춰?"

"에? 그래요? 전혀 못 느꼈… 큭!"

"젊다고 몸 막 굴리지 마. 받으면서 들어. 동의보감에서는 요통을 십종요통(十種腰痛)이라 해서 10가지로 분류했어. 그에 따른 치료법이 나와 있다는 거 알 거야. 하지만 현대에 들어서면서 더 빠르고 직접 치료하는 방법이 생겼어. 대표적인 것이 약침이지. 생환의 경우 제대로 추출만 한다면 훌륭한 약침의 성분이 될 거야. 그러니 실력이 늘면 약침에 관해 연구를 해보는 것도 나쁘진 않을 거야. 아무튼……."

추나(수기)요법 설명하며 앞으로 공부했으면 하는 분야까지 언급했다.

다하는 건 바라지 않았다. 그건 두삼 역시 불가능했다. 그저 한두 가지만 추가로 한다고 해도 실력 있는 한의사라는 소리를 듣게 될 것이다.

추나요법을 마치고 녹화 중인 카메라를 껐다.

"다 됐다. 사흘 후에 보자."

"수고하셨습니다, 선생님."

"그래. 참! 다음에 올 때 생환 2박스만 갖다줘라. 환자 중 한 명이 네가 서비스로 준 환을 먹고 마음에 들었나 보더라."

"선생님이 다 팔아주는 거 아닙니까?"

"미리미리 많이 만들어둬. 방송 나가고 나면 엄청 찾을 거야."

"팔리는 족족 다시 만들고 있습니다. 하하! 그래 봐야 약초 값이 비싸서 많이는 못 만들지만요."

"돈 빌려줘?"

"아뇨. 선생님께 더 신세 질 수야 없죠. 빚지는 게 싫기도 하고요."

"어? 전화 왔다."

"받으세요. 전 가볼게요."

카메라를 챙겨 가는 테디에게 손을 흔들고 통화 버튼을 눌렀다.

"여보세요?"

—닥터 한?

"네, 누구시죠?"

—헬렌과 함께 일하는 필라스라고 합니다.

"아, 네. 필라스 씨. 안 그래도 언제쯤 연락이 오나 기다리고 있었습니다."

—흔쾌히 허락해 줘서 고맙습니다. 다름이 아니라 먼저 두 팀을 일단 보낼 생각인데 언제쯤 시간이 되는지 알고 싶군요.

"첫 만남은 저녁 6시 이후가 좋겠네요. 일단 본 후에 약속 시간을 다시 잡겠습니다."

—알겠습니다. 그럼 그렇게 정하죠. 행크와 마이클이 오늘 데리고 갈 겁니다.

"기다리겠습니다."

─참! 오늘 가는 한 명은 고칠 수만 있으면 치료비는 얼마를 불러도 지불할 수 있을 겁니다.

전화를 끊은 두삼이 중얼거렸다.

"훗! 내가 얼마나 부를 줄 알고. 내가 얼마나 통이 큰지 보여줘?"

중상을 보고 한 1억 달러쯤 불러볼까 생각했다.

다이어트 때문에 방문하는 대부분은 착실히 살이 빠지고 있었다.

가수라는 한 명이 유독 식탐이 강해 지지부진 했는데, 어쩔수 없이 오늘 맛을 느끼지 못하게 만들었다.

맛을 못 느낀다는 말에 세상 잃은 듯한 표정을 하고 떠나는 그를 배웅하고 10분쯤 지나자 초인종이 울렸다.

─한, 나야. 행크.

문을 열자 행크가 타고 온 SUV와 연예인 차라 불리는 고급 밴이 들어왔다.

밴이 열리자 구속복(Strait Jacket)을 입은 남자아이를 두 명의 남자가 안고 내렸고, 이어 남자아이의 부모로 보이는 두 사람이 내렸다.

인사보다 먼저 그들을 소파로 안내했다.

행크가 40대 초반의 금발에 파란 눈을 가진 남성을 가리키며 소개를 했다.

"한, 이쪽은 브라이언 찰스 부부. 브라이언, 여긴 설명했던 닥터 한."

"반갑습니다, 찰스 씨."

"반갑습니다, 닥터 한. 필라스 씨에게 듣기로 뇌전증에 치료 경험이 많다고요?"

"저보다 뇌전증 환자를 많이 본 사람은 드물 겁니다. 이 아이가 뇌전증입니까?"

"네. 조슈아, 제 아들이죠. 중증 뇌전증 환자로 혹 발작을 일으킬까 구속복을 입혀뒀습니다."

"일단 살펴본 후에 얘기하도록 하죠."

하란에게 미국에서는 겸손이 미덕이 아니라는 얘기를 들었다. 물론 지나치게 잘난 척하는 것 역시 조심하라고 했지만 말이다.

막 조슈아의 상태를 확인하려 할 때 이번엔 마이클이 새로운 팀을 데리고 왔다.

엄청 비싸 보이는 차를 타고 온 이들은 둘이었는데, 다소 신경질적이고 병약해 보이는 50대 중반 남자와 배우라고 해도 믿을 만큼 멋진 얼굴에 수염을 기른 40대 초반의 남자였다.

"이쪽은 부르스 베인, 그리고 그의 담당의인 폴린 미구엘, 이쪽은 닥터 한. 인사해요."

"반갑습니다. 베인 씨, 미구엘 씨."

"…반갑소이다."

"먼저 온 분들이 계셔서 저쪽에서 잠시 기다려 주시겠습니까?"

먼저 조슈아부터 본 후에 얘기를 하기로 했다.

한데 부르스 베인은 할 말이 있는지 돌아서려는 두삼을 향해 물었다.

"시간 낭비 하기 싫으니 그 전에 한 가지 물어봅시다."

"말씀하세요."

"중의사라죠?"

"정확하게는 한의사죠."

"어찌 되었건, 닥터 한이 치명적인 암을 치료한 적이 있다는데 사실입니까?"

"그렇습니다."

"그 환자는 무슨 암이었습니까?"

"내부 장기가 성한 곳이 없는 환자였죠. 베인 씨는 암입니까?"

"…그렇소이다."

필라스가 자신에 대해 잘 안다더니 치료 경험이 있는 환자들만 보내줬다.

"일단 뇌전증 환자부터 치료하고 자세히 얘기하도록 하겠습니다."

양해를 구하고 죠수아에게 다가갔다.

예상대로라면 조슈아를 치료하는 건 2분 안에 끝날 것이다. 그러나 그렇게 치료하면, 아마 검증하는 데 더 많은 시간을 소모하게 될 것이다.

특히 잠시도 눈을 떼지 않고 자신을 노려보고 있는 부르스의 담당의 폴린은 당장 수십 개의 질문을 쏟아낼 것이 분명했다.

거추장스럽긴 하지만 치료하는 연기가 필요했다. 물론 연기는 이미 익숙했다.

"찰스 씨, 조슈아의 발작 주기는 얼마나 되나요?"

"…하루에 서너 번 됩니다. 지금은 약을 먹여놔서 괜찮긴 합니다만, 언제 발작이 일어날지는 모릅니다."

"신경안정제요?"

"네."

하긴 아직 뇌전증 치료제 케취는 세상에 제대로 알려지지도 않는 상태다.

잠에서 깬 건지 조슈아는 눈을 뜨고 있었지만 눈에 초점은 없다. 아이를 위해 먹인 거겠지만 볼 때마다 부모의 마음이 어떨지.

측은지심이 생겨 재빨리 구속복을 벗겼다.

"치료 시 발작을 할 수 있으니 전신마취를 시킬게요."

"전신마취요?"

"아! 침으로 가능합니다."

다들 믿기지 않는다는 표정.

한강대학병원에서 이젠 평범한 일에 가까웠지만, 이곳에선 생소할 것이다.

수술용 장갑을 끼고 1회용 침을 뜯은 후 조슈아의 목과 어깨에 침을 꽂았다. 순식간에 10개가 넘는 침이 꽂혔고, 조슈아의 몸이 축 처진다. 얼른 안아 안마용 침대에 눕혔다.

거의 10초 만에 이루어진 일이라 다들 놀라는 눈치였지만 무시했다. 이 정도는 전설을 따라서 방송분만 봐도 충분히 이해할 수 있는 영역이다.

"먼저 이 서류에 사인을 해주십시오."

"이건······!"

진료 시 사망에 이르러도 두삼에겐 책임이 없다는 동의서였다. 설령 생명의 위험이 현저히 낮다고 해도 꼭 필요한 과정이다.

브라이언 찰스는 망설이다가 사인을 했다.

"뇌전증 치료를 시작하겠습니다."

병원에서 초창기에 하던 말을 내뱉고는 침을 지루하다 싶을 정도로 천천히 조슈아의 머리에 꽂았다.

오른손으로 꽂는 침을 그냥 머리를 맑게 해주는 건강 침에 불과했다. 진짜 치료는 조슈아의 머리에 올려둔 왼손으로 하고 있었다.

예상대로 뇌의 내부에서 발생한 것은 뇌전증이었다. 외과적인 처치가 불가능한 곳.

조슈아의 뇌전증은 꽤 심했다. 이 정도면 뇌 발달 장애가 있을 가능성도 배제할 수 없었다.

'가엽게도 평생을 이렇게 살아가야 하다니……'

진즉에 15%가량 치료를 끝낸 두삼은 아이의 뇌 내부를 살펴보며 안타까워했다. 그리고 최근 파킨슨병과 이치열의 성장호르몬을 찾다가 알아낸 뇌 활성화 호르몬을 떠올렸다.

뇌는 나이가 들어서도 성장한다는 연구 결과가 있다. 꾸준한 운동과 균형 잡힌 식사는 노인의 뇌에도 신경세포를 만들어낸다.

성장기 아이라면 두말할 필요도 없다.

'해보자.'

조슈아에게 손해될 일은 없었다.

몇 곳을 자극해 성장호르몬과 남성호르몬이 나오도록 자극을 한 후, 뇌 활성화 호르몬 역시 분비시켰다. 그 후 신경세포가 뻗기 바라는 부분에 기운을 가득 채웠다. 깨끗한 자신의 기운이 혈관을 생성을 촉진시키니, 신경세포 역시 촉진시키지 않을까 싶었다.

"다 됐습니다. 침은 10분 후에 빼면 됩니다."

20분 정도 걸렸으니 충분했다.

조슈아의 아버지 브라이언이 물었다.

"다 된 겁니까?"

"2주 정도 꾸준히 치료하면 나을 겁니다. 그리고 구속복은 더는 필요 없습니다. 발작이나 경련이 일어날 확률이 확 줄었고, 일어나도 전보다 짧고 심하지 않을 겁니다."

"저, 정말인가요?"

찰스 부인은 도저히 믿기지 않는다는 듯 물었다.

당연한 반응이다. 처음 병원에 온 환자 가족들의 반응은 언제나 저랬다.

수개월, 혹은 수년씩 괴롭히던 뇌전증이 침 몇 방에, 혹은 잠깐 접촉 후에 사라졌다고 말하면 자신이 보호자라도 믿지 않을 것이다.

"혹시 걱정되시면 방을 하나 내어드릴 테니 아이와 함께 머물러도 좋습니다."

"그렇게 해주신다면 더할 나위 없죠."

"그리고 신경세포를 활성화시키는 시침을 해뒀는데, 혹 평소와 다른 모습을 보이면 제가 말해주세요."

"신경… 활성화요?"

"조슈아의 정신이 흐릿하지 않나요?"

"…맞아요. 최근 점점 말도 어눌해지고 멍하니 있는 시간이 많아졌어요. 흑!"

자식을 생각하는 부모의 마음은 국적과는 상관이 없었다.

"효과가 있을지 모르겠지만 일단은 지켜보도록 하죠. 잠깐 앉아계세요. 저기 저분들을 봐야 하거든요."

찰스 부부를 다독인 후 부르스 베인에게 갔다.

한데 먼저 나선 건 폴린 미구엘이었다.

"궁금한 게 있소."

아까부터 표정이 날이 선 것 같아 보였는데, 말투를 듣고 보니 확실히 이 양반 뭔가 불만이 있다.

하지만 추측만으로 똑같이 행동하기엔 두삼의 경험이 적지 않았다.

"말씀하세요."

"방금 전 아이에게 한 시침이 뇌전증 치료법이오?"

"네, 그런데요."

"음, 내가 본 바에 의하면 머리를 맑게 하는 시침과 유사하던데……."

"침구사(Acupuncturist)세요?"

테디에게 들은 바에 의하면 미국의 한의사 제도는 우리나라와 조금 달랐다.

외과에 신경외과, 정형외과, 흉부외과 등 전문 분야가 있듯이 한의사도 전문 분야에 집중하는 방식으로 발전하고 있다는 것이다.

특히, 미국의 의사 중 침구를 배우는 사람이 늘 정도로 침구

사라는 직종이 각광받고 있다고 했다.

"정확하게는 중의사요."

"그러시군요. 머리를 맑게 하는 침과 비슷하긴 한데, 찌르는 깊이와 위치가 조금씩 다릅니다. 물론 뇌전증이 발생하는 위치에 따라서도 다르고요."

조슈아가 대머리가 아니니 정확히 어디를 얼마만큼 찔렀는지 알 수 없을 것이다.

"뇌전증 위치를 파악할 수 있는 거요?"

어물쩍 넘기려 했는데 꽤 날카로운 질문이다. 그러나 핑계 대는 실력은 타의추종을 불허했다.

"네. 타고난 감각에 경험이 더해지다 보니 알 수 있습니다. 더 궁금한 점이 없으면 베인 씨를 진맥하고 싶습니다만."

"…그러시오."

궁금한 것이 더 있어 보였지만 부르스 베인을 언급하자 뒤로 물러났다.

"베인 씨, 의료 기록 볼 수 있을까요?"

"가져오지 않았소이다."

젠장! 환자고, 담당의고 사람 짜증 나게 만드는 부류였다. 조슈아를 볼 땐 환자를 보길 잘했다는 생각이 들었는데 부르스 베인을 보니 괜히 했다 싶다.

테스트를 해보고 싶은 건지 모르겠다. 하지만 여기까지 온 사람 어쩌겠는가.

"진맥해 볼 테니 손 좀 주세요."

다행히 손은 순순히 내밀었다.

하얗게 빛나는 손으로 그의 맥을 잡았다. 그리고 머릿속에 그의 내부가 서서히 그려졌다.

많은 맥이 막혀 있었지만 세맥과 혈관을 타고 가며 완성시켜 갔다.

"……!"

부르스 베인은 살아있는 게 신기할 정도로 온몸에 암이 퍼져 있었다. 하란의 어머니, 배영옥과 비교하면 약간 나은 정도. 당장 쓰러진다고 해도 하나 이상할 것이 없는 상태다.

좀 더 세밀하게 살펴보자 어떻게 균형을 잡고 있는지 알 수 있었다.

"췌장암이 시작이었네요. 지금은… 뭐, 말하지 않아도 아시겠네요."

"…손을 잠깐 잡는 것만으로 그걸 알다니, 필라스 씨의 말대로 실력이 대단하군요."

부르스 베인은 두삼의 실력에 꽤 놀랐다. 그래서 그런지 말투가 살짝 공손해지는 느낌이다.

"한 가지 물어봅시다."

"그러세요."

"모든 병원에서 포기한 암 환자를 살린 적이 있다던데 사실입니까?"

"운이 좋았습니다."

솔직히 지금 생각해도 배영옥을 고친 건 실력보단 운이 좋았다.

지금이라면 실력이 늘었으니 조금 나으려나.

아무튼 부르스 베인의 상태는 자신한다고 될 일이 아니었기에 정직하게 말했다.

"운이라 해도 치료를 했다는 말이군요."

"네. 근데 미리 말씀드리자면 치료 기간은 1년 정도 걸렸습니다. 전 한 달 뒤엔 한국으로 돌아가야 하고요."

"그건 상관없소이다. 가능성이 보인다면 아프리카라고 해도 따라갈 테니."

"고친다는 확신 역시 드릴 수 없습니다."

"수술할 수 없다는 판정을 받은 후 그런 얘기를 몇 번이나 들어봤을 것 같소? 치료비는 일단 지켜보면서 주겠소이다."

"그렇다면……."

"베인 회장님. 위험합니다. 현재 겨우 맞춰둔 균형이 깨지면 걷지도 못하게 될 겁니다."

그렇다면 해보자고 말하려는데 폴린 미구엘이 끼어들었다.

예상대로 그가 지금까지 부르스의 내부 균형을 맞추고 있던 게 분명했다.

"지금 균형이 깨지면 저도 어떻게 할 방도가 없습니다. 균형을 깨지 않고 방법을 찾아야 하는데, 저 남자… 닥터 한이 손을 대는 순간 깨질 겁니다."

"……."

그동안 꽤 신뢰를 쌓았는지 폴린의 말에 부르스의 표정에 갈등이 일어났다.

뭔가를 말하려는 듯 두삼의 입술이 달싹인다. 그러나 약간의 비겁한 생각이 입을 닫게 만들었다.

차라리 폴린에게 맡기는 게 낫지 않을까, 라는 생각.

폴린이 자신보다 더 나아서가 아니다. 나을 가능성이 거의 없는 환자를 붙잡고 아등바등해야 하는 것이 귀찮아져서였다.

솔직히 그에게 투자할 시간이면, 더 많은 사람을 고칠 수 있을 것이다.

돈은 중요하지 않았다. 전에 받아둔 돈이 쓰는 것보다 더 빨리 불어나고 있었다. 은사님의 이름을 딴 건물을 짓는데 10억을 쾌척할 수 있었던 것도 그 때문이다.

'훗! 한두삼 많이 비겁해졌네. 계속해서 못마땅하게 보는 폴린과 척을 지기 싫어서 그런 건 아니고?'

한동안 눈에는 눈, 이에는 이라는 생각으로 살아왔다. 거칠 것도 없었고 죄책감도 없었다.

한데 임동환에게 한 방 먹이고 났더니 독기가 빠진 모양이다. 생활이 안정되니 그 안정이 깨지는 것이 두려워졌달까.

그래서 낯선 외국에서 굳이 누군가와 척을 질 필요가 없다고 생각했나 보다.

이제 고작 서른다섯.

의사 나이로 따지면 이제 한창 물이 오를 땐데 안정을 추구하다니.

'할아버지도 처마 밑에 온 환자를 내치지 않으셨는데. 거지 같은 놈.'

자신에게 따끔하게 욕을 하고 나니 마음이 다시 잡혔다.

사실 폴린이 모르는 점이 하나 있었다. 부르스의 내부 균형이 서서히 무너지고 있었다.

그의 몸의 균형을 이루고 있는 것은 독. 독으로 독을 제압한다고 암의 성장을 독으로 억제하고 있었다. 아마도 봉독이나 뱀독일 가능성이 컸다.

그걸 사용해 균형을 이루게 한 것을 보면 대단한 실력임엔 분명하다. 그러나 무너지는 순간 부르스는 손쓸 틈 없이 죽을 것이다.

"회장님, 이번에 들어온 약이 있는데……."

이번엔 두삼이 말을 끊고 들어갔다.

"독을 더는 쓰면 안 됩니다."

"…뭐요?"

"균형이 현재 미묘하게 깨져 있는 상태입니다. 근데 거기에 독을 쓰면 손을 쓸 수가 없어요."

"흥! 고작 맥 잠깐 잡고 무슨 소릴……."

"잠깐! 폴린 자네는 잠깐 빠져."

"회장님!"

"닥터 한이 내가 암에 걸렸다는 건 필라스에게 들었을 수 있어. 하지만 독으로 지금까지 치료했다는 건 자네와 나만 아는 사실이야. 근데 대번에 알아맞혔잖아. 자네라면 알 수 있겠나?"

"그건……."

꿩 잡는 게 매라더니. 부르스 이 양반 영 바보는 아니었다.

"방금 한 말 자세히 말해보시오."

"딱히 자세히 말할 것이 없습니다. 뱀독으로 생각되는 것이 지금까지 암의 성장을 막고 있었습니다. 한데 췌장 쪽에서부터 깨졌습니다. 더디게 진행되던 암세포가 다시 빨라지기 시작한 거죠. 최근 소화 장애와 체중 감소가 있지 않았습니까?"

"그건 췌장암이라면 당연한… 죄송합니다."

다시 끼어들려는 폴린을 향해 부르스가 눈빛으로 레이저를 쏘자 앗 뜨거! 하고 물러났다.

"닥터 한 말이 맞소. 최근에 1.5㎏ 빠지고 소화가 제대로 되지 않아 먹는 것도 더 줄었소. 자주 있는 일이라 괜찮다고는 하는데 기분이 영 좋지 않소."

"점점 더 심해질 겁니다."

"그렇겠지요. 하면 치료를 받기 시작하면 지금처럼 돌아다닐 수 있겠소이까?"

"처음엔 몸속의 독을 제거해야 하기에 좀 힘들 겁니다."

"독을 뺀다고요? 뱀독이 약으로 쓰이는 거로 알고 있는데, 아닙니까?"

"맞습니다. 베인 씨가 현재 무사할 수 있었던 이유는 미구엘 씨가 약으로 잘 활용했기 때문입니다. 암이라는 독을 뱀독이 50 대 50으로 억누른 거죠. 한데 암 치료를 시작하게 되면 어떻게 될까요? 암이 40이 되면 그땐 진짜 독 10이 생기는 겁니다."

간단하게 설명한 거다. 실제로는 훨씬 복잡했다. 암과 싸우며 소모되어 사라지는 독의 양을 따지고 보면 10보다 적을 것이다.

하지만 적더라도 치명적인 일이 발생할 수 있었다.

말을 하지 않은 게 있는데 독이 약이 되는 적정량은 정상적인 사람의 신진대사로 처리될 만큼이다.

"하는 일이 있어 오랫동안은 안 됩니다."

"될 수 있으면 현재 상태를 유지하면서 치료하는 쪽으로 해보겠습니다."

"그럼 그렇게 하지요. 치료는 언제부터 할 생각이오?"

"치료 동의서에 사인하면 바로 시작할 생각입니다."

부르스 베인은 익숙한 듯 사인을 했고 치료를 시작했다.

76. 사양은 한 번이면
족하다

배영옥을 치료할 땐 막힌 기를 뚫는 것만이 유일한 방법이었다. 그러나 지금은 다양한 방법이 많았다.

한방색전술로 일단 암의 성장을 막을 수 있고, 기운 역시 넘쳐 혈맥을 뚫기도 쉬웠다. 또한 침, 뜸, 림프 마사지, 호르몬, 신경까지 어느 정도 조절이 가능하니 위험성 역시 줄었다.

문제는 역시 독.

한방색적술로 암으로 가는 혈관과 림프를 막으면, 그곳으로 가던 독이 멀쩡한—거의 없지만—장기를 공격할 수 있었다.

그래서 조심스럽게 접근할 수밖에 없었다.

'오늘은 췌장의 암만 색적술을 시행하자. 그럼 먼저 마사지부터.'

전에 마약을 태우듯이 독도 태워서 없앨 수 있지 않을까.

기운을 뜨겁게 만든 다음 부르스 베인을 주무르기 시작했다.

현재 대부분의 맥이 막혀 있는 상태라 기운을 돌릴 수 없기에 기운을 스며들게 만들었다.

폴린 미구엘은 마땅찮은 표정으로 두삼이 안마하는 모습을 지켜보고 있다.

'빌어먹을! 듣도 보도 못한 놈이 내 환자에게 손을 대다니. 조금이라도 잘못되면 용서하지 않겠어.'

그가 중국 의학을 접한 건 20년 전 여행 삼아 간 중국에서였다.

우연찮게 치료하는 모습을 목격을 한 후 매료된 그는 중국에 머물며 중의학을 공부했다. 운이 좋았는지 마침 그를 가르친 사람은 중국에서도 손꼽히는 의사였고 많은 것을 배울 수 있었다.

그리고 돌아온 미국.

때마침 동양의학에 대한 연구가 활발하게 진행될 때인지라 금방 자리를 잡을 수 있었다.

외적으로는 중의학을 연구하는 여러 단체에 회원으로 가입하고, 이익 단체를 만들고 연계해 중의학이 더 다양한 분야에서 진료와 혜택을 볼 수 있도록 힘썼다.

내적으로는 개인 병원을 만들어 키움으로써 현재는 미국 각지에 20곳이 넘는 병원을 가지고 있었다.

그렇게 이름을 알리게 되자 돈 있는 사람들이 그에게 진료를 받고자 찾아왔다. 그러다 1년 전에 만나게 된 것이 부르스 베인 회장이었다.

세계 거부 순위조차도 의미 없게 만드는 사람.

그를 치료하는 것만으로도 그는 단숨에 미국의 상류사회에 들어갈 수 있었다.

그가 가입한 연구 단체들의 높은 직위에 올랐고, 이익 단체의 위상은 훨씬 커졌다. 또한, 병원에서 한 달 치료해서 버는 돈보다 부르스가 소개해 준 한 명을 치료하고 버는 돈이 더 많았다.

부르스를 만나게 되면서 달라진 세상. 그는 그 줄을 잡고 끝까지 올라가고 싶었다.

한데 예상치 못한 작은 나라의 이름 없는 한의사가 그 줄을 흔들고 있으니 화가 날 수밖에.

폴린은 겨우겨우 생명을 유지하기도 벅찼던 생각은 하지 않고 두삼이 다 차려놓은 밥상에 숟가락을 올린 것으로밖에 생각되지 않았다.

당장 씹어 먹어도 시원찮을 놈이지만 부르스가 옆에 있는 이상 당장 어떻게 할 방도가 없었다.

'암 치료 경험이 있다고 했지만 말 그대로 천운이 따라줬을 뿐이야. 나도 힘들었는데 마사지만 하는 네깟 놈이……. 기회가 생길 거야. 그때 놈을 쳐낸다!'

두삼의 능력을 한없이 과소평가하는 그다.

가만히 지켜보길 20여 분. 그가 보기에 묘한 현상이 일어났다.

부르스의 몸에서 땀이 나기 시작한 것이다.

'아니, 뱀독을 쓴 것도 아닌데 땀이!'

온몸에 퍼지다시피 한 암으로 인해 부르스의 신체의 능력은 일반인과 달랐다. 그중 하나가 땀이 거의 나지 않았다는 점이었는데 오직 뱀독을 쓸 때만 땀이 났다.

한데 그저 주무르는 것만으로 땀이 송골송골 맺히다니 그로서는 생각지도 못한 일이다.

게다가 땀이 나면서 탁한 냄새가 나는 걸보니 몸속 노폐물이 배출되고 있는 게 분명했다.

그의 의학적 지식으론 불가능한 현상. 입이 근질거려 참지 못하고 물었다.

"뭘 했기에 땀이 나는 거요?"

림프관을 자극하던 두삼은 다소 여유가 있었기에 입을 열었다.

"굳어 있는 몸의 혈과 맥을 자극해서 몸에 열을 발생시키고 있습니다."

"마사지로 그게 가능하오?"

"보시는 바처럼 가능하죠. 다행히 닥터 미구엘이 땀샘을 잘 관리해 둔 덕분에 노폐물 제거가 용이하게 되었습니다."

아까부터 붉으락푸르락 얼굴을 하고 있었기에 약간의 아부를 담아 한 말이다. 물론 그의 실력을 인정하는 바였다.

뱀독으로 암 치료제를 개발한다는 얘기를 들었지만 실제 사용해서 암을 막고 있었다는 것만으로도 그는 존중받아 마땅했다.

그의 좁은 속은 마음에 들지 않았지만.

아무튼 그가 의도했든 하지 않았든 땀샘이 제 기능을 해줬기에 한결 마음이 편한 건 사실이다.

사실 뜨거운 기운이 가득한 손으로 굳어 있던 혈과 맥이 말랑말랑해지는 건 아니다. 지금은 그저 림프관과 절에 쌓여 있는 노폐물을 제거하고 뱀독이 조금이라도 옅어지길 바라며 하는 행위였다.

머리끝부터 엉덩이까지의 림프 마사지가 포함된 마사지를 마쳤다. 그리고 이어지는 다리를 마사지하며 정신의 3분 2를 췌장에 집중시켰다.

췌장이 커다란 거실만큼 확대를 해 암 덩어리를 샅샅이 찾았다.

'다 막으면 췌장이 기능을 제대로 하려나?'

암의 시작점이며, 비율상 가장 많은 부분이 암으로 덮인 곳.

어차피 암 덩어리가 췌장의 역할을 해줄 것이라곤 생각지 않았다. 차라리 동양인보다 큰 크기의 췌장이 제 역할을 해주길 바랐다.

보이는 족족 혈관을 막고 림프 역시 영양을 공급하지 못하도록 막았다. 그리고 혹시 몰라 두세 번 다시 확인 후에야 한방색 전술을 마쳤다.

"다 됐습니다. 미지근한 물을 준비해 둘 테니 마신 후에 샤워를 하세요."

"…수고했소."

"천천히 일어나세요. 받는 것만으로도 에너지 소모가 심할 겁니다."

물을 갖다준 후 말을 이었다.

"하루 두 번. 치료를 해야 합니다. 시간 간격은 적어도 6시간이 필요하고요. 집에 머무는 게 좋긴 한데 오가는 사람들이 많아서……."

"걱정 마시오. 근처에 집을 구하도록 하지요."

"그리고 다음에 올 땐 병원 기록과 현재 먹고 있는 약에 대한 정보를 가져오세요. 이제부터 입으로 들어가는 것은 제가 제어해야 하니까요."

"알겠소."

"그럼, 전 곧 다른 사람이 올 예정이라서 준비를 해야겠네요. 샤워하고 가셔도 좋습니다."

환자들과의 첫 만남은 이렇게 끝났다.

*　　　*　　　*

"뭐! 부르스 베인?"

"응. 아는 사람이야?"

"당연히 알지. 엄청난 투자자거든."

"워렌 버핏 같은?"

"조금 달라. 부르스 베인은 금수저 출신이거든. 그것도 어마어마한."

"세계 부자 순위에 들어가나?"

"아니. 근데 1위보다 많다는 소문이야."

"그렇구나."

관심은 딱 이 정도였다.

그가 얼마를 가졌느냐보다 어떻게 치료하느냐가 더 중요했고, 그의 돈이 암을 치료하는 하나의 수단은 될 수 있을지언정 치료제는 아니었다.

느긋하게 아침을 먹던 하란이 갑자기 후다닥 접시를 비웠다.

"갔다 올게. 저녁에 봐."

"천천히 먹지, 뭐가 급하다고……."

배웅을 하고 안으로 들어선 후에야 하란이 후다닥 간 이유를 알 수 있었다.

아래층으로 조심스럽게 내려오는 브라이언 찰스 가족이 보였다.

'이런! 저들이 깬 걸 눈치 챘나 보네.'

집주인이 쫓겨난 모양새라 미안했다. 앞으로 멋대로 사람을 재우진 말아야겠다고 다짐하곤 인사했다.

"좋은 아침입니다. 브라이언, 메리언."

"…그래요, 한."

"마실 건 냉장고에 있으니 꺼내 드세요. 아침은 바로 준비할게요."

"아, 아니에요. 나가서 먹으면 됩니다."

"앉으세요. 거의 준비된 상태라 차리기만 하면 돼요."

얼른 테이블을 치우고 아침을 준비했다.

"여기요."

"고마워요, 한."

"잘 먹을게요, 한."

"식사하는 동안 옆집에 잠깐 갔다 올게요. 조슈아의 오늘 치료는 갔다 와서 하기로 하죠. 넉넉히 해뒀으니까 부족하면 더 드세요."

그들이 편하게 식사를 할 수 있도록 자리를 비켜줄 겸 캐시를 보기 위해 옆집으로 갔다.

벨을 누르자 실비아가 반갑게 맞아준다.

"어서 와, 한. 식사했어?"

"먹고 왔죠. 캐시는요?"

"헤이즐이랑 밥 먹고 있지. 거의 다 먹었어."

식탁으로 가니 다들 접시를 깨끗이 비우고 있었다.

"캐시, 헤이즐, 카린 좋은 아침!"

자주 보다 보니 이젠 친해져서 다들 말을 편하게 하고 있었다.

카린과 헤이즐이 프리스쿨에 간 후에야 캐시의 몸 상태를 살필 수 있었다.

브래지어에 짧은 반바지를 입은 그녀가 몇 가지 포즈를 취하며 천천히 돌았다.

모델 같은 슬렌더 체형도, 숨 막힐 듯한 글래머러스한 체형도 아니지만 가슴에서 허리, 허리에서 엉덩이로 내려오는 라인이 매력적인 몸매다.

물론 길고 잘빠진 다리는 '역시 서양인!'이라는 말이 나올 정도다.

"어때?"

"좋네요. 약간의 살은 식단을 유지하면 2kg쯤 더 빠질 테고, 근육만 더해지면 캐시에게 이상적인 몸매가 될 것 같아요. 캐시 생각은 어때요?"

"지금처럼 먹어도 2kg 빠진다면 괜찮은 거 같아. 어제 프로듀서 만나고 왔는데 괜찮다고 했고. 허리선이 조금 더 빠졌으면 하는데."

"틈틈이 훌라후프 돌려요."

"마사지로 안 되나?"

마사지로 관리를 받는 게 쉬운 길이긴 하다. 하지만 일반적인 마사지로는 한계가 분명했다.

"저 한국에 가고 나면 어쩌려고요?"

"아~ 한이 미국에 살았으면 좋겠다. 마사지로 뺀 다음, 멈추면 다시 찔까?"

"지금 몸매가 1시간 운동에 식단 조절로 얻을 수 있는 최적의 몸매라고 생각하면 돼요. 더 굶거나 더 운동하면 빠지겠지만 할 수 있겠어요?"

"힘들겠지?"

캐시는 꽤 낙천적인 성격에 먹는 걸 좋아했다. 그러한 사실을 스스로 잘 아는지 피식 웃는다.

"마사지는 모레 마지막으로 하는 거로 하고 그날 끝내는 거로 해요."

"에? 진짜? 한국에 가기 전까지 해주는 거 아냐?"

"다 됐는데 뭘 더 해요. 정 마사지 받고 싶으면 유명인들이 가는 마사지 숍 있다던데 거기로 가요. 살 빼는 거 아니면 큰 차이 없을 거예요."

"가봤어. 근데 한이 해주는 거랑은 많이 달라. 뭐, 가끔은 괜찮겠지."

"옆집이니까 시간 될 때 잠깐 들러서 진행 상황은 볼게요. 잠깐 쉬었다가 수영해요."

"네네. 닥터."

캐시네에서 나와 집으로 오자 식사를 마쳤는지 찰스 부인이 설거지하고 있었다.

"제가 해도 되는데."

"끝났어요. 우리가 먹은 건데 우리가 해야죠."

"그럼 제가 차를 준비할게요. 커피 어때요?"

좋다고 해서 내려놓은 커피 석 잔과 음료수를 따라 소파로 갔다.

"절 찾지 않은 거 보니 발작이 없었나 보네요."

"네. 신기하게 없었어요."

"그럴 거예요. 한국에서도 환자들 스무 명에게 첫 진료를 하고 나면 1명이 발생할까 말까 했거든요."

첫 진료에 이상 세포를 10%를 제거하느냐, 15%를 제거하느냐에 따라 발생 확률이 확 차이가 났다. 그래서 언제부턴가 15%를 기본으로 했다.

"다른 반응은 없었어요?"

"아직까진……."

찰스 부인은 어색하게 웃으며 다소 멍하니 있는 조슈아의 머리를 쓰다듬었다.

"뇌세포 활성화 침은 시간이 더 걸릴 겁니다. 경우에 따라선 안 될 수도 있고요. 자! 그럼, 오늘 치료를 해볼까요? 조슈아 침대로 갈까?"

커피를 털어놓고 조슈아에게 손을 내밀자 잠시 손바닥을 바라보다가 작은 손을 올렸다.

안마용 침대로 가서 가볍게 안아 올린 후, 이틀째 치료를 했다. 역시 20분쯤. 뇌세포 활성화에 덤으로 기운을 왕창 준 후에야 끝마쳤다.

"됐습니다. 내일부터는 오후 1시 30분, 5시 30분, 8시 30분 중에 한 번 오면 되세요."

"음, 지금 이 시각에 오면 안 됩니까? 사실 조슈아가 학교에 다니고 있거든요. 언제까지 와야 하는지 모르는데 계속 빠질 순 없어서요."

"상관없어요. 저도 이 시간이 편하거든요. 그리고 치료는 2주 정도 걸릴 겁니다. 뇌전증에 한해서는요."

"아! 2주면 낫는 겁니까?"

"네. 하루 이틀은 빨라질 수도 있고요."

"아아~ 진즉에 닥터 한을 만났으면 좋았을 텐데……."

중증 뇌전증으로 정신이 온전치 못한 것 때문에 그런 모양이었다.

"그 부분은 지켜보죠. 아직 어리니 좋은 결과가 있을 수도……."

말을 하다가 입을 닫았다.

한 달쯤 병원을 쉬었다고 속으로만 가지고 있어야 할 희망 어린 말을 뱉다니.

다행히 그들도 잘 아는지 씁쓸한 표정으로 애써 미소를 지으며 화제를 바꿨다.

"2주 정도면 끝난다고 하니 치료비는 어떻게 하는 게 좋겠습니까?"

"끝나고 주셔도 됩니다."

"그럼 치료비는 어느 정도면 될까요?"

"글쎄요……."

필라스가 부자니 많이 받으라고 해서 농담처럼 왕창 받겠다고 했지만, 막상 준다니 머리가 복잡하다.

부르스 베인이야 워낙 위중한 상태고 치료 기간이 길 수밖에 없으니 많이 받아도 되지만, 뇌전증의 경우 한국에서의 치료비가 있으니 많이 부르기 어렵다.

'전에 치료했던 로레인을 기준으로 받으면 되겠네.'

10만 달러 정도면 될 것 같았다. 그래서 막 말을 하려고 했는데 브라이언이 먼저 입을 열었다.

"원 밀리언이면 될까요?"

"미, 밀리언이요?"

깜짝 놀랐다. 너무 많다. 외국환관리법에 따라 만 달러 이상 한국으로 가져갈 수도 없다.

가치를 따지자면 충분히 받을 수 있고 미국 국적이 있는 하란이 받으면 되긴 한다.

그러나 스스로가 용납할 수 없었다.

"아, 아뇨. 10만 달러면 될 것 같습니다."

"조슈아를 낫게 해줬는데 그럴 순 없죠. 100만 달러 드리죠. 그리고 만일 제정신으로 돌아온다면 그땐 200만 달러를 더 드리겠습니다."

"……."

사양은 한 번이면 족했다.

　　　　*　　　　　*　　　　　*

　나이는 숫자에 불과하다고 어느 TV 광고에서 말했다.

　근데 돈 역시 숫자에 불과하다는 걸 느낀다.

　돈이 없을 때도. 직장에서 월급이 들어오고 결제일이 지나면 수많은 숫자가 잔뜩 찍힌 후 0이 되어버린다.

　돈이 있을 때도. 숫자에 숫자가 더해지고 나면 그게 끝이다.

　물론 굉장한 비약이다.

　숫자로 할 수 있는 게 얼마나 많은데, 숫자가 없을 때 얼마나 비참한데.

　각설하고, 들을 땐 놀랐다. 그러나 하룻밤이 지나고 나니 그냥 그런가 보다 한다.

　함께 돈을 쓸 사람도 바쁘고, 자신도 돈 쓸 시간이 없을 정도로 바빴다.

　"팔을 천천히 올려. 더! 더! 귀 뒤로 딱 붙여. 그대로 열까지 세고 난 후에 천천히 내린다."

　"끄응! 하나, 둘, 넷, 다섯, 여섯, 여덟……."

　"어째 숫자가 많이 빠진다?"

　"끄응! 착각일 겁니다. 열!"

　"천천히! 도대체 그것도 힘들어하면서 공을 던질 생각은 어떻게 한 거야?"

　케빈은 현재 스트레칭 중이다.

　혈관을 만드는 건 성공적이었다. 문제는 방향이 제멋대로라는 것이다.

아직까진 제대로 뻗고 있는 것이 아니라서 문제가 없다. 그러나 잘못하면 기껏 생성되기 시작한 혈관을 없애고 처음부터 다시 해야 할 판이다.

그래서 고민을 하다가 생각 끝에 스트레칭을 하기로 했다. 혈관도 결국 몸이 필요한 쪽으로 가기 마련이라는 생각에서 시도해 보기로 한 것이다.

결과는 일주일 후에나 나오겠지만, 일단은 해보는 수밖에 없었다.

"이번에 뒤로."

그의 양팔을 양손에 올리고 천천히 뒤쪽으로 당겼다.

회전 근개엔 아직 문제가 많았기에 기운으로 내부를 살피며 무리하지 않는 범위에서 했다.

"열! 이번엔 투구할 때 동작을 천천히 해보자."

"어우~ 이렇게 움직이니 정말 내가 재기불능으로 다쳤다는 게 실감이 나네요."

"알면 열심히 해야겠지?"

"끙! 예썰!"

재활을 위한 스트레칭은 지루한 작업이다. 그러나 두삼은 과거 물리치료사로 일하며, 재활을 하는 사람들이 어떤 마음인지를 어느 정도 알고 있기에 최선을 다해 집중했다.

물론 케빈 역시 힘들어 투덜거리면서도 열심히 따라 했다.

그런 두 사람을 물끄러미 바라보는 이와 심드렁하게 바라보는 이가 있었다.

부르스 베인과 폴린 미구엘.

그들은 약속 시각보다 30분 일찍 도착해서 어쩔 수 없이 치료 과정을 구경하고 있다.

부르스는 폴린을 흘낏 보며 물었다.

"저 친구 야구 선수 케빈 맞지?"

"…네. 회장님."

"전에 어깨 부상으로 자네 병원에서 재활 치료받는다고 얼핏 본 것 같은데 아닌가?"

"…그, 그랬었죠."

"치료가 가능할 것 같은가?"

"그, 글쎄요. 재활훈련을 하다가 가버린 터라……. 그러나 당시의 상태로만 본다면 불가능할 겁니다. 회전 근개와 힘줄이 심하게 망가졌는데 그만큼 다쳐서 재활한 선수는 지금까지 한 명도 없습니다."

"나처럼 말인가?"

"회장님! …회장님의 병은 고칠 방도가 있다고 말씀드렸을 텐데요. 혹시… 절 못 믿으시는 겁니까?"

"믿었네."

"……!"

과거형이다. 발작적으로 변명을 하려는 순간, 부르스는 돌아보며 빙긋이 웃었다. 그리고 부르스의 눈빛을 본 순간 입을 열지 못했다.

가슴이 뜨끔했다. 속마음을 들킨 것처럼.

"기분이 나쁠 수 있겠군. 그러나 기분 나쁘라고 하는 말이 아니야. 자네의 노력이라면 분명 나의 병을 고쳤을 거네. 하지만 내가 병을 버티지 못했을 거네."

"……."

"40일 전쯤 사우디에 있었던 행사에 참여하고 왔을 때부터였을 거야. 몸에 이상이 있음을 느낀 것 말이야. 미묘했지만 자네를 만나기 전, 죽어가던 때와 비슷하더군. 연중되던 죽음의 소설이 이어지는 느낌이랄까."

"…왜, …왜 그때 말씀하지 않으셨습니까? 그랬으면… 어떻게 하든 방법을 만들어냈을 텐데요."

"후후! 아등바등하던 자네를 더 쫀다고 해서 달라질 것이 없다는 것을 알고 있었으니까. 한창 새로운 약을 조합하고 있었다는 걸 아네."

"하지만……."

부르스가 손을 들어 그의 말을 끊었다.

"조금 전에도 말했지만, 탓하려는 게 아니야. 시간이 부족했던 것뿐이지. 하여튼 그에 여러 사람에게 새로운 의사를 찾아달라고 부탁했네. 아직 죽을 때가 되지 않은 건지 필라스에게 연락이 왔고, 그 후로는 자네도 아는 얘기지."

"…무슨 말을 하고 싶으신 겁니까?"

"충고와 경고. 두 가지네. 어떤 걸 먼저 듣고 싶나?"

"둘 다 아플 것 같군요."

"닥터 폴린이 아닌, 나의 친구 폴린에게 해주고픈 얘기네."

폴린은 부르스가 자신을 인간적으로 마음에 들어 하고 있음을 느끼고 있었다. 1년이 조금 넘는 시간. 생명을 연장시켜 줬다는 것만으론 설명되지 않는 많은 것을 해줬다.

돈, 명예, 동양의학계에서의 권력.

한데 폴린은 여전히 부족하다고 느꼈다. 그래서 두삼이 더 마음에 들지 않는 것이다.

부르스가 '친구'라고 말했지만 상하 관계하에서의 친구임을 알기에 오래 생각할 수 없었다.

"경고부터 듣겠습니다."

"그런가. 매부터 맞겠다는 소리군. 말하지. 괜한 분란 만들지 말고 닥터 한을 내버려 두게."

"!!!"

"모를 거라 생각했나 보군. 현재 자네가 아는 사람들은 대부분은 내가 소개시켜 준 사람임을 잊었나? 닥터 한이 날 치료하는 동안 건드린다면 나에 대한 공격으로 간주할 수밖에 없어."

허튼짓을 하면 용서하지 않겠다는 짧지만 확실한 경고였다.

경고를 듣는 순간, 폴린은 다리가 후들거리고 눈앞이 아찔해졌다. 부르스가 어떻게 알았는지는 중요하지 않았다. 1년간 그의 옆에 있으면서 적대하는 사람들을 어떻게 하는지 봐왔기에 자신 역시 모든 걸 잃게 될 거라는 공포에 사로잡혔다.

폴린의 몸이 의지완 상관없이 부르르 떨리는 것을 본 부르스는 경고는 충분했다고 생각했다.

"알아들은 것 같으니 충고로 넘어가지. 자넨 저기 있는 닥터 한보다 실력이 뛰어나다고 생각하나?"

"……?"

"내가 보기에 자네가 조급하게 구는 것에 답이 있다고 생각하는데 아닌가?"

정곡이 찔렸다. 자존심을 뭉개는 얘기였지만 조금 전 경고의 영향 때문에 폴린은 입을 열지 못했다.

"의술에 상하가 어디 있겠느냐마는 암에 대해선 나 역시 닥터 한이 더 낫다고 생각하네."

"…충고도 경고만큼이나 아프군요."

"후후! 그런가? 근데 닥터 한이 한국의 유명 종합병원의 암센터에서 일을 하고 있다는 것과 그의 손을 거쳐 간 암 환자가 몇 명인지 아나? 설마 그가 운이라고 말했다고 해서 정말 운이 좋아서 고쳤다고 생각했나?"

한국에서의 경력을 알아볼 생각은 못했다.

당장 위태한데 언제 뒷조사를 하고 있을까.

"한 가지 물어봄세. 자넨 의사로서 실력을 키우고 있나? 명성을 키우고 있나?"

부르스 이 양반 오늘 작정을 했나 보다. 충고를 한다면서 가슴에 난도질을 한다.

경고를 듣기 전이었다면 당연히 실력이라고 말했을 것이다. 한데 속마음까지 다 알고 있는 듯한 부르스 앞에서 거짓말을 할 수가 없었다.

"…명성입니다."

"다행히 자신에 대해 제대로 알고 있군. 만일 실력을 키우고 있었다면, 내 옆에 머물러 있으면 안 되지. 닥터 한처럼 현장에 있어야지. 근데 말이야. 명성을 얻으려는 사람이 한 달 후면 떠날 사람을 시기하나?"

"그야……"

"내 옆자리를 뺏길 것 같아서?"

"……."

"닥터 한이 내 옆에 머물 것 같나? 아니. 내가 보기엔 저 남잔 실력을 우선으로 하는 사람이야. 죽거나 낫거나, 그냥 제 갈 길 갈 남자지. 그럼 만일 내가 낫고 난 후에 내 옆자리엔 누가 있겠나?"

"……."

"현 위치보다 더 높이 가고 싶나? 명성을 얻고 싶나? 군림하고 싶나? 그렇다면 실력자를 자네 밑에 두면 돼. 난 자네보다 의술을 모르고, 그룹 사장들보다 회사 경영을 못하고, 펀드매니저보다 돈 관리를 못하네. 하지만 단 하나, 사람 관리는 누구보다 잘한다고 자부하네. 난 자네의 케어뿐만 아니라 자네 밑에 있는 무수한 실력자들의 케어를 받고 싶네."

부르스는 폴린에게 충고를 하면서도 그를 관리하고 있었다.

"실력자를 밑으로 거두라는 얘기군요. 닥터 한을 아래에 둔다라……."

폴린은 경고에 두려워하고 충고에 상처 입었지만 이제는 부르스가 무슨 말을 하는지 알 것 같았다. 두삼 때문에 자신을 버릴 생각이 없으며 더 성장하길 바라고 있다는 걸 깨달았다.

버림받지 않는다는 생각이 들자 두려움도 사라지고 두삼에 대한 분노도 누그러졌다.

부르스에게 사육당하는 느낌이 든다. 그러나 상관없다. 폴린 역시 여러 사람을 사육하고 있다.

마음 깊숙이 청출어람을 꿈꾸지만 그럴 수 있을지는 미지수였다.

"닥터 한은 포기하게. 그가 일하는 병원에 사람 관리 잘하는 사람이 있다네. 다만……."

"친해져서 나쁠 것 없다는 말씀이겠죠?"

"후후후! 이래서 자넬 좋아해. 가끔 엉뚱한 짓을 할 때도 있지만 대부분은 내 생각과 비슷하거든. 직접 모든 병을 고칠 필요 없어. 고칠 수 있는 사람과 인연만 만들어둬도 충분하지 않겠나?"

부르스의 경고와 충고가 끝났다.

여전히 케빈을 스트레칭시키는 두삼을 바라보는 폴린의 눈빛은 조금 전과 180도 달라졌다.

케빈의 치료가 끝나고 부르스의 치료를 시작했다.

하루 두 번 뜨거운 기운으로 전신 마사지를 하고, 암 덩어리에 한방색전술을 시행하길 사흘째.

무협지처럼 뜨거운 기운이 뱀독을 태우진 못했다. 다만 뜨거운 기운 덕분에 땀으로 뱀독이 조금씩 배출이 되는지 부르스의 몸속 뱀독 수치는 조금씩 줄어들었다.

"손끝에 힘을 주는 건 림프를 자극하는 거군요?"

"그렇죠."

폴린 이 양반 부르스에게 무슨 말을 들었는지 조금 전까지 불편한 시선을 보내더니 갑자기 느끼한 웃음과 부드러운 말투로 궁금한 점을 물어온다.

부담스럽다. 그러나 불편한 시선보단 나았고, 적보다 친구가 나았다.

그래서 설명을 더했다.

"요즘 전 건강의 기본이 잘 먹고 잘 배출하는 것이라 생각합니다. 제대로 배출하지 못하고 정체가 되면 썩고 그것이 병을 만들죠."

"음, 치료의 기본이 배출이다?"

"그렇게 생각합니다. 다이어트를 할 때 운동이 필수인 이유는 분해된 지방이, 찌꺼기가 보다 빠르고 쉽게 배출되기 때문이죠. 암도 비슷합니다. 내부의 암이 죽어 가는데 배출이 되지 않으면 어떻게 될까요?"

"암을 죽일 순 있고요?"

대수롭지 않게 물으면서도 눈빛은 강렬했다.

당연하다.

수많은 글로벌 제약회사와 의사, 과학자들이 노력하고 있으니 언젠가는 암을 정복할 것이다. 그러나 그 전까진 암을 치료할 수 있는 기술은 돈이 된다.

그는 약간의 힌트라도 얻고 싶을 터였다.

한강대학병원에서는 이미 알려졌고, 안다고 할 수 있는 일이 아니니 숨길 이유는 없었다.

"색전술이라고 아십니까?"

"암이 혈관을 통해 영양을 공급받는다는 점에서 화학물질을 혈관에 투입해 영양 공급을 끊는 방법이죠."

"맞습니다. 근데 혈을 이용해서 가능하다면요?"

"설마! 회장님께 시침을 한 이유가……!"

한방색전술은 침으로 가능한 것은 아니다. 아니, 정확하게는 가능하지만 두삼이 아니면 불가능하다.

"네, 색전술을 시행하는 겁니다. 현재 췌장, 간, 위는 색전술이 완료된 상태입니다."

"맙소사! 겨, 경과는요?"

"경과를 말씀드리기엔 고작 사흘입니다. 그리고 다른 곳의 암역시 많이 남았고요. 그동안 해왔던 데이터를 생각해 보면 2주에서 3주 정도면 검사를 통해 진행 과정을 알 수 있을 겁니다."

"색전술 시침은 어떻게 이루어지는 겁니까?"

"솔직히 아직까진 제 손끝의 감일 뿐이죠."

"허……."

폴린은 알 수 없는 감탄사를 내뱉을 뿐 말을 잊지 못했다.

자신의 자리를 넘보는 적이라 생각할 때는 보지 못했던 것이 보였다.

두삼의 실력이 암에 있어서만큼은 더 뛰어나다는 부르스의 말에 고개를 끄덕이면서도 인정을 하지 못했다. 한데 막상 대화를 해보니 두삼에 대한 부르스의 평가가 한없이 박했다는 걸 알수 있었다.

침을 이용해 색전술을 행하고 뇌전증을 치료하다니, 그로서는 상상도 해본 적이 없던 일을 태연히 행하는 두삼은 거대한 벽이나 다름없었다.

폴린이 무슨 생각을 하는지 알 수 없는 두삼은 그가 말없이 있자 다시 부르스의 치료에 집중했다.

두 시간가량의 치료를 끝냈다.

"많이 어지러울 겁니다. 10분쯤 누워 있다가 일어나서 물 드세요."

"…고맙네. 근데 오늘 따라 유독 몸이 나른한데 어떻게 된 건가?"

"치료를 시작하기 전에 말씀드렸던 것처럼 한동안은 지금 상태가 지속될 겁니다. 간단히 말씀드리자면 암과 균형을 이루고 있던 뱀독이 사라지면서 몸이 암과 싸움을 시작했습니다. 그러면서 몸속 에너지를 소모하기 시작한 거죠."

"음, 그럼 이길 때까지 계속 이러고 있어야 하나?"

"아닙니다. 색전술이 완료될 때까지만 버티면 됩니다. 지금 약재를 쓰면 암에 영양이 공급되어 오히려 위험해질 수 있거든요."

우연찮게 먹은 약초 덕분에 암을 이겨낸 사람들이 있다. 그래서 한약을 먹어도 되겠지 생각하겠지만 절대 권하지 않는다.

하루 두 번 지켜볼 수 있으니 사용하려는 거지, 만일 살펴볼 수 없다면 절대 사용하지 않을 터다.

한방색전술을 끝낸 후 한약을 쓰려는 이유 또한 기운을 이용해 막혀 있는 혈맥을 뚫기 위함이지, 부르스가 열심히 활동할 수 있게 도우려는 의도는 아니었다.

"1~2주 정도 걸리나?"

"네. 아파서 병원에 누워 있다 생각하세요. 그리고 몸이 잠을 원하면 자는 게 치료를 위해 좋습니다."

"…그렇게 하겠네."

"꼭입니다."

"알았대도 그러네. 허허!"

다시 한번 다짐을 받은 후에야 두삼은 거실을 정리하기 위해 움직였다.

폴린이 따라와서 경맥을 어떻게 뚫을 건지에 대해 꼬치꼬치 캐물었다. 다행히 이번엔 숨길 것이 없는 터라 자세히 설명해 줬다.

*　　　*　　　*

효원이 데리고 온 최고은의 쇼트와 프리 경기는 TV로만 봐야 했다.

우려와 달리 완벽한 점프와 연기를 선보이며 개인 최고점을 갱신하며 대회 4위를 기록했다.

"스포츠맨십은 더는 존재하지 않아. 어떻게 그 연기가 4위를 할 수 있지? 내가 보기엔 적어도 2위는 했어야 한다고 봐."

어제 프리 경기를 같이 시청한 후부터 하란은 연신 피겨 심판들을 맹비난했다.

"프로그램 구성 점수가 낮은 건가?"

"아니. TES(기술 점수)의 기본 점수 자체는 다른 선수들과 크게 다르지 않아. 그리고 그걸 거의 완벽하게 해냈고. PCS(구성 점수) 역시 훌륭했고. 근데 심판의 주관적인 점수에서 너무 낮게 받았어. 정말이지 A.I로 가장 먼저 바뀌어야 할 분야가 피겨계야. 오빠는 그렇게 생각하지 않아?"

"내 생각도 마찬가지야."

동의를 구하는 물음에 딴소리를 하면 어떻게 될지는 굳이 경험하지 않아도 알 수 있다.

물론 스포츠맨십이 사라지고, 피겨계가 썩었다는 것엔 전적으로 동감이다.

"다음엔 루시에게 점수를 매겨보라고 하자. 결과가 어떻게 나올지 궁금하네."

"해봤어."

"엥? 진짜? 루시의 채점으론 몇 등인데?"

"2등."

"열 심판보다 낫네. 하하하!"

하란과 떠들며 가는 곳은 코리아타운이다. 오늘 저녁에 있을 갈라 쇼에 가기 전에 약재를 둘러보러 왔다.

한방색전술이 끝나면 한약과 뜸으로 맥과 혈을 뚫을 생각이라 미리 구매해 둘 생각이다.

검색을 하고 출발했기에 두리번거림 없이 건재상 앞에 주차를 했다.

건재상은 우리나라 슈퍼마켓 정도의 크기로 제법 규모가 있었다.

"어서 오세요. 무엇을 도와드릴까요?"

"약재를 찾는데 잠깐 둘러봐도 될까요?"

"그러세요. 근데 한국분?"

"하하! 네."

50대 초반쯤 되어 보이는 푸근한 스타일의 가게 주인은 한국인이라면 수도 없이 볼 텐데, 한국인이라는 말에 활짝 웃으며 한국어로 말했다.

"허허허! 그럴 것 같더라니. 딱 보니까 한국인인 걸 알겠더라고요. 근데 보양하시게?"

"제가 먹을 건 아니고요. 기운 북돋는 약재와 뜸용 약재를 찾고 있어요."

"아하! 혹시 한의사?"

"네. 한의삽니다."

"코리아타운 한의원에선 못 본 얼굴인데, 새로 한의원 하시려고?"

쇼핑할 때 누군가가 다가와 이리저리 권하는 걸 좋아하지 않는다. 병원에서 항상 사람에 치이다 보니 그런 혼자 결정하는 게 좋았다.

근데 LA에서 한 달 넘게 지내서인지 오히려 반갑다는 느낌이다. 그렇다고 개인 사정까지 말하기는 뭐해 대충 얼버무렸다.

"그냥저냥……."

"혹시 영어가 되면 코리아타운에서는 열지 말고 다른 곳에 열어요."

"왜요?"

"경쟁률이 치열하거든요. 아, 물론 요즘은 많이 줄긴 했는데 한동안은 정말 많았다니까. 그러니 출혈경쟁을 하게 되고 다 망할 수밖에요."

"사장님 입장에선 한 곳이라도 늘면 좋지 않아요?"

"그야 그렇죠. 근데 같은 동포가 망하는 것보다 자리 잡고 잘되는 게 더 보기 좋잖아요. 안 그래요?"

"하하! 그건 그렇죠."

"우리 가게 단골 중에 베트남 의원들이 많아요. 그 친구들 하는 거 보면 진짜 본받아야 해요. 그 친구들 면허증 따잖아요? 그럼 영어 조금 배운 다음에 바로 한의원 없는 곳으로 가서 한의원 열어요. 그럼 금방 자리 잡고 대접받고 살거든요."

원래 말이 많은 건지, 한의사라고 하니 도움을 주고자 하는 건지 주인 아저씨의 말이 길어졌다.

다행히 다른 손님이 와서 그쪽으로 가서 망정이지 꼼짝없이 잡혀 있을 뻔했다.

"사장님이 심심했나 봐. 호호!"

"신혼부부처럼 보이는 우리가 잘되길 바라서 그런 건지도 모르지."

"어머! 저랑 결혼은 할 생각이세요?"

하란이 장난스럽게 말했고 그에 피식 웃으며 같은 톤으로 말했다.

"헐! 안 할 생각이셨어요?"

"근데 왜 차일피일 미루실까?"

"아름다운 숙녀분이 바빠서 그랬다고는 생각하지 않으세요? 음, 이왕 말나온 김에 라스베이거스로 가서 확 해버릴까?"

"그럴까?"

"그럼, 첫날밤을 위해 쓸 한약도 같이 살까?"

"…밤샐 생각이야?"

"무박삼일 정도는 해야 하지 않을까? 흐흐흐!"

"미쳤어, 미쳤어!"

가슴을 주먹으로 팡팡 치며 애교를 부린다.

서른이 넘은 연인들이 하기엔 조금 낯 뜨거운 장난이다. 하지만 보는 사람이 없는데 가끔 이런 식으로 노는 두 사람이다.

짧은 장난을 한 후 두삼은 한약재를 살폈다.

'평균적으로 좋네.'

미국의 좋은 점은 식품에 관한 관리 감독이 무척 엄하다는 것이다. 그래서 좋은 제품을 싸게 구매할 수 있다. 한약재도 마찬가지다.

농약이 쳐진 것이 거의 없고 제품 상태도 평균 이상이다. 문제라면 원하는 기운을 가진 평균 이상의 제품이 필요하다는 것이다.

부르스가 돈이 없는 것도 아닌데 가성비를 따질 이유가 없었다.

슈퍼마켓 크기라고 하지만 그냥 기운만 살피면 되니 10분이면 족했다.

어쩔 수 없이 주인 아저씨에게 갔다.

"구경은 다 하셨나? 뭐로 드릴까?"

"더 좋은 약재는 없습니까?"

"어? 우리 가게 물건 좋기로 소문났는데."

"좋아요. 근데 더 좋은 게 필요해요."

"더 좋은 거라… 비싼데……."

"가격 걱정은 마세요."

"허허허! 그렇다면 얼마든지 구해줄 수도 있죠. 이쪽으로 와봐요."

그가 안내한 곳은 뒤쪽의 10평 남짓한 방으로 상당수의 약재가 고급스러운 상자에 담겨 있었다.

기운으로 보니 확실히 좋은 약재다. 물론 모두 그런 건 아니다.

"확실히 낫네요."

"젊은 의원 분이 약재 보는 눈이 좋네. 여기 있는 거 대부분 중국이랑 한국에서 좋다는 것만 받은 거예요. 참! 중국 거라고 색안경 끼지 말아요."

"알고 있습니다."

폐비닐이나 쓰레기로 약재를 만들어 파는 사람 인간들도 있지만 대부분은 정상적인 약재를 판다.

쓰레기임을 알면서도 수입하고 부패를 방지하고 오랫동안 보관할 요량으로 농약과 각종 방부제를 처바르는 것들은 대부분 수입업자다.

걸려도 피해를 추정하기 힘들고, 그냥 벌금 몇 푼 내고 마니 범죄가 줄어들지 않는다.

물론 모두가 그러진 않는다. 그랬다면 병원에서 사용하는 약재를 어디서 구했겠는가.

두삼은 한때의 중국 관광객처럼 가격에 신경 쓰지 않고 필요한 약재를 구매했다.

"이거랑 이거는 다 주세요. 요건 절반, 요건 4분의 1, 요건… 다 주세요."

"음, 나야 좋은데 너무 무리하는 거 아니에요? 부자 동네가 있어서 좋은 약재가 잘 팔리긴 해도 불티나게 팔리지는 않아요."

"다 쓸 곳이 정해져 있습니다. 근데 뜸으로 쓸 쑥은 없습니까?"

"만들어둔 뜸도 있는데요?"

"만들어 쓰는 편이라."

별로 마음에 들지 않는다는 말을 돌려서 했다. 가게 주인도 알았는지 피식 웃는다.

"후훗! 요즘 젊은 의원 같지 않군요. 뒤뜰에 말려둔 거 있는데 마음에 들지 모르겠네요."

뒤뜰로 따라갔다. 뒤뜰이라기에 클 줄 알았는데 작은 텃밭 수준이다. 한편에 구석진 곳에 말려놓은 쑥이 보였다. 한데 원하는 양기 가득한 쑥은 보이지 않는다.

"음, 제가 찾는 쑥은 없네요."

"무슨 쑥을 찾는 건지 모르지만 LA의 어느 건재상에 가나 비슷할 거예요."

"쩝! 어쩔 수 없죠."

한국에서도 구하기 쉽지 않았는데 하물며 미국에서 양기 가득 마른 쑥을 구하긴 쉽지 않을 터.

포기하고 돌아서는데 한쪽에 잡초가 쌓여 있는 곳으로 눈이 갔다.

양기를 어느 정도 머금은 풀들이 눈을 잡는다.

잡초를 어서 말린다고 해도 기운이 머문다. 하지만 약초가 아닌 이상, 기운도 약하고 금세 사라진다. 한데 어찌 된 일인지 은은한 양기를 머금고 있었다.

가까이 가서 보니 쑥과 비슷하다. 냄새를 맡아보니 한국 쑥보단 약하지만 분명 쑥이다.

가게 주인장이 다가오며 말했다.

"그거 미국 쑥이에요. 향도 약하고 색깔도 허옇고, 기만 잔뜩 커서는 아무 데도 못 써요."

"그럼 제가 이거 가져가도 될까요? 물론 쑥값은 드리겠습니다."

"필요하다면 그냥 가져가면 돼요."

"아뇨. 드릴게요. 사실 이것보다 더 필요하거든요. 가능하다면 사장님이 좀 만들어주세요."

"얼마나 더 필요한데요?"

"서너 배쯤?"

"그 정도는 충분히 있어요. 이쪽이에요. 태운다, 태운다 하면서 그냥 놔뒀네요."

그가 건물 뒤쪽을 가리켰고 그곳에 어마어마한 양의 마른 쑥이 쌓여 있었다.

                    *   *   *

우아한 검은색 백조가 링크를 매끄럽게 달린다. 그리고 뒷발을 쿡! 찍으며 하늘로 날아오른다.

한 바퀴, 두 바퀴, 세 바퀴. 날아오를 때보다 더 부드럽고 아름다운 착지. 그리고 또다시 3회전.

트리플 러츠와 트리플 토룹 콤비네이션을 완벽하게 성공시키는 최고은.

'우와!'라는 함성과 함께 관객들은 그녀의 연기에 박수를 보냈다.

두삼과 하란도 1층 VIP석에서 손뼉 쳤다.

"고은이 오늘 모습 흡사 효원이랑 비슷하지 않아?"

"그러게. 연기력도 보통이 아니네."

15세 소녀는 자신의 기량을 한껏 뽐내며 링크 위를 휘젓고 있다. 물론 이효원과 비슷하다는 말은 주관적 생각과 흔히 말하는 국뽕이 더해진 것이다.

링크의 활용 능력이나 표현은 아직은 부족하다. 그러나 오늘은 즐기는 날. 음악과 연기가, 최고은과 관객들은 하나가 되어 클라이맥스로 향한다.

마무리용 스핀, 그리고 마지막 자세와 함께 공연이 끝났다.

"브라보! 잘했어! 최고야!"

두삼과 하란은 자리에서 일어나 감탄사를 뱉었다. 그리고 미리 구매해 둔 꽃과 인형을 링크에 던졌다.

최고은은 링크 위에서 4면의 관객들에게 인사를 한 후에 링크에서 나갔다.

아낌없이 손뼉 치던 관객들은 다음 선수의 연기를 지켜보기 위해 자리에 앉았다. 오늘은 경쟁이 아닌, 즐기는 날이니 관객도 국적에 상관없이 즐기면 됐다.

현 세계 3위인 미국 선수가 공연할 때 하란은 나직한 목소리로 물었다.

"근데 무슨 마법을 부린 거야?"

"응? 마법이라니?"

"최고은 선수 말이야. 경기 전엔 컨디션이 좋지 않았다며? 혹시 예전에 효원이한테 해줬듯이 기운을 넣어준 거야?"

두삼은 어깨를 으쓱하며 말했다.

"며칠 만에 무거워진 몸을 가볍게 하는 데엔 무리가 있었거든. 아무래도 이대로 타다가는 다치겠다 싶더라고. 그래서 보호할 겸 기운을 줬지. 그런데 솔직히 그 때문인지는 모르겠어."

효원이 재활할 때처럼 최고은의 다리에 기운을 듬뿍 넣어줬다. 그러나 기운의 통로가 효원만큼 활발하지 않은 상태에서 기운이 어떤 역할을 할지는 미지수였다.

"컨디션만 좋게 느껴져도 그게 어디야. 어차피 불법도 아닌데, 뭐. 고은이에겐 얘기했어?"

"아니. 자괴감이 들 수도 있는 일이라 그냥 말하지 않았어. 어차피 체질 개선과 상처 치료를 하고 나면 필요 없을 테니까."

"잘했네."

잠시 수다 떠는 중에 미국 선수가 멋진 점프를 보여 일제히 환호했다.

"오우! 브라보!"

짝짝짝짝!!

                    *   *   *

갈라 쇼가 끝났다. 하란은 이효원과 최고은을 LA야경이 보이는 스카이라운지로 초대했다.

"우아아아아! 멋져요!"

최고은은 경기의 부담감이 사라져서인지 마사지할 때와 달리 또래의 여자애처럼 팔딱팔딱 뛰었다.

그런 그녀를 흐뭇하게 보며 세 사람은 와인을 마셨다.

"효원이와 같이 와인을 같이 마시게 될 줄은 몰랐네."

"호호! 이제 가끔 마시니까 종종 마셔요."

"그러자. 한국은 언제 가?"

"내일요."

"한국에 가면 본격적으로 사업가가 되는 건가? 아님, 지도자?"

"아뇨. 경영은 오빠가 하기로 했으니까 전 대외 활동을 하려고요. 결국, 한국 피겨계의 위상을 올려야 후배들이 더 좋은 환경에서 일하게 되니까요."

효원의 선수 생활은 끝났지만, 피겨 인생은 아직 끝나지 않은 모양이다.

"우리 건배할까?"

"좋아요, 언니. 오빠가 한마디 해주세요."

"내가? 음… 이런 거엔 약한데."

"괜찮아요. 아무거나 말해요."

두삼은 잠깐 생각하다가 입을 열었다.

"효원이와 고은이의 찬란한 미래를 위하여!"

"위하여!"

세 잔의 와인과 한 잔의 음료수 잔이 부딪치며 쨍! 하는 찬란한 소리를 만들었다.

*　　　*　　　*

이효원과 최고은은 다음 주에 있을 러시아 일정 때문에 모스크바로 향했다.

최고은의 체질 개선은 한국으로 돌아가 계속하기로 했다. 당사자가 싫다고 하지 않는 이상 손을 대면 만족할 수준까지 치료해 줘야 마음이 편해 내린 결정이다.

샤론의 소개로 다이어트를 도와주고 있는 이들도 마찬가지다.

별로 내키지 않았던 일이지만 시작을 한 후 최선을 다하고 있었다.

물론 두삼이 열심히 한다고 모두 살이 쭉쭉 빠지는 건 아니었다. 다이어트는 하는 사람의 의지 또한 결과에 많은 영향을 미치는 분야였기 때문이다.

말리나의 의지는 6명 중 3, 4위쯤. 그래도 현재까지의 결과는 그리 나쁘지 않다.

코르셋 끈을 당기는데 끝까지 당겨도 힘이 거의 들어가지 않았다.

"음, 이제 코르셋은 벗어도 괜찮을 것 같은데요."

"집에서 올 때 엄마도 그런 소리를 하던데, 진짜 괜찮겠어요?"

말리나는 엄마와 함께 살고 있었다. 보정 속옷 중 코르셋은 그녀의 몸을 가장 옥죄던 물건이었던지라 사용하지 않아도 된다니 불안한 모양이다.

"코르셋은 계속하고 있으면 늑골이 변형돼요. 몸매가 좀 더 뾰족해진다고 할까요. 한데 그 체형이 건강에 좋지도 않고, 말리나에겐 어울리지 않을 거예요."

"그래요?"

"말리나의 매력은 화면을 채우는 듯한 풍만한 몸매 아닙니까. 남자들을 아찔하게 만들죠. 한데 허리 위의 라인이 무너지면 좋지 않아요."

"훗! 나한테 관심도 없는 듯하면서 유심히도 봤나 보네요? 난 한이 남자를 좋아하나 했는데."

"하하⋯⋯."

어색한 웃음을 흘리는 것으로 답을 대신했다.

많은 남자에겐 매력적인 몸매라는 건 사실이지만 매번 몸을 주물러서 지금의 몸을 만든 두삼에겐 솔직히 별다른 감흥이 없었다.

말리나를 보낸 후 안마용 침대를 청소하고 그녀가 입었던 옷과 수건을 세탁기에 넣었다.

쳇바퀴같이 반복되는 생활이 지겹긴 하지만, 일을 한다는 것이 생활에 안정감을 주는 모양이다. 바쁘게 여러 사람을 안마하고 치료하는 일이 익숙해지자 마냥 쉴 때보다 LA 생활이 더 여유롭게 느껴졌다.

10일 정도 후면 이 생활도 끝난다는 것이 아쉬울 정도로 이젠 익숙하다.

혈관과 관련된 의서를 읽고 있는데 초인종이 울렸다.

테디였다.

"어서 와라. 어째 피곤한 얼굴이다?"

"말도 마세요. TV 방송이 대단하다는 얘기를 듣긴 했지만 이 정도일 줄은 생각도 못 했어요."

이틀 전 왕가한의원에 대한 방송이 시작됐다. LA에 도착해 한의원을 찾고 생환을 구매하는 장면까지 방송됐다.

"왜?"

"선생님 말씀대로 시간 될 때마다 만들어둔 환들이 어제 다

판매됐어요. 그것도 부족해서 예약이 그 수배나 됐고요. 제가 24시간 일해도 2주는 걸릴 분량이죠."

"잘됐네. 물 들어온 김에 노 저으랬다고 부지런히 만들어서 팔아. 그렇다고 허투루 하면 안 된다는 거 알지? 쓰는 사람들이 모를 것 같지만 사용하다 보면 금세 느낄 거야."

방송의 힘에 대해선 이미 전에 방송됐던 한의원들을 통해 지겹도록 들었다.

이기한의원은 류현수와 이은수가 휴일마다 내려가서 일을 도와야 할 만큼 바빠졌고, 고경래 고약은 제약회사에서 제조 비법을 사서 벌써 제품화가 되어 팔리고 있을 정도다.

양태일의 아버지가 운영하는 한의원도 바빠지긴 마찬가지.

전설을 찾아서 프로그램 광고가 다 팔리고, PPL이 많아지고, 뉴페이스로 진보라가 합류한 것도 이러한 상황을 잘 보여주는 예라고 할 수 있을 것이다.

"당연하죠. 그래서 만드는 데 오래 걸린다는 걸 설명하고 기다릴 수 있다는 사람에게만 판매할 생각이에요. 할아버지가 겪은 일을 전 겪을 생각 없습니다."

"알면 됐다."

"에? 그게 다예요? 이렇게 된 게 다 선생님 때문인데 도와주시지 않을 거예요?"

"…보따리 내놓으라는 소리처럼 들린다?"

"헤헤! 농담이에요."

"그리고 내가 돕다가 환을 만드는 방법을 다 알아내면 어쩌려고?"

"하하! 선생님껜 알려드려도 아깝지 않습니다. 알려드릴까요?"

"됐거든. 내가 만들어봐야 짝퉁 소리 들을 텐데, 뭣 하러. 그나저나 이제 바쁠 테니 교육은 오늘까지 하는 거로 하자."

"헉! 아, 안 돼요! 미국에 계실 동안은 계속 가르침 받고 싶어요."

"수기 요법에 대해 아는 건 다 알려줬어. 그러니 지금까지 가르쳐 준 거나 열심히 해서 네 것으로 만들어. 그것만으로 평생이 걸릴지 몰라."

언제까지 끼고 가르칠 수도 없는 법.

자신이 알고 수기 요법의 기본은 어느 정도 가르쳤으니 이제 남은 건 스스로 발전시키는 수밖에 없었다.

"…네."

"언젠간 다시 만날 수 있겠지. 그땐 일방적인 가르침이 아닌, 의원 대 의원으로 얘기하자."

서운해하는 그를 다독인 후 마지막 수업을 했다. 수업하면서 어느 정도 마음을 정리했는지 끝났을 땐 평소의 그로 돌아왔다.

"가볼게요, 선생님. 가시기 전에 식사라도 대접하고 싶은데 거절하진 않으시겠죠?"

"안 하려고 했냐? 연락하고 차이나타운으로 갈게."

"하하! 네. 참! 선생님, 모레 차이나타운에서 이틀 간 작은 행사가 있어요. 중추절 행사완 비교하기 힘들어도 야시장이 열리고 꽤 재미있으니까 구경하러 오세요."

"그래? 시간되면 가볼게."

마감 임박이라는 글에 조급해지는 것처럼 떠날 날이 얼마 남지 않았다 생각하자 슬슬 관광에 관심이 가던 차였다.

몇 번이고 돌아서며 떠나기 꼭 식사 대접을 하겠다는 테디를 보낸 후, 점심을 먹고 케빈을 집으로 불렀다.

*   *   *

인간의 몸은 참 단순하면서도 신기하다.

필요가 수요를 낳는다는 말처럼 운동하면 운동에 필요한 근육, 신경, 혈관 등이 발달한다.

많이 망가져 자연 치유 능력이 불가능하거나 아주 더딘 경우에는 여러 방법을 통해 가능하게 하거나 회복 속도를 높일 수 있는데 이것이 재활이다.

당연한 말이지만 재활이 만병통치는 아니다. 가능성을 아주 조금 더 높여줄 뿐이다.

케빈의 경우 역시 스트레칭이 답이었다.

꾸준한 재활을 통해 미세한 혈관들이 어깨로 향하기 시작했다. 물론 더뎠다.

일반적인 방법으로 꾸준히 한다면 족히 10년은 걸릴 정도다. 하지만 운동선수인 그에게 10년이란 세월은 사형 선고나 다름없다.

그러니 어떤 방법을 써서라도 기간을 단축해야 했다.

그 첫 번째가 전에 이효원에게 이용했던 근육 재배치.

어깨의 회전근개와 다리근육은 달랐기에 방법 역시 완전히 달랐는데, 뜯는 것이 아니라 문질러서 어긋나게 붙은 근개를 다시 떼어내 제대로 붙이는 것이다.

"아! 아아~ 악!"

다만 고통은 비슷했다.

케빈은 잠깐 고통이 없는 틈을 타 물었다.

"으~ …마취제나 진통제를 이용하는 건 안 돼요?"

"응, 안 돼."

"…왜요?"

"말했잖아. 치료 효과 때문이라고."

"…조금 아픈 줄 알았죠. 근데 고통이 치료 효과가 있다니 말이 되는 겁니까?"

당연히 된다.

고통이 발생하면 고통을 잊게 만들기 위해 도파민이 발생하는 건 누구나 아는 사실. 그러나 그 외에 몸에선 상처를 낫게 만들기 위한 수많은 작용이 일어난다.

끊어진 혈관, 신경, 근육 등이 다시 이어지고 때론 전보다 더 강해진다.

드문 일이긴 하지만, 야구선수 중 수술 후 더 좋은 기량을 보이는 예도 있다.

두삼은 손을 멈추지 않으면서도 차근차근 설명했다.

"큭! …참으면 더 빨리 회복이 된다는 말이군요? 그럼 참아야죠. 아악!"

각오를 다진 표정으로 참는다고 말함과 동시에 인상을 쓰며 비명을 지르는 모습에 속으로 피식 웃곤 다시 집중했다.

보기엔 단순히 끊어졌었던 회전근개 부위를 강하게 문지르는 것처럼 보일지 몰라도 실제로는 상당히 고난도의 시술이었다.

여전히 이어지지 못하고, 어긋난 채 이어진 수많은 다발의 위치를 잡는 중이다.

눈은 뜨고 있으나, 시선은 케빈의 어깨 속 회전근개의 다발을 올올히 지켜보며 제대로 일치시키려 노력 중이다. 머리카락에 새로운 머리카락을 이어붙이는 작업과 비슷하달까.

물론 그보다 더 어렵다. 제대로 이어진 건 내버려 두고 어긋난 것만 다시 끊어야 했기 때문이다. 또한, 한꺼번에 다 할 수 없다.

한꺼번에 하면 상처가 더 크게 벌어져 처음 사고를 당했던 당시로, 아니 그보다 더 벌어질 수 있었기에 한 번 시술에 50분의 1 정도밖에 할 수가 없었다.

"오늘은 여기까지. 팔을 움직이면 안 되니 마비시켜 둘게."

"하아! 살았다. 근데 이 시술은 며칠에 한 번씩 하는 겁니까?"

"하루 한 번."

"헉!"

"이틀마다 한다면 재활 기간이 두 배 이상 늘어날지도 몰라. 어떻게 이틀에 한 번 할까?"

"…아뇨. 매일 받아야죠."

세상이 무너진 듯한 표정으로 현관을 나서는 케빈의 등을 툭툭 쳐줬다.

케빈이 차를 타고 떠나는 걸 보고 있는데 근처로 이사 온 부르스 베인과 폴린 미구엘, 그리고 경호원들이 대문 쪽으로 오고 있는 것이 보였다.

문을 열어줬다. 대문으로 들어오는 두 사람의 표정이 왠지 밝아 보였다.

"좋은 일 있으세요?"

"있지!"

항상 무뚝뚝한 표정의 부르스가 빙긋 웃으며 말했다.

"다행이네요."

"무슨 일일 것 같나?"

"글쎄요?"

그냥 좋아 보이기에 물은 것이다. 형식적인 인사.

부르스는 소파에 앉으며 입을 열었다.

"어제 치료를 끝내고 병원에 갔었네."

"검사를 하셨군요?"

"그랬지. 결과가 궁금하지 않나?"

"좋았나 보군요."

"맞네. 암의 성장이 멈췄다는군. 아니, 마지막으로 검사를 했을 때보다 호전되었다더군."

"다행이네요."

"…좋아할 줄 알았는데 반응이 다소 건조하군?"

건조한 것이 아니라 자제하는 것이다.

한방색전술로 기존에 있던 암의 성장은 막았다. 그러나 언제 어디서 새로운 곳에 암이 생겨날지 모른다. 아니, 두삼이 찾지 못한 암이 자라고 있을지도.

이제 시작이다. 부르스는 여전히 언제 죽을지 모르는 몸이다.

"담당하는 환자가 호전되었다는데 왜 좋지 않겠습니까. 다만 약간 괜찮아졌다고 무리할까 걱정입니다."

움찔!

"현재 절대 안전하지 않은 상태입니다. 과로와 스트레스가 겹치면 언제든 최악의 상황이 발생할 수 있다는 걸 항상 기억하셨으면 좋겠네요."

"…허허. 물론이네. 쉬어야지."

"이번 기회에 아예 권한을 다른 사람에게 맡기고 온전히 치료에 전념하는 건 어떻습니까? 어차피 제가 한국으로 갈 때 같이 갈 생각이면 적당히 손을 떼야 하지 않습니까?"

"그건… 쉽지 않은 일이네. 어쨌든 일을 최대한 줄여보도록 하지. 그나저나 이제 슬슬 치료비에 관해 얘기해야 하지 않겠나?"

부르스는 일에 관해 얘기하는 게 껄끄러운지 화제를 돌렸다.

두삼 역시 더 얘기해 봐야 주제넘은 짓임을 알기에 모른 척했다.

"한국에 같이 가시기로 마음을 먹으셨나 보군요?"

"목숨이 걸린 일인데 당연하지. 얼마나 줄까?"

언제 생각해도 답이 없는 문제다. 받는 입장에선 많으면 많을수록 좋다. 그러나 주는 입장도 있다.

이리저리 고민해 보지만, 결국엔 배영옥의 사례를 기준으로 할 수밖에 없었다.

"100만 달러 정도면 되지 않을까요?"

"……!"

"…많나요?"

놀란 표정을 짓기에 과한가 싶었다.

"닥터 한은 진정 자신에 대한 가치를 모르는군. 물론 나에 관해서도."

"확신할 수 없는 일이니까요. 그리고 그런 게 중요한가요? 고치는 게 중요하죠."

"허허헛! 맞네. 고치는 게 중요하지. 그럼 내가 적당히 줄 테니 계좌번호를 주게."

자신의 계좌로 받기엔 곤란했다. 그래서 하란의 계좌번호를 알려줬다.

"일단 유의미한 결과를 내준 것에 대한 고마움의 뜻으로 보너스를 넣어주겠네."

"그러시든가요. 얘기 끝났으면 시작할까요?"

어차피 성공하든 실패하든 치료가 끝나는 시점에 받을 생각이었기에 기대감은 없었다.

곧장 치료에 들어갔다.

*　　　　　*　　　　　*

테디가 말했던 페스티벌을 보기 위해 차이나타운으로 차를 타고 이동하며 하란과 통화 중이다.

―도착하면 10시쯤 될 텐데 괜찮겠어?

"나야 괜찮지. 넌 어때? 힘들면 내가 중국 음식 포장해서 갈게."

―아냐. 나도 페스티벌이 보고 싶어.

"그럼, 식당 예약해 둘게. 좀 이따 봐."

―응. 최대한 빨리 갈게.

늦게 와도 상관없으니 천천히 오라는 말을 하고 전화를 끊었다.

차이나타운에 도착하니 8시. 중추절같이 많이 알려진 축제는 아니지만 그래도 페스티벌답게 주차를 하는데 애먹었다.

사람들의 흐름에 몸을 맡기고 중심가로 천천히 걸음을 옮기며 테디에게 연락이나 해볼까 했지만 금세 고개를 저었다.

데이트하는데 불러봐야 테디도 어색할 게 분명했다.

쨍! 쨍쨍쨍! 두! 두두두두! 파파파파파파팡!

행사장이 가까워지자 중국 축제에서 들리는 특유의 악기 소리와 불꽃놀이 소리가 은은하게 들렸다.

"저긴가 보네."

도로 위에 설치된 수많은 붉은 등과 안개처럼 피어오르는 불꽃놀이 연기 사이로 화려한 사자 탈춤이 벌어지고 있었다.

많은 관객 틈에 끼어들어 공연을 감상했다.

오오! 와아! 짝짝!

영화나 TV로만 볼 때와 달리 역동적인 공연이 펼쳐지자 두삼은 연신 탄성을 지르며 손뼉 쳤다. 몇 시간마다 할지 모르지만 하란에게도 꼭 보라고 권해주고 싶은 공연이었다.

한참 넋을 놓고 보고 있는데 문득 정수리에서 허리까지 찌릿한 느낌을 받았다.

'…뭐지?'

상당히 기분 나쁜 느낌.

주위를 둘러봤다. 그리고 뒤쪽에 있는 어두운 골목을 보는데 다시 오싹 소름이 끼쳤다.

자세히 보니 은은한 불빛이 보였는데 자동차 안에 탄 누군가가 스마트폰을 하는 것처럼 보였다.

으슥한 골목에 주차하고 있는 것이 이상하긴 했지만 그렇다고 소름이 끼칠 정도로 무서운 장면은 결코 아니었다.

차에 있는 사람이 내리는지 불빛이 옆으로 이동한다.

'셀카를 찍고 있는 것 같은데……. 그나저나 몸이 허해졌나 왜 소름이 돋는 거지?'

대수롭지 않게 생각하고 시선을 공연장으로 돌리려고 할 때였다.

휘이이익! 파팡! 파팡!

축제용 폭죽 하나가 우연히 골목 쪽으로 날아가 팡! 하고 터졌다.

그때 차에서 나온 사람이 양손에 들고 있는 것이 얼핏 보였다.

'…소총?'

소름의 정체에 대해 알 것 같은 순간 귀에서 루시의 목소리가 귀를 때렸다.

—무차별 총격이에요! 피해요!

소리가 끝나기도 전에 왼쪽으로 몸을 날렸다.

타타타타타타타탕!

『주무르면 다 고침!』 12권에 계속…

초대형 24시 만화방

신간 100%, 샤워실, 흡연실, 수면실(침대석), 커플석, 세탁기 완비

■ 광명 광명사거리역점 ■

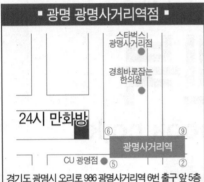

경기도 광명시 오리로 986 광명사거리역 6번 출구 앞 5층
02) 2625-9940 (솔목타워 5층)

■ 강북 노원역점 ■

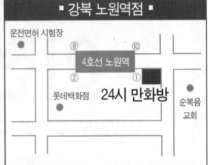

서울 노원구 상계동 340-6 노원역 1번 출구 앞 3층
02) 951-8324 (화용빌딩 3층)

■ 일산 정발산역점 ■

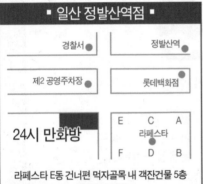

라페스타 E동 건너편 먹자골목 내 객잔건물 5층
031) 914-1957

■ 일산 화정역점 ■

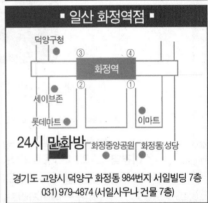

경기도 고양시 덕양구 화정동 984번지 서일빌딩 7층
031) 979-4874 (서일사우나 건물 7층)

■ 부천 역곡역점 ■

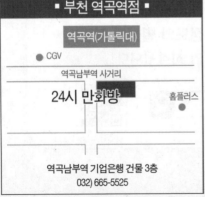

역곡남부역 기업은행 건물 3층
032) 665-5525

■ 부평역점 ■

(구)진선미 예식장 뒤 한신포차 건물 10층
032) 522-2871